读懂中国
私人生活史

爱痕

一个名门望族后裔的现代生活

[澳]露易丝·白

中国社会科学出版社

图书在版编目（CIP）数据

爱痕：一个名门望族后裔的现代生活史／〔澳〕露易丝·白著. —
北京：中国社会科学出版社，2012.7
ISBN 978-7-5161-0914-4

Ⅰ.①爱… Ⅱ.①白… Ⅲ.①自传体小说—中国—当代 Ⅳ.①I247.5

中国版本图书馆CIP数据核字(2012)第100313号

出 版 人	赵剑英
责任编辑	王　磊
责任校对	李小冰
责任印制	王　超

出版发行	中国社会科学出版社
社　　址	北京鼓楼西大街甲158号（邮编 100720）
网　　址	http://www.csspw.com.cn
	中文域名：中国社科网　010-64070619
发 行 部	010-84083685
门 市 部	010-84029450
经　　销	新华书店及其他书店

印　　刷	北京市大兴区新魏印刷厂
装　　订	廊坊市广阳区广增装订厂
版　　次	2012年7月第1版
印　　次	2012年7月第1次印刷

开　　本	710×1000　1／16
印　　张	15.5
插　　页	2
字　　数	238千字
定　　价	36.00元

序 言

　　这是一个真实的故事，因此，由于大家都知道的原因，我隐去了故事中涉及的一些人名和地名。不过，这并不影响故事的真实性，它仍然能够客观地再现那个时代北京一个既普通又特别的家庭中一位女孩坎坷的人生经历。

　　我出生在一个没有宗教信仰的家庭中，成长在"文化大革命"时代。在那个时代，信仰宗教会被嘲讽。而当我走进西方世界，开始接触了不同宗教和信仰后，则逐渐成为一个天主教徒，我相信宇宙中存在着一个上帝，上帝无所不能，创造了万物。

　　我出生在中国一个没落的名门望族——博尔济吉特家族。这个家族是成吉思汗的后裔，赋有悠久的历史和传奇色彩。而这一点，却是直到全家移居澳大利亚后，父亲才对我们毫不隐讳地讲出来。为此，我大哥还数度回国返乡，寻根探祖，有了这个"黄金家族"嫡亲后裔的溯源实证。这一举动不但让我长兄在自己的名字前，郑重其事地加上了"博尔济吉特"的姓氏，成为名副其实的家族传人，还成就了一部由澳大利亚堪培拉中华文化协会出版的《追溯——一个成吉思汗后裔的寻根经历》专著，成为澳中关系的一段佳话。

　　从我的祖父辈开始，我的家族开始改为汉姓"白"，谐音"博"，即代表着"博尔济吉特"姓氏。改汉姓的原因是不愿意让别人知道这个家族是蒙古人。

　　我出生在常常被人们称为"生在红旗下，长在新社会"的年代，意思是说赶上了好日子——确实，中国大陆在1949年后经济恢复和发展迅速，走向繁荣昌盛，中国人民的生活确实越来越好。但那又是一个政治运动频发的时代，"反右倾"、"大跃进"、"文化大革命"等运动，给中国人民带来了不同程度的灾难。这些都注定了开朗又倔强、不羁却仗义的我拥有了一个并不幸福的青少年时代。

我的父亲曾是积极向上不断接受新事物、思想开通的知识分子，但在历次的"运动"中，变成了一个循规蹈矩、谨小慎微，总是担惊受怕地"夹着尾巴做人"，默默无闻地过了一辈子。我的母亲则是那个年代典型的贤妻良母，她既具有传统美德又对未来时时抱有幻想，对政治一窍不通、对丈夫忠贞不渝。

与父母的思想和性格相反，我可以称得上是一个"叛逆者"。这种叛逆的性格是从我少年时期因为父亲含冤受审、母亲被"造反派"传讯而感到孤独无助的时候开始产生的；从我下乡参加劳动、接受"再教育"的阶段滋长的；在当时社会残存的封建意识的压抑下，个别执法人员主观臆断、愚昧无知致使我蒙羞受辱而痛苦中形成的。

坎坷的青少年历程，使我很小就领悟到世态炎凉，而后也深深地影响了我在西方世界的生活。

后来，作为中国改革开放后最早的一批移民，我随父母移居澳洲。一次飞机上的邂逅，让我与一个热衷于中国文化的美国年轻人发生了离奇的爱情故事。虽然后来两人终结良缘，这段感情却让我饱尝千辛万苦。于是，我的生活有了许多与众不同之处。我频繁往返于中国、澳大利亚和美国之间，我的独特个性在不同的文化碰撞中体现得淋漓尽致，我的生命航程也因此染上了南北半球、大洋两岸的斑斓色彩。

不管你钟爱或羡慕我，还是不喜欢甚至厌恶我，这都无关紧要。因为你绝对可以从我那些富有传奇的经历中找到乐趣，品味人生。

作者
2005年1月于澳大利亚堪培拉拟稿
2012年3月于美国佛罗里达州定稿

圣歌

主啊，引导我们走向和平
让心中的仇恨，变成友爱
让受伤的灵魂，得到宽恕
让内心的龃龉，变得平和
让胸中的疑虑，变成信念
让过去的错误，成为借鉴
让脑海的绝望，变成希望
让心灵的悲伤，变成喜悦
给阴暗的角落，送去光明

众神之主啊，把我带出迷途
从安慰到抚慰
从了解到理解
从友爱到挚爱
接受我们的忠诚
让我们从您的宽恕中得到赦免
让我们在死亡中得到永生

目 录

天缘奇遇

　　常有人说我漂亮的不仅仅是外貌，还有那高雅的风度。加之穿着时尚、艳丽、大方，配以舞蹈训练后的挺拔。每当我穿行于北京和香港机场的人流中，总能引来无数惊羡和嫉妒的目光。

第一章

1986年，香港

10月初，我，作为澳大利亚新西兰银行驻北京办事处代表助理，赴香港进行一周的职业培训。

这时的我可谓青春靓丽，风华正茂。蒙古贵族血统赋予我姣好的身材，魅力的嘴唇，丰硕的乳房，蜂腰和小而圆润的臀。常有人说我漂亮的不仅仅是外貌，还有那高雅的风度。加之穿着时尚、艳丽、大方，配以舞蹈训练后的挺拔。每当我穿行于北京和香港机场的人流中，总能引来无数惊羡和嫉妒的目光。

那天，我办完公事，百无聊赖地在香港大街上闲逛，货比三家，价格都一致。于是信手在其中一家商店花1000多港币买了一个袖珍录音机。那时国内袖珍录音机时髦而短缺，尤其在北京的马路上骑着自行车，头上戴着耳机，兜里揣着袖珍录音机，听着邓丽君优美的歌曲，再帅不过了。手里拿着刚买的袖珍录音机，心里美滋滋的。过马路没走几步，无意间发现，同样的录音机在马路这边只卖500多港币。试着回去退货，商店服务员说没质量问题不给退。为了给自己找一点心理平衡，就又过马路买了一个同样的录音机。这样每个录音机就750港币了。然而坐在回北京的飞机上才意识到：像录音机这类电器在内地算"大件"，入海关每人只能带一件，第二件就得上200%的税。免于再掏腰包的唯一办法，就是找一个同行人帮我带一个入境。于是我扫了一眼机舱，开始寻找目标。

我坐在靠窗的位子，中间的坐位是空的，靠过道的位子坐着一个漫不经心翻阅杂志的外国女人。那年头中国航空公司卖票，都是男士坐一排，女士坐一排，想找个异性搭讪，可不是一件容易的事。因为回头和后面的人说话或者拍拍前面人的肩膀说话都是既不礼貌又不得体的事。

飞机快要起飞了，"目标"仍然没有找到。这两个录音机可怎么办呢？我开始有点儿后悔了。正在这时，从舱门急匆匆进来一个30岁上下身高一米八的"洋"小伙儿，肩背挎包走过来一屁股坐在了我旁边的空位子上。不过，他还没忘了礼貌，欠了欠身子彬彬有礼地用中文向我打招呼："你好！"

"你好！"我应酬着，心中一喜，老天爷真帮忙，第一次乘飞机身边坐个异性。我锁定了"目标"。

这位"洋"小伙儿脸儿消瘦，灰褐色深邃的眼睛透着忧郁和淡淡的冷漠；高高的鼻梁给人一种坚毅执著的感觉，而嘴唇的优美曲线则显示出计谋和智慧。他穿着一件棕色胳膊肘上带有补丁的棉袄，就像中国抗战时期老八路常穿的那种，只有热衷于中国传统文化的外国人才会这样穿着。我开始悄悄地打量他，猜测他可能是位到中国读书的留学生。

"您好，您是大学生吧？"我试探着用英语主动和他搭讪。

他侧过脸来，对我摇摇头，抿了一下嘴唇，并没多看我一眼。

在此以前，凭我年轻美丽的外貌、文雅高贵的气质和精灵般诱人的身材及讲究大方的装束，谁都会主动上前与我搭讪，还没有一个男人会在这样近的距离对我视而不见、不理不睬的呢。这次是我主动的，却碰了一鼻子灰，此人太可恶了！我对他的清高有些恼恨："这人太不识抬举了！"

想想那张200%的进口电器关税申报单，我忍了忍，暂时放下自己的高傲，静了静心，从皮包里拿出一张我的名片递给他。我想他该不会轻视我的存在了吧。

"这是我的名片，我在澳新银行北京代表处工作。嗯——，我想请您帮个忙，可以吗？"顺便写上了家里的电话号码。

他伸手接过了我的名片，嘴角微微往上翘了些。看得出，他开始对我有点儿兴趣了。不过，他仍然平静地看着我不说一句话，显然是要听听我的下文。

"不知你买没买'大件儿'？我在香港买了两个录音机。"我开门见山，"刚想起来过海关时第二件电器得上200%的关税，你到北京时帮我带一件出关

可以吗？"说着我从皮包里拿出已经准备好的录音机。

他扭过头看了一眼我手里的录音机，带着那种不置可否的表情说："嗯，不好意思，我帮不了你的忙。"

我又碰了一头灰，感觉很尴尬，只好将录音机放回皮包。这人还真不识抬举，不再理他啦！大不了凭我的伶牙俐齿出关时多费点口舌，我就不信靠我自己搞不定这事儿。

随即我恢复了平日的高傲。

两个多小时的空中飞行对我来说是很惬意的：时而望望窗外碧蓝的天空和机身下的朵朵白云，想起童年的往事和目前依旧留在内地的那些亲朋好友——他们中的大多数人还在工厂农村干着又脏又累的活儿，而每月只收入几十元人民币，甚至不到我收入的二百分之一。而我现在已经摇身一变成海外华人，又在外国银行带空调的酒店上班，就连大姐给我送东西也只能在酒店外等候，我出去把她领进来才行。想到故友在北京的大街上看见我开着车兜风时那羡慕的眼神，朋友们排着队让我把他们带到只有老外才能出入的友谊商店，不禁怡然自得，早忘了录音机的事。

1986年，北京

三个小时后到了北京国际机场，我正等取行李，听到身后有人说话。

"你那个录音机呢？"虽然是比较标准的中文，但一听就知道是"老外"。

我一回头，发现是那个拒绝帮我忙的"洋"小伙儿。他双肩背着一个大大的旅行包，双手空空地站在我后面。

"你不是不帮我吗？！"我没好气地用英文问他。

"我改变主意啦。"他也用英文振振有词地回答。

我没顾得上多想，马上从皮包里拿出那个录音机交给他。他接过去，顺手塞进自己的怀里。我忍不住笑了出来——他真是一个有意思的人。

我和他一起走出机场。澳新银行北京办事处的司机在门口等我。

"你有车吗？"我问他。

"没有，我坐出租车。"

"你住在哪儿啊？"

"丽都饭店。"

丽都饭店？那可是北京最早建起的涉外公寓，住一天就近200美金，公寓一个月租金也得7000美金。那种地方只有国外大公司的老板才住得起，而他一个学生，怎么住得起那么高档的涉外公寓呢？或者他是来串门的？

"可，你不是说你不是留学生吗？"

"我说过我是留学生吗？"

"那你是来串门访友？"我更好奇了。

他拿出一张名片给我，那名片的左上角印着三个蓝色的大写英文字母：MBI。他叫詹森。可笑的是我当时根本不知道MBI是干什么的。但我看明白了他的职务是MBI公司高级工程师。

"银行的车来接我，顺便把你送到丽都饭店，好吗？"他帮我省了1000多港币的关税，我总要回报人家呀，正好也看看他住在哪儿。凭以往的经验，光拿张名片不保险，万一不是真的呢？可住址是假不了的。

"那我就不客气了！"詹森上了我们银行派来接我的车。

一路上，我不断地回想着他的一举一动，好奇心越来越强烈。我忽然发现他有趣且神秘，这促使我一定要搞清楚他的底细。

汽车停在丽都饭店后面的公寓区。为了方便常驻的外国高级雇员，丽都饭店第一个盖起了涉外公寓。因为面积有限，饭店后面只盖了6幢公寓。

看了一下公寓楼的号码，5号楼。我从司机手里拿过詹森的行李，随詹森进了公寓。一层电梯旁有个办公桌，桌旁站着一个身穿制服的警卫。这里住的几乎都是国外派来的高级职员，为了他们的人身安全，所有访客上电梯前都要先登记。而警卫看见詹森，很客气地和他打招呼。不难看出詹森是这里的常客。

电梯门开了，我随他上了公寓的4层楼。

我以前没有来过丽都公寓，我们银行首席代表那么高的职位，也不过住在只有一个卫生间的长城饭店，一个月大约3000美元租金。什么人能住在这种高档的公寓里呢？我带着不解随着詹森走到401号房门口，他从口袋里拿出钥匙开门。显然他和主人很熟，人家才相信到把钥匙给他。

我们进了门，眼前是一个足有100平方米的大客厅，陈设富丽堂皇：驼色地毯踩上去像是走在软软的天鹅绒上面，咖啡色的大沙发环绕四周，立式银色的台灯散发出温暖的光线，墙上挂着两幅很大的敦煌莫高窟壁画。大厅两侧有三间卧室，每间卧室里都带有卫生间。这让我看得目瞪口呆。

"这么大的房子住几个人呀？"我怀疑他认识哪个公司的大老板，试探性地问他。

"就我一个人。"他看了我一眼很随意地回答。

Oh my God! 我感叹！我明白了：他可不是一个简单的人。庆幸自己今天在飞机上的巧遇。

回到家里，正在北京出差的爸爸听我讲了刚才的巧遇，半开心半玩笑地说："飞机上认识的？起点不低嘛！"

说话间电话铃响了——是詹森打来的电话，约我第二天中午一起吃午饭。

第二天早上，我来到建国饭店澳新银行办公室上班，先向首席代表汇报了我一周的培训情况，然后拿出詹森的名片给我的老板艾伦看，问他有什么感想。

艾伦是新西兰人，40岁左右年纪，是个很帅、个头一米九、非常容易相处，真诚、友好、令人信任又善解人意的人。

"露，这可不是一般人物。用你们中国人的比喻，你现在端的是铁饭碗，那么詹森端的就是金饭碗。MBI是美国、也是全世界最大的电脑公司之一，他这么年轻就有这样的技能，一定是个非常出色的人。"

艾伦随后认真地说："你有这样的机会结识他，可不要错失良机哟！"

我有点兴奋了，隐约觉得这是命运的安排。我去香港前有人给我算过命——我的姻缘并非在地上，而是天仙配。瑞德他们都是在地上认识的，都不会成功。一琢磨与詹森在飞机上的巧遇，绝非偶然。我与一般中国女孩子不一样的是，只要我想要的东西，无论有多难，我都会去争取，包括男朋友。

我开始有点迫不及待地等着詹森的到来。

詹森如约来到了饭店，这是我与他第二次见面。这次他给人的感觉完全不一样了。他身着笔挺的西装，身体健美，风度翩翩，浓密的一头黑发自然梳成一边，一脸的春风得意，一身高级官员装束，气质也由"穷留学生"变成了"富绅士"。

那时的外国办事处都设在各大饭店，澳大利亚新西兰银行北京代表处就设在长安街上最新的涉外饭店之一的"建国饭店"里。

我当天的打扮当然也比往日多花了些心思。我精心地化了淡妆，尤其突出了我原本就漂亮的眼睛和睫毛，穿了一件衣领开得偏低的银灰色丝绸西服裙套装，三寸高跟鞋，白皙而修长的腿，气质高雅而矜持。

在建国饭店古色古香的咖啡厅里，我与詹森轻松愉快地交谈着，我端庄和落落大方的举止让詹森大有相见恨晚的感觉。他几乎是目不转睛地盯着我的眼睛。

"你是我见到的最美最有修养的大陆女人。"他说。

"也就是说你见过不少别的国家最美最有修养的女人了？"我心里庆幸认识他，嘴里反而挑他的刺儿。

"哦，……我不是这个意思。其实，在香港我有两架飞机可以选择的。"他换了话题，认真地说："Air China 还有 Cathay Pacific，Air China 只比 Cathay Pacific 早飞15分钟。我真高兴选择了 Air China。"

"Then to Air China."我举起手里的杯子和詹森手里的杯子碰了一下，抿了一口饮料。"嗯，随便问一下，你有女朋友吧？"我单刀直入，像他这么既潇洒又有为的年轻人没女朋友才怪！

"你呢？你有男朋友吗？"他不假思索地反问。

我看着他笑，知道遇上了狡猾的对手，但心里暗暗告诫自己，管他有多少女朋友，把他搞到手就是了。

之后的日子里，詹森天天给我电话，每天都要约我见面。我们无话不谈，海阔天空。当谈及很多西方名著时，他可没有我读过的多，许多我读过的书他都没听说过呢……我感觉到他已经爱上我了，因为他一天见我两次还嫌少。而且他对我的一切都表现出极大的兴趣。

一天，詹森在我下班前来到我的办公室，约我去北京饭店吃晚饭。北京饭店可是历史悠久、最早坐落在长安街上的高级酒店。里面有高级餐厅和雅致的装潢。改革开放前一直没有对中国老百姓开放。第一次去北京饭店吃早餐就是澳大利亚第一任大使费叔叔请我们全家进去的。詹森请我去北京饭店吃饭，我连嗑儿都没打就同意了。

他进门站在我办公桌旁边，看着我收拾东西。

"你已经出了国，怎么又想起回北京工作呢？"他似乎随意地问。

"噢，我是在欧洲旅行途经北京时，心血来潮就留下了……"

"这么浪漫！今天我们步行到王府井好吗？"说着话，我们出了饭店的门。

我看看天气。这时正值金秋季节，晚霞映红着天空，空气中散发着莫名的芬芳，轻柔的小风吹来，正适合散步。我兴致好极了。老天助我，今天没穿高跟鞋，脚上穿了一双半跟的软皮鞋，正适合走长路。而且建国饭店与北京饭店相距也只有三公里远。于是，我们边走边聊。第一次和詹森谈起我的过去。

那是1986年7月，我欣然辞去了费叔叔创办的商务咨询公司秘书的职务，告别了流着眼泪、生怕我在欧洲丢失的妈妈和恋恋不舍、担心我会变心的未婚夫瑞德，临行时，我给他签了张空白支票——没有我的签字，他是取不出钱来的。

随后，踏上了欧洲旅行之路。我游览了法国、德国、瑞士、奥地利、意大利。法国的埃菲尔铁塔和巴黎圣母院，德国的科隆大教堂，瑞士的勃朗峰，奥地利歌剧院和意大利的罗马斗兽场让我神魂颠倒。当兜儿里还剩最后一美元时，我想起了我的父亲——他正在北京出差。我随即改签了机票，提前一周结束了欧洲旅行，回到北京。

我继续向詹森倾诉我的经历……

我想到了在堪培拉两年多的打工生涯中那些让人受不了的委屈。说是办公室秘书，实际上每天除了打字还要做诸多收发和勤杂工作：去银行存支票，到邮局寄信，给公司职员采购和准备午餐，给老板们端茶倒水清理垃圾……还要看老板和"二道门儿"的眼色过日子。之所以管她叫"二道门儿"，是因为好多大老板批准了的事，她还要指手画脚一番，公司没几个人待见她，可又都怕她几分。因为她专会在老板面前搬弄是非。记得公司里新来一个马来西亚的女人，她不过是因为嫁了一个澳大利亚移民官来到澳大利亚，也只管英文打字。虽然我比她干的工作要多得多，可她就是狗眼看人低，因为她看到我平时下班前清理垃圾桶，到了星期五，有清洁公司来打扫卫生，我就不用清理了。

一个星期五下班我正要离开办公室，她截住我，不客气地说："你还没倒垃圾呢！"我说"我们星期五不用倒垃圾，有公司来搞卫生。"她很粗鲁地说："不是我们！是你不用倒垃圾！"我气的二话没说跑到汽车里，边开车边流泪，泪水溢满眼眶，看不到前面的路……如今到了北京就完全不同了。那时能出国的中国人寥寥无几，几乎所有的人都把我捧为上宾，于是我走到哪里都是前呼后拥，热切而又羡慕地听我讲述国外的生活见闻。这种感觉极大地刺激了我的虚荣心。我何必要回到澳大利亚去做人下人呢？我完全可以在北京过上等人的生活！

在和澳大利亚国民银行秘书小李的聚餐中，听说澳新银行在北京寻找首席代表助理，便兴冲冲地给该银行在北京的首席代表艾伦打电话。艾伦在电话中明确表示要雇用一名会说英语的本地人，也就是当时的"外企"（专门向外国驻华机构提供服务人员的中国公司）服务人员。不难猜出，我一口流利的英文对话，他一定在电话里误认为我是个"老外"。我当然不服气，软磨硬泡还是说服了艾伦给我面试的机会。

第二天早晨我认真地打扮了一下：一套藏蓝色的职业装，里面是一件淡雅的橘黄色衬衫，这是澳洲企业高级秘书的装束。九点钟我准时到达澳新银行办公地点——建国饭店。

我正要敲602室的门，一个身材大约一米九，皮肤黝黑，蓄着短胡须的老外开门走了出来。我猜这就是艾伦，赶快迎了上去，并自我介绍说："我叫露，我们在电话里谈过……"艾伦是个颇有经理派头的人，他向楼道伸出左手，示意我们到大厅里坐。并说他要去使馆办点事，给我10分钟时间谈话。我们坐下后，我聚精会神望着艾伦的眼睛，只用了几分钟就背完事先准备好的台词：我是一个持澳洲护照、土生土长的北京人，又在澳洲首任驻华大使费先生的咨询公司里做过两年文秘工作。当艾伦听到我曾在费先生的麾下工作过，便笑着说"你被雇用了"，转身带我走回602室。

办公室里堆放着十几个硕大的纸箱。艾伦告诉我，这是他刚从香港运来的办公家具，让我在办公室里等他回来商量组装家具事宜。

说完艾伦匆匆地离开了。

我看着一地的箱子，灵机一动，马上到前台找经理，请他们派几个人来帮忙。那时在北京常驻的外国人特别少，服务也到位。不一会儿，就来了两个小伙子。我非常诚恳地请他们帮我把纸箱里的办公家具按照说明书组装起来。不一会儿，一间正式的办公室展现在我眼前。

几个小时后艾伦回来了。他推开门竟然愣了一下："对不起，我走错房间了。"随即关上门退了出去。

我冲出去，见他正疑惑地看着房间的门牌，便笑着说："艾伦先生，您没有走错，这是您的办公室！"

艾伦看见我，露出惊讶的笑容："哇！这真令人难以置信！"

"还是您有眼光雇用了我！"我赞许他其实是在夸自己。

几天的时间里，我办好了代表处有关银行、税务等手续，并为办公室安装了一部直拨电话机和电传机——当时北京的电话线供不应求，在饭店里安装直拨电话更不是件容易的事。艾伦看我这么能干，没几天就给我转了正。

在澳新银行代表处的开幕典礼上，银行几乎所有重要权威领导都到场了。澳大利亚总部主席、董事长、被英国女王授予爵士勋章的约翰·维利姆先生和夫人；总行长柏利先生和夫人；英国常驻总代理以及香港分行主管。香港分行主管主持了代表处的开幕仪式。我为维利姆爵士做翻译。

那天，除了澳大利亚使馆和新西兰使馆大使外，所有在京的各国大使及参赞前来参加开幕典礼。而中国金融界的知名人士、中央几大部委的主要官员、各国金融机构在北京的代表……云集北京饭店的开幕式上，我充分展示了我的现场发挥和外交能力，到场的嘉宾都十分称赞我，我就像奥斯卡颁奖台上的明星，在众多绅士的陪伴下神采飞扬。当场还有几个外国银行代表处邀请我为他们工作。我婉言谢绝了，并告诉他们我有两个姐姐比我还能干。

我当天的表现得到了澳新银行总部的认可和赞扬。

……

一路上詹森饶有兴趣地听着我的介绍，脸上露出颇为赞赏的笑容，不一会儿，我们到了北京饭店。

饭店迎宾服务员见到我俩，早将门打开，微笑地向詹森和我微微鞠躬，并说："Welcome！"

见到北京饭店迎宾服务员对我们如此的恭敬，我不由得抿嘴一笑，想起了几个月前发生在这里的事。

那是我刚刚从欧洲旅行回到北京。长时间的旅行令我有些疲惫，那几天我也没心思刻意打扮。

一天，几个朋友请我陪他们到北京电影制片厂为《末代皇帝》试镜。结束后，我提议到北京饭店喝杯饮料，大家欣然同意了。

我们刚迈进北京饭店，就被门旁身着饭店保安制服的迎宾者拦住了，要检查我们的证件。改革开放初期，所有涉外饭店只有外国人才能进出，中国人进出这种饭店一律要由外国人带领。我心里虽然不高兴，但知道国内这个特殊规矩，还是拿出了我的澳大利亚护照，其他人拿出各自单位的工作证或身份证。没想到保安把其他人都"请"了出去，理由是北京饭店是涉外饭店，国人不准进入，还告诉他们我是冒牌的假老外。最难以容忍的是他把我的护照扣下了，并叫来饭店其他保安人员把我押到了一间小屋子里关起来。还说我一口流利的北京土话，明明是中国人，怎么会持有外国护照？分明这护照是假的，我是冒牌货、骗子。

我气得七窍生烟，和他们理论，叫他们到澳大利亚大使馆去核实，他们根本不理我。叫我老老实实等着公安部门来人处理。把门一关，走了。

不知道过了多久，我正没咒儿念的时候，一个饭店保安开门进来了。他把护照还给我，仅仅说了一句："刚才是误会了，你走吧。"根本没有承认错误和诚恳地向我道歉。

很明显，北京饭店的保安通过有关部门核实，知道我的护照是真的，我是货真价实的澳大利亚籍华人。

看来，北京饭店的工作人员根本没有把私自非法关押我当回事儿。我气得回到家里，晚饭都没吃，连夜用英文给邓小平写了一封信，抄送北京饭店总经理和《中国日报》（英文版）读者来信编辑部，把我当天的遭遇如实写下来。我在信中提出尖锐的质问：中国改革开放这么多年了，为什么还会发生这种事？为什么在中国的首都、我们中国人开的饭店对国人和外国人出现两种天壤之别的态度？这不应该令人深省吗？

不久，我分别收到了北京饭店总经理和《中国日报》编辑部的回信，就此事分别向我诚恳地表示道歉。北京饭店的总经理还一再表示，随时欢迎我光临北京饭店，并希望我再次去那里就餐时通知他，他要当面向我表示歉意……

"你怎么了？"詹森见我站在北京饭店大门口愣神儿，随即问我。

"唔，没什么。"我不想告诉他我在想什么，觉得这件事有失国格和人格。

"那么，我们去吃饭吧。"

"嗯。"

我们走进北京饭店的四川餐厅。

从那次长途散步以后，詹森对我越来越敬重了。

爱人的第一次吻总是甜蜜而令人难忘。

那天我约詹森去逛北京动物园。去前我将自己精心地打扮了一番：选了一条紧身的咖啡色皮裤，一件紧身套头衫，一双两寸高跟鞋，化了一点淡妆，最后试着在镜子前扭了几步。镜子中的女孩儿身材修长，腰身纤细，半露着丰满的胸部，浑圆的臀将皮裤鼓鼓地撑起，随着每一步身子的扭动，全身的曲线优雅地上下起伏，加上一对漂亮生动会说话的眼睛，透出一副无法抗拒的诱惑。

不是自夸，当年我的腰围只有16英寸，记得爸爸用他两只手连在一起正好是我腰围的大小。所以我的"三围"（胸围、腰围和臀围）比例和体形与那些舞蹈演员和名模相比，恐怕是有过之而无不及。

——年轻貌美、气质非凡，加上皮肤白皙、均匀苗条是女人值得骄傲的资本，也是我值得骄傲的资本之一。

第二章

80年代的中国虽然已经改革开放多年，但街上私家车甚少，大部分人还是乘公共汽车或骑自行车。我开着澳新银行的丰田在北京的马路上行驶，颇为引

人注意。另外，当时北京公众场合人们的穿着打扮仍然比较保守，像我这样完全西化的衣着打扮当时一般人根本无法接受，但这正合我意。我就是要与众不同。

于是，我成了公园里最受人注目的一个。无论我走到哪里，人们都不约而同地停下来望着我，一直到看不见为止。

詹森清楚地感觉到这一点，尽量将我引到游人较少的地方，而且不时停下来含情脉脉地看我。

"白露，我告诉你一句话。"我们走到了一个小树林中，他忍不住地说。

那天他穿着一条牛仔裤。我看到他裤子上紧绷绷的地方，不觉羞红了脸，忍不住低头笑起来。

"你还笑！都是你搞的鬼！"詹森嗔怪我，"这里人太多，我们走吧。"

我们再也没心观看动物，开车离开了动物园。

我们的晚饭是在北京街头的夜市吃的，我喜欢这种氛围，詹森也喜欢热闹，更对北京普通市民的生活充满了好奇和兴致。

华灯初放的北京有着温馨迷人的气息。我们在数十个小吃摊前流连了两个多小时。

这时我忽然想起要赶回办公室为第二天的工作准备一份材料。詹森坚持要陪我去。我没有拒绝。

当我在办公室里工作到午夜的时候，发现詹森已经坐在地毯上靠着办公桌睡着了。他睡着的样子，像一个纯真的孩子。我看着他，心中充满爱怜。

我走过去轻轻地捏了一下他的鼻子："亲爱的，我们该回家了。"

"噢，几点钟了？"他迷迷糊糊地问。

"十二点了。你明天还要上班呢！"

他拦腰抱着我坐在地上。

"我们今天就住在这儿吧。"他说。

"这可是办公室……"

他不等我说完，就狂热地把我的嘴给堵上了，他温润的双唇吮吸着我，把我内心深处的欲望一点点地吸引出来。他一只大手从我的腹部慢慢地扶摇而上，有力地抱住了我的身子。在一阵阵地抚摩下，我的身体被热浪侵袭。

詹森像一头强健的雄狮捕获到了猎物，把我从头到脚狂吻了一遍。我沉浸在幸福的热潮之中，完全忘记了这是在办公室……

以后的一个月里，詹森几乎每天都要与我见面。甚至中午也会乘出租车到建国饭店，哪怕只是为了跟我说句话。

于是他成了我们办公室的常客。我若临时加班，他便坐在一边，陪我工作到深夜。我们畅谈爱好和兴趣、趣闻和轶事。当然，除了海阔天空、天南地北地闲谈外，也为历史上中外战争的不同见解而争论的不亦乐乎。不难看出，他对我的爱越来越深了。

一天，我和詹森在建国门古天文台旁的立交桥上散步。这座古天文台距离我的办公室不足一公里。他问起了我的家世，我笑了笑说："要是在'文革'时你问我，我可不敢说。我的父亲在外交部工作，他要求我遇到外国人时离他们远远的，省得惹是生非。现在我是澳籍华人了，没什么可忌讳的。"随即一手扶着栏杆，一手向古天文台西边一指说："那边曾经是我的老家，在水磨胡同，我的祖辈在那里住了很久。我家的祖宅可比下面这座古天文台大院大多了，有四个大院子，亭台楼阁，花圃围绕，众多佣人侍奉着大大小小的家里人，还有一个很讲究的后花园——这个花园解放后建了一所小学校。"

"哇——，那你就是琼瑶小说里的什么'格格'啦！"詹森凑近我，搂着我的腰颇有兴趣地说："那倒不是，只有清代皇族和蒙古王爷家的女儿才叫'格格'，说来话长……"我解释道。

我的祖上是蒙古贵族，后来没落了，况且我生在新社会。我的祖上非常显赫，并非姓"白"，而是姓"博尔济吉特"，"白"是这个姓第一个字"博"的谐音字。

蒙古林丹可汗死后，他的两个皇妃和两个儿子归附了后金政权。公元1635年，漠北喀尔喀（即外蒙）三汗（博尔济吉特氏达延汗的子孙）与清通好。公元1636年，漠南蒙古十六部四十九个首领聚会于清朝的首都盛京（沈阳），尊清太宗皇帝（皇太极）为蒙古大汗、1640年，扎萨克图素巴第汗等四十四个蒙古领主和大喇嘛集会，制定了《威勒忒法典》，规定了各部之间的权利、义务和牧场疆界，以及与清朝保持和平关系。

　　清朝历代皇帝都非常重视与蒙古的关系，通过镇压叛乱、制定有关的法律，恢复和保持蒙古贵族在蒙古地区的领导地位，保持国家的统一。对仍然留在内、外蒙古的贵族，封各旗、部落盟首领为王公、台吉（与过去北元时期蒙古贵族儿子的"台吉"意义完全不一样了）、贝勒、贝子、镇国公、辅国公等称号，把清皇族的女儿许配给蒙古贵族的儿子（例如我的祖先阿颜泰的妻子就是觉罗氏），让满人贵族的儿子娶蒙古贵族的女儿，清朝第二个皇帝皇太极有五个博尔济吉特氏妻子，包括著名的孝庄皇太后（清朝第三个皇帝顺治也有两个博尔济吉特氏妻子）。实际上从顺治皇帝开始，清朝皇帝的血管中就流有博尔济吉特氏家族的血，因为顺治就是爱新觉罗氏（清皇帝姓氏）和博尔济吉特氏（元皇帝姓氏）结合所生，而他以后的清朝皇帝，都是他的子孙。所以中国在清朝时期，内、外蒙古广大地区与北元时期相比较，既稳定又有发展。内、外蒙古也为清朝镇守边疆作出了积极的贡献，还为清朝统一中国提供了源源不断的兵源和物资。清朝历代皇帝对博尔济吉特族更是恩宠有加，一直维护和保护着博尔济吉特氏族在内、外蒙古广大地区的绝对领导地位。例如察哈尔地区的四十九旗中，有四十五旗属于博尔济吉特氏中贵族管辖。原漠北七旗、清中期后发展为七十旗，都属博尔济吉特氏中贵族管辖（以上数字摘自《蒙古博尔济吉特氏族谱》）。

　　再以我家为例。桑葛尔——我的先祖昂罕的二弟在哥哥昂罕离开家乡扎鲁特以后，继承了父亲"扎萨克多罗达尔罕贝勒"爵位，而且世袭罔替。康熙皇帝赏赐给他的子孙一枚重达2.7公斤的"扎萨克多罗达尔罕贝勒"银印。其子孙进京面圣时，都得到丰厚的赏赐。扎鲁特的贝勒的女儿有嫁给清朝开创者努尔哈赤的长子（代善），有嫁给其他清贝勒的。桑葛尔子孙在扎鲁特的统治地位一直延续到民国（摘自都瓦萨主编《扎鲁特史话》）。

　　跟随清军入关的博尔济吉特氏族，无论是编入满洲八旗还是蒙古八旗，在最初阶段，博尔济吉特氏的贵族都是在旗中为官，或者在朝廷为官，而且很多都有世袭的爵位。不过，入关的博尔济吉特氏后代与在外藩蒙古地区博尔济吉特氏后代有一个明显的区别，就是爵位也好、官职也好，都不是一成不变的。如果没有功劳或者政绩，后代世袭爵位会愈来愈小，最后无爵位。没有爵位只有官职的博尔济吉特氏后代，不仅没有世袭官职，如果子孙不努力，就会沦为碌碌无为的旗人。当然，在清朝只要是旗人，就永远有吃"皇粮"的特权。不过，旗人如果犯罪，也会被开除旗籍。相反，如果八旗子弟自己勤奋学习上进，就会得到重用。

我家埋葬在北京的十代人的经历，就是博尔济吉特氏贵族入关后历史的缩影。对比清朝统治期：入关后的清朝皇帝是十个。同治皇帝和光绪皇帝是同代人，宣统皇帝下台只有六岁，所以，入关后的清朝皇帝起作用的，应该算是八代。我家入关后在清朝为官的也是八代人。这八代人经历了一次挫折，三次高峰。第一次高峰，即入关第一代的祖先昂罕。由于他是蒙古贵族，被封为将军，属于一品武将，他的夫人完颜氏也诰封为一品夫人。昂罕死后被清廷封为"武略"，还封给他二三百亩的坟地。随后，我家开始衰落，第二代脾禄，估计没有什么战功，地位比他的父亲低多了，只是步军协尉，属于四品武将夫人乌朗汉氏，诰封夫人，比她婆婆低多了。第三代阿颜太，估计也没有功劳，地位又降为骁骑校尉，属于六品武将。我家第四代出现一次转折。这个转折同社会同步。清朝经过四代人之后，国家从战乱走向经济复苏和稳定，随后进入太平盛世。虽说"八旗子弟专重骑射风尚朴直不以文事争能"（《旧典备征》卷4），其实八旗子弟已经开始腐化。八旗子弟面临着一个严峻的事实，即没有战争的情况下军队只能留下一部分精英，大部分八旗子弟从武已经没有出路了，他们必须同汉人一样，凭自己的本事为国家效力，否则将被历史淘汰。我家第四代的舒明阿开始只是个领催，可能只是一个八品的武将。他顺应历史的需要，弃武从文，努力学习，发愤图强，改头换面做新一代贵族。不久，他逐步晋升为理藩院郎中，级别超过他的父亲和祖父。他的后代，便走向与汉人相同的科举道路，凭本事生存了。之后的子孙，有秀才、举人，甚至进士了。例如第五代观福，就是举人，最后官至两省的兵备道。《近代中国蒙古族人物传》（张瑞萍主编）中提到他死后被赐赠为巡抚。第六代托浑布就是进士，而且文韬武略，职务成为我家第二高峰，官封兵部侍郎、督察院右副督御史、山东巡抚兼提督，诰受资政大夫、镇威将军。第七代官职又一次下落，但也是文人。第八代既是文人，也懂军事显于朝廷，官职达到我家的第三次高峰，他是头品，相继任山西、江苏、河南三省的巡抚。总之。这八代人从武改文，又变为儒将，历经三次起伏。

随后，中国社会发生了根本的变革，几千年的封建社会顷刻间土崩瓦解转向民主共和。博尔济吉特氏族，当然也包括我们家，这个延续了七百多年的封建贵族体系从此在中国土崩瓦解、销声匿迹。

清朝几代皇后和妃子，包括清朝第一个皇帝努尔哈赤的妃子——寿康太妃，第二个皇帝皇太极的皇后——孝端文皇后、孝庄文皇后、敏惠恭和元妃，第三个皇帝福临的皇后——孝惠章皇后等都与我的祖先同宗。我的祖上随清军入关作战，属正蓝旗。我家从我这一辈儿向上追溯至少十代人都住在北京，大概有几百年了，而且不少人在朝廷做官。祖先曾在朝廷任过什么官职，远的都记不清了，因为家谱在"文化大革命"期间被烧了。近的，在清朝末年曾任过两个省的巡抚——大概相当于美国州政府的州长；也有当过翰林的……后来家族衰落。另外，自祖先迁居到北京后，已故的祖先的遗体再也没有运回蒙古，而是在北京郊区的祖坟中掩埋了。

说到这里，我转过身来，仍然靠着桥栏杆，又向东面一指："我家的祖坟离这里不足五公里，占地二、三百亩，百年的苍松翠柏围绕着一座座坟墓和整个坟地，很有气魄。可惜这片祖坟被政府无偿收归国有，夷为平地，建工厂了。后来，政府退还给我家12亩地，就坐落在朝阳区大郊亭（观音堂）那里。"

说到这里，我转过身来问詹森："你们美国只有几百年历史，你祖籍是哪儿的人呢？"

"和你比较，我的家世很简单，五代前是从意大利移民来美国的，我母亲有四种民族的血缘，我的身上就有五种了。"他风趣地说，"如果我们结婚有小孩，就有六种血统。"

"七种！因为我就有满、蒙两种血统，加上你的五种，当然是七种血统。"我辩论地说。

詹森插嘴说，"那小孩子一定特别聪明！"

那天，我与詹森从建国饭店出来想随便找个地方吃晚饭，刚走几步，耳边就听到有人在叫我的名字："咦——，这不是白露嘛！"

我回头一看，是个很精神的小伙子，可怎么也想不起来他是谁，愣了一下。

"你什么时候出来的？"小伙子问。

我听了很不高兴，怕他再问下去，转身就走。

身边的詹森沉不住气地问我："这是谁？他问你'什么时候出来的'是什么意思？"

我有点不耐烦："你没听懂他的话。他问我什么时候'回来的'。"

詹森不高兴地说："我的中国话再差，也听得懂'出来'和'回来'的意思。"

我不耐烦地说："那你想知道什么？！"

"我只想知道那个男的问的是什么意思。"

"唉！你真要知道其中发生的事吗？这可是你自找没趣啊！OK，那我就说给你听……"

精神枷锁

我爱唱歌跳舞，也喜欢表演。学校组织宣传队，每班只选男女各一名，我自然是那个女生。同学们说我形象好。班主任也说我是典型的演员材料。可惜"文化大革命"爆发后我失去了参加专业院校的机会，否则，说不定我很可能成为明星呢。

第三章

我的童年，北京

小时候，我皮肤白皙，五官俊俏，扎着两根小辫儿，爸爸给我起个小名叫"娃娃"。本来应该很讨人喜欢，但因为身体瘦小，头发黄黄的，常被人叫"黄毛丫头"。

我们家有六个孩子，我排行最小。似乎谁也不把我当回事儿，我总是跟着哥哥姐姐们的屁股后面转，希望他们跟我玩，但他们都嫌我小，嘴里常说："别老跟着我们，自己一边儿玩儿去。"夏天北京热的睡不着觉，三姐就找把蒲叶做的扇子让我给她扇风。她说我先给她扇100下，她再给我扇100下。我那时只有两岁，她比我大六岁。我每次扇完100下，三姐都睡的熟熟的。我出了一身汗，躺在床上想着明天三姐要是没睡着我也享受一下被扇风的感觉。可第二天晚上我给她扇风，她又很快就睡着了。这样一月一月的，一直到天气冷下来。包括那时候每人每月爸妈给的一毛钱零花费，三姐总是从我手里诓走，告诉我她下学会给我买糖回来，可多少年也没见她给我买块糖，每月的一毛钱就让她拿去买东西了，不知为什么也不记得和她讨个公道。现在大家都50多岁的人了，讲起来还真让人大笑不止。

依稀记得那时候我有个愿望：赶快长大，那时候会有一大堆孩子和我玩儿。

我听二姨说，妈妈年青时周围的人都夸她漂亮。爸爸当年是天津南开大学外语系有名的"帅哥"，大学里很多女同学都追他。人人都说我越长越像妈

妈，也有一点儿像爸爸。

我爱唱歌跳舞，也喜欢表演。学校组织宣传队，每班只选男女各一名，我自然是那个女生。同学们说我形象好。班主任也说我是典型的演员材料。可惜"文化大革命"爆发后我失去了参加专业院校的机会，否则，说不定我很可能成为明星呢。

那个年月，北京供应远远不如现在，不是有钱就能生活舒适，包括能吃得上新鲜蔬菜或瘦肉。许多食品和生活用品都按人头供应（凭政府发的副食本，或各类"票证"供应）。为了让家里人生活便利，包括每天买到生活必须品，吃上新鲜蔬菜和瘦肉，要和这些方面的人，包括卖菜的、卖肉的、卖副食的、卖百货的……都要搞好关系。漂亮女孩子碰到这种事儿当然轻而易举，于是我成了一个"神通广大"的女孩子。别人要买生活供应品有时要花很长时间排队，甚至买不到，而我因为熟人熟路，打个招呼便有人为我留着货了。再不就亲自出马看见哪个排在前面的人面善，和他笑一下就"加塞儿"到他前面了。

1972年，北京

我家搬进太平小区不久，上初中三年级。很快我就认识一大帮朋友了，出去玩儿时总有一帮朋友前呼后拥。居委会的老太太们最看不惯男孩儿女孩儿一群人在一起。有一次街道上戴着红袖章管治安的老太太问我："你怎么认识那么多人？"我不愿正面回答她，便笑着用四姐"说"我的话跟她打岔："不多，只有一百多鬼子，二百多伪军。"这是电影《地道战》里的一句台词。那时我们说话不是借用毛主席的语录，就是借用电影里的台词，很有说服力的。

那年月，社会上还残存着相当多的封建传统观念，包括专政机构和学校的领导，常把一些不符合他们道德标准的学生认为是"坏学生"。这种道德标准，包括男女学生不应该私自组织聚会、举办娱乐活动甚至在公共场所聊天。这种社会环境，必然导致了我悲剧性的命运。

那是1972年的秋天，我是应届中学毕业生，面临国家统一分配工作的难题。

自从学校公布了毕业分配方案，即大部分毕业生要去北京郊区插队，同学们交头接耳议论纷纷。由于当时走后门成风，许多学生家长凭自己的关系开始为自己的孩子找出路（走后门）。我的父母都是平民百姓，没有上层关系和门路。开始，我向同班女友赵秀丽打听，问她的父母有没有门路帮我一把。谁知她自己还没辙呢。于是我想到平时和我们很要好、大家都认为聪明、遇事有主意、家里路子广的男同学方明、李力。

当时社会和学校中封建意识十分严重，男女学生之间有一条不可逾越的"界限"，甚至不敢在公众场合下说话。在学校里商量这种事当然不方便，于是我们四个人便悄悄约好放学后到劳动人民文化宫见面。

这天下午两点钟左右，我们四个人在文化宫南门会面了。为了避免越过当时大家忌讳的"男女界限"，我们两个女生买票先进去，方明、李力随后进去。我们来到一棵大树下的两张固定的双人长椅旁，我们两个女生坐在一张长椅上，他们两个男生也随后跟来坐在另一张长椅上。

我们闲聊了两句就转入正题。我问两个男生面对上山下乡的分配方案有什么打算，他们家里有没有什么"门路"，帮我和赵秀丽想想辙。

我们四个人正在聚精会神地讨论，万万没想到，影响到我们命运和前途的灾难正悄悄地逼近。

一个身材高大、面色阴沉的警察不知什么时候突然出现在我们四个人的面前，犹如从天而降的凶神。

原来，当我们四个人在文化宫南门会面商量的时候，就被公园里巡逻的警察盯上了梢。

"你们鬼鬼祟祟地在这儿光天化日之下干什么呢？！"这个警察不问青红皂白，既然是"光天化日之下"，干嘛说我们"鬼鬼祟祟"，实在可气！可当时却把我们问愣了，也吓住了。

我的心怦怦地跳个不停，希望那两个男生至少有一个站起来向这个警察解释一下。我望了望他俩，他俩不但一动没动，相反，正不知所措地望着我们两个女生。

"没干什么呀，我们在聊天。"我鼓起勇气老老实实地回答，仍然按捺不住心中的恐惧，话说出来真像做了什么似的。

"胡说！你们明明是在鬼混！"

这个警察这里说的"鬼混"是指男女在一起有不正当行为。而我们男女分别坐在两张椅子上。

"我们在这里议论毕业分配的事。"方明也壮着胆子申辩了，但声音小得几乎听不清楚。多亏这是个十分僻静的地方，这个警察总算听到了。

"说得倒简单！你们四个跟我走一趟！"这个警察不耐烦地把两个男生推下椅子。我们两个女生也不知所措地站起来。

我们谁也没有经历过这阵势。在这个凶煞般警察的严厉的目光下，都乖乖地、惴惴不安地跟着他走了。

我们被带进了文化宫的公园派出所。

这是我第二次进派出所。第一次是三岁和大姐去地安门商场，大姐去买菜，我却看着卖活鱼走不动路。等看够了活鱼，就起身找大姐去了，也不知道走了多久，被人领到了派出所——那是一个温暖的家，有着许多和蔼可亲的警察叔叔。随后借助广播电台的威力，通过"寻人启事"找到了我妈，把我带回家。这次也是被人"领"进了派出所，可这次是在"文化大革命"中，我仿佛掉进了万丈深渊。

一进文化宫派出所，就感到一种阴影笼罩着我，担心等待着我的是传说中警察对流氓的呵斥、体罚甚至打骂。

事情似乎没有我想象得那么糟。我们每个人都被搜身了。搜出的东西被堆放在桌上，有门钥匙、指甲刀、零钱、手绢和圆珠笔等。而后，我和赵秀丽被关进一间小屋，不许说话，待审。

这是我第一次被关进派出所的小屋——也许就是拘留室吧。我与赵秀丽默默地相互对望着，一句话也不敢说，不知道等待我们的是什么。不久，我冷静下来，心想：我们四个人大白天坐着只是聊天，什么也没做，不应该受到惩罚。尽管如此，无缘无故地被关到这里总感到灰溜溜的。

方明和李力先被审问。后来听说，他俩除了被问了姓名、住址、所在学校，父母姓名及其工作单位，以及到公园的目的，到公园后都干了些什么，还被命令脱光所有的衣服，据说是想证实一下他们是否有过性交的迹象。他俩早被吓得六神无主，完全像木头人一样任人摆布了。那时学校根本没有文化课，从来没学过生理卫生。他俩根本不知道为什么叫他们脱得赤裸裸地站在办公室里接受检查，更不懂得什么公民的权利了。

文化宫派出所的警察没有为难我和赵秀丽，只问了与两个男生相同的问题。我们如实回答了。

他们没查出我们任何问题，却给我们学校和各自住区派出所打了电话，核实我们回答的情况是否属实，以前有否犯罪记录。询问结果，我们说的都是实话，没有"前科"。他们挂上电话，二话没说，就放我们回家了……

"这件事本来是场误会，但人多嘴杂，一些人中就出现谣传：这么久见不到我了，不是被关在家里，就是进了'局子'（指公安局）。所以刚才那个人问我什么时候'出来的'。"叙述完上面的故事，我补充道。

"噢，还有这种事？难怪啦。"詹森讷讷地说，"后来呢？"

"你知道那么多干吗？"我有点不高兴了。

晚饭后，我们坐在沙发上准备看电视，詹森再次提起今天路上的话题。"后来又怎样了呢？"他拿着电视遥控器，十分认真地问起我来。

"后来嘛——，我就倒了霉……"

第四章

1972年

一周后我去学校。刚踏进学校的大门，就见同学们仨一群、俩一伙斜眼看着我们，议论纷纷，没人再和我们打招呼。不难猜出，管区派出所一定和学校领导取得了联系，同学们也肯定都知道了我们一周前发生的事。糟糕的是当时一般人认为，校领导和派出所都不会冤枉好人，进过派出所的人必然有问题，没人会深入调查或核实事情的真相。

我虽然不以为然——没做亏心事，不怕鬼叫门，但没过两天，我所住的太平街派出所就把我找去谈话，又问了我一遍那天在文化宫里发生的经过。

我感觉不对劲了——看起来这个世界已经黑白不分了。

后来，我的一个伙伴告诉我，太平街派出所在整我的"黑材料"。他们招集了几个平时和我一起玩儿的孩子，吓唬她们说我是个不简单的人物，不揭发我的言行，就是包庇坏人，同流合污。小孩子们懂得什么，可不是吓得胡说八道嘛。其结果，他们给我定了两条罪状：第一，通过讲故事向青少年宣扬封资修流毒，对社会制度表示不满；第二，拉帮结伙，谈情说爱，作风不正，乱搞男女关系。

实际情况并非如此。

那时我喜欢读中外文学名著。如雨果的《悲惨世界》，大仲马的《基督山恩仇记》，小仲马的《茶花女》，莎士比亚的《王子复仇记》，特别是玛格丽特·米切尔的《飘》。这本书成了我面对生活的座右铭。中国的古典文学名著《红楼梦》《西游记》等，每次看完书就跑到楼下讲给那些小伙伴们听。这和"向青少年宣扬封资修流毒，对社会制度表示不满"，根本就是风马牛不相及嘛！

人们都传说，警察与流氓、小偷有来往，大概是出于"工作需要"，便于掌握社会动态和维护治安吧？虽然我爱交朋友，但从不与流氓来往，没想到竟然受到流氓的忌恨。当太平街派出所警察向他们的流氓团伙内线了解情况时，流氓乘机对我大肆地诬蔑了一番。

太平街派出所煞有介事地整理我的材料、给我扣帽子，没有引起我的警觉。我认为脚正不怕鞋歪，更没有把这些事放在眼里。除了帮助父亲和家里干点活儿外，我仍然像往常一样和小伙伴们来往。这就加剧了我的厄运。

一个寒冷的冬天，我被一个叫维嘉的小伙伴约去看他父亲老朋友的孩子。

维嘉的父亲潘先生是解放战争中震惊中外的"两航起义"的主要人物之一，母亲是俄罗斯人。维嘉是个十分精神的小伙子，很讨女孩子喜欢。那时候他还是一个老老实实的孩子。

我和维嘉去看的姐弟俩，我不认识。听维嘉说，姐弟俩和我们的年龄相仿，他们的父母是被关进"黑屋子"隔离审查的"走资派"。姐弟俩因此成了孤儿，很可怜。维嘉的父亲"文化大革命"初期被隔离审查过，也被抄过家，后来被周恩来总理保护下来，才免遭迫害。

这对姐弟俩住在北京市东城区的斜街。午饭后，我和维嘉便坐公共汽车去了。

为了给维嘉撑面子，我特意在出门前整理了头发，换上用母亲旧礼服改的衣服，穿上母亲的皮大衣，换了四姐那双时髦的皮鞋。维嘉这天也打扮得很得体。

我们来到斜街的一座深宅大院。这对姐弟俩在三间正房中接待了我们。

我和维嘉算是迟客，走进房间时，客厅里已有十几个青年男女了，但没有一个我认识的。维嘉大部分都认识。他先把我介绍给主人——他俩看上去都是中学生，衣着朴素。弟弟没多说话，姐姐和我互相问候了几句，我也说了些安慰她的话。我见她满脸愁容，两眼微陷，很明显地有了黑眼圈，估计几夜没睡好觉，加上哭的。我不禁想起我父亲被抓走后的情景，由衷地同情他俩的遭遇。

大家正聊得起劲，谁也没注意有人敲门，更没注意屋里闯入了几个戴红袖章、气势汹汹的治安民兵。直到小主人不知所措地站在一边，治安民兵把住了门口、窗前，形成咄咄逼人的包围之势时，屋子里的人才发现事态的严重。没有一分钟，屋子里变成了死一般的寂静，仿佛能听见人们的呼吸声。

那个时期，十几个人聚在一起如果不是学习毛主席著作就会被怀疑搞非法集会。不知是邻居报告了这个地区的联合治安办公室，还是这家早就被人监视了——刚刚被抓走隔离审查的"走资派"家中，一下子聚集了十几个人，这明显是阶级斗争的新动向。于是，联合治安办公室调动巡逻队包围了这座大院，经过一番布置后，便闯入了"聚集现场"。

"我是这个地区联防治安民兵刘队长。"一个身穿没有领章的军装、没戴帽子留着"刺儿头"、满脸"阶级斗争"表情的男人严肃地自我介绍。他看上去像是个复转军人。他环视了一下屋子里的人，声色俱厉地问："你们在这里聚众干什么？谁是领头的？"

没有人回答他的提问。显然，大家谁也没有经历过这种阵势，不论是站着的还是坐着的，都呆若木鸡，显然害怕得要命。我的心几乎跳到了嗓子眼儿，我真希望两位小主人能出面解释一下这里的情况；或者其他的高干子弟中有一人能挺身而出，拿出平时高人一等的派头、亮出高干父母的名号把这批民兵打发走。然而，事情的发展并非我所预料的。

刘队长用一双锋利的小眼，扫视着在场的每个青年人的脸，他想从中找到他要的目标或攻击的"缺口"。在他看来，这是一场"面对面针锋相对的阶级斗争"。

刘队长走到看上去年龄最大的男青年面前，喝问："你是这里领头的，对吧？！"

"不是，不是，我们没人领头。"这个男青年连说带用手比划。

"你来这里干什么？"刘队长不耐烦地问。

"我来这儿看望朋友。"这个男青年指着一边站着的小主人，"他俩是我父亲老战友的孩子，我们早就认识。"

"说出你的姓名、住址、学校，父母姓名和工作单位。"刘队长口气明显缓和下来。他心里清楚，住在这里的主人被隔离审查前是位高级干部，若是这里主人老战友的孩子，那么对方父母的地位可能也不低。那年月，摸不清学生父母身份地位或是否有"后台"前，不仅这帮民兵，就连警察也不敢轻率处理学生。很明显，刘队长怕对方父母仍在"台上"，处理不好，自己要丢饭碗。

从这个男青年的回答中得知，他的父母仍在台上。刘队长很扫兴地转移了捕猎目标，眼光又扫向我们之中。

突然，刘队长发现了"新大陆"，一个身材弱小、容貌平平、装束很不入时的女孩子。她怯怯地站在一个高个儿、宽肩的男孩子后面。刘队长抖擞起精神，上前几步来到这个女孩子面前，劈头喝道："你到这儿来干什么？！"

"我，我……"这个女孩子被突然窜到面前的刘队长吼蒙了，吓得说不出一句话来。

"说出你的姓名、住址、学校……"刘队长看她吓的样子，断定她的父母八成不是高干，于是口气顿时粗硬了许多。

"我，我叫……"这女孩子确实有点儿慌，她用抖动的嘴唇越来越微弱的声音回答，后面的话根本听不见。

"大声点儿！你做了什么亏心事？"刘队长大声说。他进一步认为自己判断的正确性，怀疑她是个不正经的女孩子。

这个女孩子在刘队长的淫威面前像小鸡见了黄鼠狼，不知是被吓的，还是从没见过这阵势，竟"哇"的一声哭起来。

这哭声使屋子里的气氛更加紧张起来。

我虽然不喜欢那个打扮不入时的女孩子，但打心眼里厌恶这个刘队长。我想，这个刘队长不就是胳膊上戴着那个红袖章嘛，不然他与街上欺负女孩子的流氓有什么分别？

看到刘队长继续刁难那个哭哭啼啼的女孩子，我有点儿义愤填膺，沉不住气，不知哪来的勇气，壮起胆子冲口说道："你有什么权力这么对人？再说，宪法哪条规定民兵可以私闯民宅刁难人？"我虽然没阅读过宪法，但凭父母给我的常识，这些人的行为一定不符合法律。

刘队长转身望着发话的我，先是愣了一下，随即用怀疑的眼光打量着我。他几乎不相信有人会在这种场合下站出来顶撞他。尤其声音发自一个女孩子。尽管这个女孩子端庄、大方、脸上仿佛流露出一种"贵族"气质，但毕竟是个小女生，一个在他治安管辖区内的"嫌疑犯"。

刘队长慢慢地移步到我的面前，舒展了一下脸上的横肉，尽量放缓了语气问道："你是谁？"

屋子里的哭声停止了，所有的人都睁大了眼睛望着见义勇为的我。

我见对方缓和了语调，胆子大了起来，没有回答他的问题，而是沉住气，一板一眼地反问道："这儿的小主人最近身体不太好，朋友们不约而同来到这里看望他们。你们进屋时也看到了，大家都在这里规规矩矩地谈话。请问，这有什么越轨或犯法行为吗？"反正我们没有一个抽烟喝酒的，更没谁谈论政治。

刘队长愣了一下，脸上出现不耐烦的表情："你们这么多人聚在一起，谁知道在干什么勾当！"

我理直气壮地反驳道："你仅仅是在猜疑，能当法律依据吗？如果你们没有任何证据说明我们有违法行为，干嘛要这么质问我们？身为首都治安民兵，没有一点法律常识吗？"我一点也不示弱，因为我就是这么想的。我不认为我们做了什么坏事。

这个家伙被我问住了，转身招呼其他的民兵出屋门嘀咕了一会儿，就离开了这个房间。

我最初以为，他们可能就此罢休了：这里虽然有不少人聚在一起，但既没有人胡闹，也没有人违法。这是一场误会。没想到这帮民兵撤出去完全是在商量对策。他们认为发现了我——这个自己跳出来表演的人，一定是此次聚会的召集人。从我质问他们的话里分析，怀疑我是群龙之首，也是个大有来头的人物。

"你们都可以走了。" 刘队长进屋朝着大伙儿说。声音没落，屋子里十几个人像是打开门的笼中之鸟，纷纷拿着自己的东西，一走而光。

刘队长拦住我的去路："请你留一下。"

"你们凭什么要扣留我？我犯了什么法？！宪法哪条允许你们无故抓人？！"我嘴里虽然这么说，心里却有点慌，想夺路而走，于是不顾他的拦阻，拎起大衣冲向房门。谁知我只走了几步，又被门前的两个彪形民兵拦住了去路，看来我硬闯是不行了。

我相信，这时假如有几个聚会的人能站出来和这帮人理论，或许他们也不会把我怎么样，毕竟他们没有任何依据抓人。但是，那十几个人如惊弓之鸟，不但没有一个人肯站出来帮我说句话，都自顾自头也不回地走了。那个受了惊吓而哭的女孩子，也不过向我瞟了感激的一眼，急急忙忙地跑了出去。就连带我到这个是非之地的维嘉，也没敢和我告别，胆小地低着头，从别人身旁溜出了门。只是在他即将踏出屋门前，向我偷偷地溜了一眼。我抓住了他的眼神——这是一双临阵畏缩逃兵的眼睛。

"亏他还是潘先生的儿子！这人真可悲！"我沮丧地想着。

"走吧，到我们办公室去谈谈吧。" 刘队长摆出一副商量的口气对我说。

我身边一直站着那两个彪形大汉，但他们没敢碰我。

"我没犯法，我不去！"我斩钉截铁地回答。我心里十分清楚，在老百姓家里，这帮民兵总是有点忌讳和顾虑。一旦到了联防办公室，我便成了他们的俎上肉了。

双方无言地僵持着。我心里认为：只要我能挺住，他们没见到我做任何违反治安的言行就应该让我走。

也不知道过了多久，突然院子里冲进几个警察，其中一个女警慢条斯理、阴阳怪气地对我说："怎么？请你去谈话就这么难？"

这种咄咄逼人的阵势我从来没见过，我毕竟是个16岁的女孩子，警察要带人再不走，就显然"不识时务"了。我当时的脸色一定惨白，无可奈何、惴惴不安地被迫跟他们走了。

出了房门，女警察打开了警车的门，让我坐进去。我被迫坐在警车后排座位中间，两旁坐着一男警一女警。车开动后，那个男警挺和气地问我姓名、所在学校、住址。我凝视着前方沉默着，没回答他的问话，心里冰凉，想着下一步等待我的是什么，怎么办。因为我的阅历实在太浅，根本无法想象前面还会出现什么。不过，有了上次文化宫公园派出所的教训，我想，反正我问心无愧，只是陪着朋友去串门，我既没做任何错事又没犯法，他们不敢把我怎么样。

警车把我拉到联合治安办公室，女警察让我在办公室里等着，说有人找我谈话。随后警察和警车都离去了。

一会儿，联合治安办公室的两个负责人和我坐下来谈话。他俩都是和颜悦色，问我姓名、住址、所在学校、父母姓名和工作单位。我只告诉他们我没错，也没犯法，应该让我回家。谈不下去了，又形成僵局。

时间过得很快，天渐渐黑下来，夜幕降临，办公室的两个负责人轮流到旁边的屋里吃饭。我又渴又饿，他们并没让我喝水，更不用说给我吃东西了。一会儿，其中一个人对我说："你要打个电话让谁接你吗？"

我不知所措起来。一想起我的父亲若来接我回去，回家准会挨顿揍。这时我真梦想我的父母要是有权有势，我给他们打个电话，他们准会派车接我离开这里，而这里的治安民兵，还会赔着笑脸送我呢！可惜，我没有这样的父母。我也幻想要是我的老祖宗成吉思汗还活着，他绝对不会容许这些人这么对待我，一定会带着千军万马，杀出一条血路把我救出去。或者我有孙悟空的本事，变成蚊子，一下子就飞走了。

夜渐渐深了。由于联合治安办公室无权拘留任何人过夜，于是他们打电话到公安分局，那里又派来警车把我"接"到分局。我没有反抗，因为我知道，一切无济于事，只能听从命运的安排。

第五章

在公安分局的值班室里，一个副局长正在值夜班。这是个矮胖的中年人，脸肥胖红润，眼光显得慈祥。他"热情"地"接待"了我，还给我倒了杯热茶水。他只字不提关于大院聚会的事，而是和我聊家常，甚至聊一些兴趣和爱好。他很会诱导人谈话。我和他谈着，谈着，忘了自己是在警察局里。

这个副局长看到谈话的"火候"到了，开始转了话题："我知道你是个好孩子。"他摆出长者的身份——从年纪上讲，他的确是长辈，他的年纪看上去和我父亲差不多。"从你一进屋到现在的举止言行，就完全看出你是个有文化、有教养的好孩子。"

听着他的夸奖，我心里甜滋滋的。他说的是实话嘛！"看来公安局里还是有好人，还有说公道话的。"我心里想着，继续听他说。

"我知道那些民兵误会你了。"副局长继续很"体谅"地对我说。"他们是新从各工厂基层抽调上来的治安民兵，政策水平很低，你不会计较他们吧？"

我的警戒线完全被攻破了，对这个"和蔼可亲"、"理解"我的老人，还能怀疑他想算计我吗？我终于忍不住脱口而出："是呀，我不会计较这些治安民兵的，因为我五哥也是治安民兵。"

"是吗？你五哥也是治安民兵，咱们就不是外人了。他是哪个单位的？叫什么？"他和蔼地问，脸上仍然带着慈祥的微笑。

我随口说出了五哥的名字和他的工作单位。

——我不打自招了。

这个副局长看了看桌上玻璃板下密密麻麻的电话号码，手指迅速地滑动着，找到一个号码，挂了电话。

天真幼稚的我在做美梦。我只想，对于公安部门来说，有个当民兵的五哥我就不算是外人了，他们就会放我回家。没想到，这个副局长那张慈祥的脸是张"画皮"。他在装腔作势地演戏。当他从我嘴里套出我五哥的名字和单位后，立即给我五哥所在工厂的保卫科打了电话。他以公安分局和分局副局长的来头，轻而易举地从工厂保卫科那里了解了我五哥及我的家庭情况。同时，又给我家住区所属的太平街派出所挂电话，知道了我父母是何许人。

这时候才真相大白，这帮民兵和警察之所以一直对我客气、不敢来硬的，就是因为见我的举止言行不凡，担心我家有"背景"。

这个副局长知道我是"臭老九"的女儿后，马上对我冷淡起来。在我面前，他已经不是那个和蔼可亲的长辈，而是威严的公安分局副局长了。

这副局长听我家住区派出所正在整理我的"行为不轨"的材料，居然给我五哥工厂保卫科打电话，让他们马上把我五哥开除民兵组织。我五哥因此而受到牵连。

道貌岸然的副局长如释重负地放下电话，站起身，整了整警服，阴沉着脸，冷冰冰地对我说："一会儿有人接你走。"说完，扭身出了值班室。

我听了副局长的话，仿佛一盆冰水浇到头上，从头冷到脚。我脑袋僵了，心里却明白：这下可有我好看的了：公安分局一旦把我交给管区派出所——他们正愁搜集不到我的黑材料，我成70年代的窦娥了。

可我一直不明白，今天的事从始至终、甚至那天在文化宫的前前后后，我到底做了什么错事？犯了什么法了？这些警察和民兵为什么如此地对待我？

我正在发愣，突然脚被人用皮鞋踢了一下，耳边同时响起一声吼叫："站起来！"

我一下子被震醒了，本能地朝踢我的人瞪了一眼。眼前出现两个瘦高个儿警察。他俩都是我住区派出所的警察。两人的脸拉得长长的。

我认识这两个警察。一个姓吴，一个姓常。就是他俩在"文化宫事件"后找过我谈话，把我"挂上号"的。真是冤家路窄！

"好你个白露！跑到这儿来装神弄鬼！叫你站起来听见没有！"姓吴的警察又用他那特制的警察皮鞋踢了我一脚，比第一次还重。

姓常的警察斜身儿站了半个虚步，双手交叉在胸前，轻蔑地看着我说："怎么着，还需要我们扶你起来吗？"

我无可奈何，知趣地站起来，不过，我仍然忍不住问了一句："我到底犯了什么法，你们这样对待我？"

"走吧！用不着你问，回去会告诉你的！"他恶狠狠地说。

被欺侮、被冤枉的我，垂头丧气、无力地迈着艰难的步子，向值班室门口走去，刚迈出几步，就被身后的警察恶狠狠地推了一下，我一个趔趄，几乎摔出门外；刚站稳了脚，又被推了一把。我明白了，无论我走得慢、还是快，都要被推搡的。显然，他们这是做给上司机关看的。

院子里停着一辆北京212吉普警车。我被推搡到车前。姓吴的警察打开车后门，对我说了声："进去！"我是爬进后门的，一屁股坐在后车座位上。姓常的警察吼道："谁让你坐下的？蹲着！"

天哪！北京212吉普车前后两排座之间那么窄，只有放脚的地方，哪有人蹲的地方呀！况且后面还坐着两个大男人！我还穿着十分讲究的皮大衣呢！我坐着没有动，还反问道："我为什么要蹲着？"

还没等我说完，一只熊爪子般的大手突然抓住我的后衣领，把我提起来，狠狠地摁到前后两排座之间那狭小的空地，蹲在那里。我被挤压得喘不过气来。

如果不是我小时候练过舞蹈功夫，他这么折腾我，非骨折不可。

我看过想到许多电影里，也没见过一个囚犯像我这样在押送的囚车里受到如此的欺侮！况且，我不认为自己是囚犯，我没犯法呀！

车子开动了。一路上，汽车在马路上不停地颠簸，每碾过一块石头，车就跳起来一下，我的头也不时撞到车顶。偶尔撞到姓常的警察的腿，他就用手敲我的脑袋，生硬地说："别动！"

我没有一滴眼泪。我恨自己为什么不去学武术成为武林高手。若是，我那时会把欺侮我的人打得爬不起来！我也恨我自己为什么没有投胎到一个高干家庭。若是，这帮人也不敢碰我一根毫毛。可惜，我只有一个被取消工作权利的知识分子的父亲和没有"背景"的母亲，我恨我只是个文弱无力、可以任人欺负的、仅仅16岁的女孩子！……

第六章

　　警车到了太平街派出所，我被推推搡搡，押到一个有七、八个警察待的办公室里。

　　"先交待你的问题！"我刚站稳脚，就听后面的警察大声命令。我实在不明白，"审"我这么一个女孩子用得着这么多警察吗？"这么大的太平街还装不下你，竟远远儿地跑到斜街去鬼混。"

　　原来，那个公安分局副局长实在气我一个小小的黄毛丫头耽误了那么多民兵和警察的时间，他也和我周旋了半天。于是吩咐派出所警察好好地审审我。

　　"我没问题，交待什么？"我早就横下心，豁出去了！他们无论怎么折磨我、诈我，绝不能违心地承认莫须有罪名！

　　"还嘴硬！"姓吴的警察瞪着两只吃人似的眼睛，脸拉得老长，厉声道："你和多少人有过男女关系？"

　　我看着他，心里在想什么是"男女关系"？那时的学校不上"生理卫生课"，记得我13岁那年第一次来月经，血没完没了地流，不知是为什么，竟在厕所里坐了三个小时，一直到三姐放学回家要上厕所。她说我再不出来她就尿裤子了。一打听才知道那叫月经，一月一次。

　　"你和多少男人睡过觉？"不知谁又问。

　　"真是无稽之谈！"我气愤地反驳道，除了和姐姐们共睡一个床，哪里和外人睡过！他们这么无理取闹，真是岂有此理！于是用仇恨的眼光瞪着姓吴的。

　　"谁不知道你是太平街头号女流氓！和数不清的男人睡过觉，也不知打过多少次胎！"是那个姓常的警察阴阳怪气的声音。

　　真不知道他们怎么编的故事，"流氓"到底是一个什么概念？"打胎"是什么东西？从他们嘴里说出来，一定不是什么好事！我转向发话的两个警察愤怒地喊道："别忘了你们是警察，为什么平白诬陷好人？"

……

这时，太平街军管会常驻派出所的耿代表来了。他听完了警察的汇报，决定亲自审问我。

这时我有点犯困了，一天都没消停，连晚饭也没吃上一口，又被他们审问、折腾得昏昏沉沉。警察们问什么、说什么我都没听见，脑子里产生一种天真的幻想："假如我是个白痴就好了，既不会惹是生非，今天也不用站在这里了。"

昏沉中我听见有人叫我的名字。定睛一看，屋子里只剩下耿代表，是他在叫我。

耿代表是个身材魁梧的中年人，不但膀阔腰圆，连脑袋脖子都很粗壮，那形象犹如庙里的哼哈二将里的哼将。虽然他貌似神将，可惜人妖不分。

耿代表客气地让我坐下，尽量装出一副和蔼可亲的样子。不过，他的演技可不如那个公安分局副局长高明，毕竟是行伍出身。他引导我说："你这么小小年纪，一定是社会经验太少，什么都不懂，只要你把过去认识的坏人和做过的事告诉我，我们一概既往不咎。"

我听着，低着头，一言不发，鄙夷地听他唱哪出戏。

耿代表见我低头不语，认为他的话打动了我。又开始问我："你认识丁小五吗？"他索性从兜里掏出一个小本本，翻开一页。

"不认识。"我平静地回答。

"那'镇朝阳'郭奎呢？"

"不认识。"

"你认识拐子李三省吗？"

"不认识。"

"你认识赵要武、陈兵……"

"都不认识，没见过。"

"耍滑头！"耿代表撕破了脸，"啪"地拍了一下桌子。"你是太平街出了名的头号女流氓，怎么这个地区的流氓你会一个也不认识？你把我当傻子吗？"

"您凭什么诬蔑我是流氓！"我想他们评估"流氓"的概念就是"打、砸、抢、偷、侮辱妇女",而我这么个中学生,不过就是去看望两个没父母的孤儿,和"流氓"行为怎么能牵扯到一起呢?根本不存在他们冤枉我的那些莫须有的罪名,我没做亏心事,才不怕鬼叫门呢!所以我没有示弱,心平气和地说:"别人给我乱扣'帽子'也罢了,您是军代表,怎么也这么无中生有不实事求是呢!再说,我干吗要认识这些流氓?!"

"住嘴!"耿代表早已不耐烦了,"别人说,不能看你是个孩子就小看你,我还不信。现在看来,你果然是顽固不化!真可惜你这小小年纪,竟堕落得这么深!你马上给我写悔过书,坦白过去所做的一切坏事。比如,你和哪些男流氓鬼混过,和谁有过不正当的关系,你必须交待清楚。坦白从宽,抗拒从严。"

我被他弄糊涂了,什么鬼混呀、不正当关系呀?他在胡说些什么呀!这些字眼,我连听都没听说过。

"小张!"耿代表突然大叫一声,震得我耳朵嗡嗡响。

一个年纪约二十几岁的女警察进来了。

"把她带到那间小屋去,让她写悔过书。"耿代表命令。他转身又对我说:"不好好写悔过书就送你去少年劳动教养所!"

我的脑袋"轰"的一下气炸了。这哪里像个解放军的代表!我知道和他申辩什么都没用,再说了,"少教所"都是教养那些真正做过坏事的年轻人,而谁都知道只要进了"少教所",这辈子就完了,就别想再找到正经工作。我虽然什么坏事也没做过,但真让他们给送到那里,跳进黄河都洗不清了!得想想怎么办才是。于是站起来跟那个女警察走了,边走边想,反正早已横下一条心,不管他们耍什么花招儿,绝不能承认这些莫须有的罪名。脑袋掉了不过碗大的疤!何况我是清白的。

我跟着女警到了一间十分昏暗的屋子里。这里只有一张两屉桌,两把椅子。墙上衣钩上挂着件军大衣。女警拿来几张白纸和一支圆珠笔,放在桌上,说:"你就按耿代表的意思去写吧。"她没再多说话,坐在我的面前,双臂交叉在胸前看着我。

我坐在一支大概25瓦昏暗的灯下,呆呆地望着身旁桌子上那支笔和纸出神。我实在不明白，他们在毫无依据的情况下为什么一口咬定我是"地区头号女流氓"？还诬陷我对我这么凶恶。这时我才理解，那年父亲受诬陷后，被逼写检查时的那种感受了——痛苦、心碎、煎熬和绝望！以致几天头发变白、双目失明！肯定是气坏的！

时间一分一秒地从我身边悄悄地溜走，到底过了多久，我不知道。对面坐着的女警实在熬不住了，趴在桌上轻微地打起鼾来。鼾声打断了我的思绪。这是冬末，夜里十分寒冷，屋里虽有暖气设备，但暖气并不暖和。我见这女警身上穿得不多，顺手摘下墙上挂着的军大衣给她盖上。我仍旧坐下来继续想下步怎么办。

一会儿女警醒了，见身上盖着军大衣，问我："是你盖的？"我点了点头。她似乎有点触动，说："其实我看你这么年轻，也不像个坏孩子。他们让你交待什么，你交待一下就过去了嘛，胳膊拧不过大腿的。"看来她很同情我，和"他们"观点不同。

我向她苦笑了一下说："我什么也没做，写什么呀？我总不能没做的事瞎编在这纸上吧？我还不明白这年头谁会拿鸡蛋碰石头，自找没趣儿呀！"

女警好像是同情地点点头，出去了。大概她是向耿代表汇报情况的吧？

果然，不一会儿耿代表来了。他坐在我对面，横眉瞪眼地说："看来你和专政机关对抗到底了。我从来没有见过像你这么小小年纪如此顽固不化的！你别以为我们对你没办法。"他像在宣读一个"罪犯"的判决书似的继续说，"现在先叫你回家。明天早上八点到派出所报到，参加流氓悔过学习班。如果你还不认错，就送你去少年劳教所！"说完，他站起身，不耐烦地说："走吧，我们现在'送'你回家。"

派出所到我家步行不过15分钟。耿代表和姓吴的警察在最黑暗的严冬清晨两点多钟，敲开了我家的楼门。

门开了，爸爸披着大衣，惊疑地望着门外的三个人：一个军人，一个警察和我。妈妈惊吓得没说一句话，忙把我们让进了屋。爸爸顺手把门关上。

耿代表严肃地对我爸爸说："我是这里管片负责人耿代表。今天你的女儿在斜街和一群男男女女鬼混，被公安分局抓获。根据我们储存的档案，你女儿主要问题：一是通过向青少年讲故事，散布封、资、修思想；二是和许多男流氓乱搞男女关系，打过几次胎。我们决定让她参加流氓悔过学习班。明天早上八点钟，你们带她到派出所报到。"说完，转身拔腿要走。

爸爸一把拦住他说："耿代表，您说的事儿我们从来没有听说过。当然，女儿大了，经常出去玩儿，我们做父母的也常有不知情的。不如给我点时间好好问问她。"

耿代表"哼"了一声："你问她可以，但她明天早上八点钟必须去派出所报到！"转身推开爸爸，顺手开了门同姓吴的警察头也不回地走了。

爸爸把门关好。妈妈急不可待地问我："出什么事了？他们怎么你了？"

我听妈妈这一问，一天的委屈一下子涌出来，扑到妈妈的怀里痛哭起来。

四姐早已被吵醒了，起来看见有外人，不方便出屋门。这时也出来问怎么回事。

爸爸妈妈忙安慰道："先别哭，有话好好说。"

我擦了擦眼泪，断断续续地喘着气哭诉了事情的经过。

爸妈和四姐听完了我的哭诉，相视半天无言。还是爸爸打破了沉默："你和四姐先去睡觉，我和你妈妈好好商量商量。"

"嗯。"我答应着，连衣服也没脱，躺在床上昏昏沉沉地睡着了。

不知睡了多久，我被妈妈连推带叫地弄醒了。我坐起来，揉了揉眼，觉得窗外还是黑黑的。我爬起来跟着妈妈进了大屋，坐在椅子上。爸爸让我喝了口热水，我头脑清醒多了。

看来爸妈为我的事一夜没合眼。

"我和你妈都相信自己的女儿是无辜的。"爸爸说道，"你没有做过任何他们说的事，对吗？"爸爸问我。

"当然没有！"我不假思索愤愤地说，心里并不明白爸爸说的"事"是什么。

"我和你妈也这么认为，所以这么早把你叫醒。为了证明你是清白的，你跟你妈去趟医院，行吗？"爸爸又问我。

"去医院能证明什么吗？"我莫名其妙地问，心里在琢磨医院和派出所有什么关系。爸妈对望了一眼，点了点头。

第七章

严冬，清晨快七点钟了，北京的天还是那么黑，刺骨的寒风向我迎面扑来，抽在脸上生疼。大街两旁昏暗的路灯，把地上铺了一层灰色。街上已有行人赶着上班了。稀少的公共汽车从身边疾驰而过，卷起路上的尘土落在我的身上。我掸了掸，心想："那些诬蔑要是能像落在身上的尘土一掸就下去了该多好啊！可惜，诬蔑之语像是泥潭，被人推下去，很难爬上来。"

我和妈妈七点半到了太平医院。妈妈挂了妇科号。在此以前，我上医院不是看儿科就是内、外科，从来没挂过妇科号。

我疑惑地跟着妈妈来到二楼的妇科候诊处，心里还想"妇科不是生小孩儿的吗？我到这儿来干什么？"我也没敢问。因为我明白：一旦进了流氓悔过学习班，就要写进我的个人档案里，一辈子走到哪儿都背着它，那就真是跳进黄河也洗不清了。在现实面前，面对警察里这帮不讲事实的人来说，不分青红皂白对我的陷害，硬要诋毁我、让我背一辈子黑锅，我已束手无策。无论爸妈想出什么办法，我都会去做。我相信爸妈是为了我好。

好不容易熬到了差十分八点，一位身穿白大褂的老年妇女走上楼，好奇地望了我和妈妈一眼。因为在妇产科候诊室里的几个妇女大多挺着个肚子。我和妈妈坐在最前面，妈妈的年龄太大，我的年龄太小，一看就不是来生孩子的。

"你们谁看病？"她那慈祥的面容，端庄的神态，给人一种信任感。

妈妈站起来，把老大夫拉出候诊区，小声地说了些什么。

老大夫听完后同情地望了我一眼说："跟我进来，孩子。"她叫我进入诊室。

我跟着老大夫进了诊室，除了一个办公桌，墙角边有个半个单人床大小的台子，台子旁边挂着一个白布拉帘。医生看着我还在发愣，便指着那张只有一米长的台子对我说："把裤子都脱下来，躺到上面去。"

"脱裤子？我活这么大还没在外面脱过裤子呢！过去到医院听诊、抽血化验都是穿着裤子检查的，在屁股上打针也不过在下腰上。她要我脱裤子干什么？再说啦，半个床大怎么躺呢？"我想着，有点不知所措。

老大夫和蔼地说："没关系，只一会儿就好了。"

我进退两难，有点后悔和妈妈来医院了。但一想也许按医生说的做，能洗清我的冤屈。就一闭眼豁出去了：我无奈地将毛裤、棉毛裤一层一层的脱了下来，然后坐在床沿上，用裤子盖着大腿，等待医生救命。

老大夫走过来，从床沿两边拉出两个架子，把我两条腿V字形地劈开分别固定在两个架子上。温柔地对我说："躺下去吧，孩子，我会尽力轻些。"

我躺倒在半截床上，大脑一片空白。我的脸"腾"的一下子热起来，滚烫、滚烫的，脑子嗡的一声，头向后仰了下去，上半身躺在了那一米的诊断床上，仿佛失去了知觉。

"这就是他们诬陷我的罪状呀！真卑鄙、下流！天底下竟然有如此恶意中伤人的魔鬼！他们为什么要在这种最见不得人的地方大做文章呢？"我恨恨地咬着嘴唇想着，嘴唇被我咬破了，鲜血印在牙上，眼泪慢慢顺着眼角流下来。一种羞辱感一下子涌上我的心头，这种羞辱逐渐变成了仇恨。

老大夫在我下身做了什么，我一点没有感觉了。在那个时代，人们的思想都很保守，没有性知识教育，更没听说过给青少年做妇科检查的事。对我来讲也是生平第一次。

一会儿，我感觉两腿被从架子上放了下来——像被从十字架上放下来似的。头被轻轻地抚摩了一下。一个柔和、亲切的声音在耳边响起："起来吧，孩子，去穿上衣服。"

我忙乱地穿上了裤子。

我迷迷糊糊地听到老大夫对妈妈说："……完整无损，……一点儿没事……"

老大夫坐到办公桌前，拿起笔说："我给你写个证明，拿这个证明就可以去有关单位辟谣。——唉，这年头太可恶了，哪有给女孩儿造这种谣的！"她十分感慨，在一式两份的诊断书上，挥笔写下了几个字，交给了妈妈。

妈妈拿到手里一看，诊断书上除了有关患者姓名、身份和医生签名之类的一般内容外，在巴掌大的诊断结果中有五个醒目的大字："处女膜完整。"

"感谢老天爷！"妈妈禁不住地流下了眼泪："谢谢医生，谢谢您！"

这哪里是一份诊断证明书，这是南海观音菩萨洗净女儿身上污秽的甘露，这是一帖让女儿逃避瘟神的护身符。

老大夫站起身来，拍拍妈妈的肩，安慰她说："带女儿回去吧。多乖的一个女孩子！这是什么世道啊！哦，对了，要是有人有什么疑问，可以到我这里来调查。"

妈妈感激地点点头，擦了擦眼泪，带着我回家了。

过去看过的书，只记得世界上有两个女人被检查过处女。一个是英国伊丽莎白一世（Elizabeth I），另一个是法国圣女贞德（Joan of Arc）。可检查她们因为历史因素：政治和宗教，拿我这普通老百姓有什么文章好做！

在家焦急地等着我们回来的爸爸，一见妈妈带回来的诊断，二话没说，拿着这份证明一个人冲出门，直奔派出所。

太平街派出所的耿代表早已在办公室里等得不耐烦了，因为这是他亲自处理的事情，他要亲自落实。他跑到门口值班室看动静已经几次了。这次，他若没见到我爸爸三步并两步地走进来，便带人去我家了。

"怎么？你女儿呢？"耿代表劈头就问。

"我女儿是清白的，是被人陷害的！"爸爸斩钉截铁地大声说着，恢复往日一副正义凛然的外交官谈判的样子。

耿代表十分意外地愣了一下，值班室里几个警察也被这话吸引过来。爸爸成了值班室里的焦点。

爸爸接着说："这是刚从太平医院作的妇科诊断证明。"爸爸把证明拍在值班室的办公桌上。

不仅耿代表瞪着滚圆的两眼盯着这份证明，办公桌附近的几双眼睛一下子也移向了这小小的一张纸。"所以，"爸爸放慢了速度，"污蔑我女儿'乱搞男女关系'纯粹是诽谤，都是胡说八道！你们要澄清我女儿的名誉！"

爸爸义正辞严的话和那张证明上的五个字，像一颗颗子弹射中了这个轻信谗言、主观臆断的耿代表。他半天才从嘴里挤出几个字："有时候女人生过小孩儿打过胎处女膜也可以保持完整的，不是吗？"

"您有没有点医学常识？"爸爸的脸腾的一下子气得通红，脖子的青筋变得老粗："您这么大的岁数，都是过来的人了，不懂得医学和医疗诊断，也该知道女人结过婚就不是处女了吧？怎么可能生过小孩儿、打过胎后处女膜还完整呢？！"

周围传出几声极轻的、忍不住的笑声。不知是笑我爸爸文质彬彬说得这么露骨，还是笑这个耿代表作为领导竟如此愚昧无知。

爸爸见耿代表没话反驳，接着说："我女儿是无辜的！如果你还不明白，回家问问你老婆去！亏你还代表政府呢！"

耿代表被我爸爸的话噎得无言以对，竟然耍起赖来："哼，我怎么知道这个证明是不是真的？除非我们选择医院对她进行检查。"

"你太不讲理了！你可以去医院对质嘛！不过，这样也好！你告诉我你选的哪家医院就是了！"

耿代表一时说不出一个医院的名字。很显然，他完全没有思想准备。

大概是我的诊断证明不可争辩和爸爸的话无懈可击，耿代表终于哑口无言了。

爸爸和耿代表接触后，知道他是个只会打仗的军人，回家后一点儿没责备我。

爸妈心里明白，我是清白的。鉴于当时社会治安不好，躲避是非的最好办法就是不要让我再出家门。于是，劝我在家呆一段时间。又怕我管不住自己，所以，遇到家里只有我一个人时，就把大门反锁。

我就这样在家里被"关"了好长一段时间。不过，我不认为自己犯了错误，我甚至想，是否用自杀抗议姓吴、姓常的警察和耿代表对我的侮辱？但回过头来，又担心这样自杀会不会被人认为畏罪自杀。再说了，耿代表他们岁数那么大，我又这么年轻，耗也要和他们耗下去。

我以为我已经澄清了事实——我是清白的。然而，我万万也没想到，派出所耿代表后来竟然打电话叫我们学校管分配的老师利用"体检"让我到太平医院复查。而且找不同的医生。当然，我复查的结果是一样的：处女膜完好。

第八章

　　那时候我家的境况非常糟糕。当时爸爸正在被停职停薪审查，家里生活没了着落，完全靠做"补活"和借债维持生活。"补活"是一种手工活儿，即用针线在床单、桌布和手帕等棉织品上缝绣图案。为了节省开支，我家搬进了一套只有煤气没有暖气的简易单元楼中。为了节省电费，在两间屋之间的隔断墙（约15厘米厚）上凿了一个一尺见方的洞，一根铁丝通过这个洞横跨两间屋子，两间屋子只有一支20瓦的日光灯。两间屋子同时需要亮光，灯管横穿墙洞，一间屋子一半灯光。如果做补活，灯就全部拉到一间屋里，另一间屋子就成了黑暗世界。厨房只用5瓦的灯，厕所和过道虽然有灯座，为了省钱没安灯泡。厕所里也没钱买卫生纸，而是用免费小报裁剪成小方块儿纸代替。到了冬天，两间住房也只有一间屋子里生炉子，另一间全凭穿过屋子的烟筒余热取暖。炉子本来就很小，只有四块直径和高约十几厘米的蜂窝煤的容量，加上没有足够的钱买煤，炉口经常压着"盖火"（即让炉子里的煤燃烧得慢一点）。到了晚上，还封上炉子。屋子里又黑又冷，长期呆在房间里，不用说有心脏病的爸爸常觉憋闷，我也冻得穿着绒衣裤、盖着被子……

　　相当一段时间里，爸妈看得我很紧，把我锁在家里。除了做做饭，看看书，我开始认真学习英文。时间一久，爸妈见我安心在家，出去便不反锁门了。

　　这天下午，家里又剩下我一个人，我拧了拧门把手，推了推门，觉得门没有反锁，回身披上一件棉猴儿（当时对戴帽子棉衣的叫法）便出了门。

　　深冬，天气很冷。我顺着楼后的一条小路，悠闲地走着，呼吸着外面的新鲜空气，就像出了笼子的小鸟，浑身感觉舒服多了。没散步多久，迎面走来不久前结识的朋友陆梅。

陆梅是不久前搬到太平街的。她的爸妈原来都是中国驻外机构的官员。"清理阶级队伍"运动刚刚开始,她的爸妈就被单位召回北京述职。没想到刚下飞机,她的爸妈就被押送到"五七"干校劳动,接受审查。陆梅随后也去了"五七"干校和爸妈一起生活。后来因她爸爸年老患病,被"特批"回北京养病候审,全家即搬入太平街。

陆梅也喜欢结交朋友,她在太平街住了不久,常听朋友们谈到我的名字和传说。陆梅是个聪明又好奇的姑娘,讲一口流利的英语。她很想结识我,就直截了当地给我写了一封长信,信中表达了对我的仰慕和想与我交朋友的愿望。她说,如果我愿意和她做朋友,就第二天在太平商店和她会面。信写得真诚、感人。她打听到了我的地址,把信塞入我家的门缝儿里便走了。

那天我见到这封信时颇为意外,也很感动,按信上的时间、地点和她见了面。

陆梅的个子比我高,皮肤有点儿黑,长得实在不漂亮,但身材匀称、丰满、健美,年龄比我大一岁。

陆梅见了我之后,露出惊奇的目光。她坦率地对我说:"我没想到你这么瘦小文静,和我想象的你差得很多。"

我淡淡地一笑说:"大概有人把我说成是铁扇公主吧?只要不使你失望就好。"

"你说到哪里去了!"陆梅连忙解释。

"你怎么想起和我交朋友?"我有点纳闷。

"那是因为刚搬到太平街就听说了你的名字。我很想知道你是个怎样的人物,怎么有那么大的感召力,还敢与治安民兵、警察抗争。"她没有掩饰她的想法。

"事情并非像你听说的那样。我只是做了一些不得不做的事、说了一些不得不说的话。别听那些人添油加醋。"我无可奈何地说,"有时候,性格是环境造就的。"

我俩就这样认识了,而且还成了好朋友……

"嗨，你今天想去哪儿？"我问。

"滑冰。"她说，并约我晚上去北海冰场。

我犹豫了一下，还是答应了。

分手后，我匆匆回家把晚饭做好，随即和陆梅登上了13路公共汽车。

到了北海冰场，陆梅的两个朋友已经在那里等候我们多时了。

陆梅把他俩介绍给我，他们的父亲都是高干。其中一个男孩叫李军，他像个学生。另一个虽然是个军人，但没有一点军人气质，他叫于杰。

他们一见我就问："没带冰鞋吧？你穿几号鞋？"

"35号。"冰鞋是奢侈品，我家吃饭都成问题，哪儿来的钱买冰鞋！

这时一个和我个头差不多高的女孩子滑过来。

"站住。"李军叫道。

那个女孩东张西望。

"叫你呢！"李军说，"过来，把你的冰鞋脱下来。"

她看了一眼我们，顺从地脱下了她脚上的冰鞋。那个年代，老百姓间谁要是腰大气粗些，就可以占便宜。

我一下子明白他的用意，忙说："这合适吗？我看我还是别滑冰了。"

"到这儿来哪有不滑冰的道理！更何况有现成的冰鞋为什么不穿呀！"他坚持着。

我不知所措，一屁股坐在地上穿上那个女孩子的冰鞋。心里不是滋味。

到了冰场，伴着广播喇叭里传出"社会主义好"的音乐，我们四个人在冰场的练习区滑了起来。

正滑得兴致勃勃，听到不远处有人叫我的名字。还没等我停下脚步，一阵风兜过来，"哧——！""哧——！"两声，两个虎头虎脑的小伙子在我身边来了个侧身急刹车，身子斜插过来，四把冰刀刮起老高的冰末，骤然出现在我面前，吓了我一大跳。

"嗨！想不到你今天也来滑冰啦。"一个身材较高的小伙子说。

我打量了一下他俩：每人一身当时北京最时髦的毛呢军大衣，脚上蹬着时髦跑刀。一个头顶着呢子军帽，另一个虽没戴帽子，但一头好发，留着漂亮的分头。两个小伙子都长得挺精神。从这两身打扮不难看出，他俩出身不凡。和他俩一比，我可真是个"灰姑娘"了。

"对不起，我没听见。——不过，我们认识吗？"我有点想笑，怎么也想不起他俩是谁。

"真是贵人多忘事。两个星期前我们见过呀！"那漂亮的"小分头"有点不太高兴了。

"两个星期前？"我马上想到：该不是斜街的那次聚会吧？随即敷衍说："是吗？唉，我约了几个朋友。下次再和你们约吧，今天就不奉陪了。"说完，招呼陆梅，向另一个场地滑去。陆梅的两个朋友也随后跟了过去。

我走开就是向他们表明，我不想惹事。自从那次斜街出事以后，我就决定处处小心行事了。很明显，如果那天十几个人都和我一起鸣不平，一起和那些民兵理论，至少那帮民兵不会把我一个人带走。

我们四个人来到冰场的另一角。这里灯光较暗，但人少，没人打扰。

四个人随意地在冰上滑着，谈笑着，玩得很痛快。

就在这个时候，不远处又有三个人冲着我们这里滑过来，为首的叫着我的名字。

"你认识的人真多！"陆梅带着羡慕的语气说。那个时候认识人多就表示你有威信。

灯光很暗，来的三个人到了我的面前，我才看清楚他们的面孔，仍然很陌生。

这天也真怪，怎么连着遇到认识我的陌生人？这三个人有点儿流气，倒不是他们衣着不顺眼，而是长得不讨人喜欢，举止明显有点儿轻浮。

"露姐，好长时间没出来玩儿了吧？！"一个瘦长脸的小伙子客气地问着我。其实看起来他的岁数比我大。

在我的记忆里，朋友中从来就没人称呼我"露姐"的。他们无论年龄大小，一律直呼我的名字。由于没认出来人是谁，我也没表示什么。

"还记得这两位朋友吗？""瘦长脸"指了指一起滑过来的两个小伙子。

"对不起，他们是——"我停下客气地问。

这时同我一起来的三个人已停了下来，靠在我旁边的栏杆上观望着。

"好久不来往了，这也难怪。""瘦长脸"好像为我开脱，继续说："溜完了冰，我们仨请你吃夜宵好吗？和你同来的朋友若赏脸，也一起去怎么样？"

"瘦长脸"的口气真大！那年头，请这么多人吃饭要花很多钱。我和我的朋友们在一起，互相还没有请过吃饭呢。因为都是学生，口袋里的零用钱只够买公车票和滑冰门票的。

"谢谢你的好意，"我说，"溜完冰我得回家。"

"那么，再约时间怎样？""瘦长脸"追问。

"嗯——"我正思考着怎么回答好，哧——，哧——，又是那两个穿呢子军大衣的小伙子，箭似的射到这里，而后跳起来，一个斜侧身，扎在冰上，四把冰刀下铲起老高的冰末，好漂亮的急刹车！

"白露，怎么不喜欢跟我们玩，在这儿聊上了？"戴着呢子军帽的小伙子有点嗔怪我不理他俩。

"这是我的女朋友，当然和我在这儿啦！"那个"瘦长脸"不喜欢这两个穿呢子军大衣的人打扰他的"兴致"，有意刺激"军帽"。

我怕继续留在这里会出事，招呼陆梅："咱们回家吧。"然后向冰场的岸边滑去。

刚离开那里不远，就听见后面争吵和打架声。回头一看，几个人搅在一起分不清谁和谁了。

"你们这俩野小子，竟敢到北海冰场充老大，活得不耐烦了！"

"白露是我们先认识的，你是哪个庙里的？"

"我们早就认识，你们套什么近乎？"

"谁他妈的套近乎，你不想活了？"

"想动武？！……"

"……"

"……"

"哎哟，我的头！"……

原来双方打起架来，还动了家伙。听说一个人脱下冰鞋把对方的脑袋打破了。

冰场上的工人民兵很快赶来包围了冰场那一角。

这时我们已经出了北海，向13路公共汽车站匆匆走去。

到了太平街，大约是晚上八点钟。因为是冬季，天黑得很早。冰场打群架多少和我们有关，所以没人想说一句话。李军、于杰陪我先送陆梅回了家。

陆梅家隔几个楼就是我家。

我们仨人刚走到我住的楼门前，我们相互告别，约好下次一起去看电影，突然听到一声大叫："这不是白露吗！"

我以为又遇歹徒，好在是站在家门前，刚想怎么应付，定睛一看，竟是四、五个街道警察！其中一个正是姓吴的片儿警。我心想：冤家路窄！他们在我家门口干什么？

"好哇，这回可叫我碰上了。"姓吴的警察一脸的奸笑，还禁不住露出几分得意。那劲头儿就像是我正在"犯案"被他当场抓获了似的。

"碰上又怎么样？"我生气带着几分嘲讽地说："您大概忘了，这是在我家门口！"我指了指楼单元的门，"朋友大晚上的送我回家，这也犯法？"

"谁知道你们仨在这儿鬼鬼祟祟地干什么！跟我们到派出所走一趟！"

送我回家的两个陆梅的朋友，没见过这阵势，摸不着头脑。李军胆子看来很大，插问了一句："这是怎么回事？"

"你还问怎么回事！"姓吴的警察刚才只注意我和两个男人站在一起，没注意这两个是什么人，现在注意看了一眼："唔，还是位解放军同志。"他语气缓和了一点："你怎么和她混在一起？"

"她怎么了？……"于杰莫名其妙地看了我一眼。

我挺了挺胸，对送我的两位朋友说："你们真不该送我回家。真对不起，我们第一次认识，就给你们添麻烦了。"

就这样，我又一次被带进了太平街派出所，又被放置在那间小屋里"候审"。

据李军和于杰事后说，他俩被让进一个办公室里坐下，问及了姓名、住址、父母姓名和工作单位，还客气地请李军和于杰脱掉裤子，检查他们有没有和我刚发生过关系。

李军和于杰都是正派人，况且，我们从滑冰场回来，又是在送行的大马路上！派出所在他们身上找不到任何把柄，客气地放了他们。

姓吴的警察把我从那间小屋里叫出来，又是吹胡子瞪眼睛，连拍桌子带呵斥地将我威胁恐吓了一番。我心里清楚得很：我与李军、于杰关系很正常，没做任何违反治安的事，更没有"越轨"行为。警察不会从我的两个"同伙"身上找出犯法证据。他们无缘无故地从我家的门口带走我们，只是想恶心我和我的朋友。最后，姓吴的警察拉着脸道："今天算你走运！不过，以后你小心点儿！"

我早知道他的伎俩，讥笑他说："没做亏心事，不怕鬼叫门！"

我一个人在黑暗中走回了家。

祸不单行

50年代初期，我家的生活一直不很宽裕。那时爸爸在中学当教师，每月工资只有八十多元，即使加上工作之余翻译挣的稿费，家里仍然入不敷出，偶尔还不得不当点儿家底儿（指祖宗留下来的一些金银珠宝和古瓷器等）救救急。

第九章

1986年，北京

詹森听完了我的叙述，愤愤地说："真没想到北京能发生这类事，太不可思议了！这事儿要发生在美国，早把那些警察告到法院了！好在，一切都过去了，你现在已经是澳大利亚人了，中国也'改革开放'这么多年，应该很安全了。我保证今后好好保护你！"他拿起我的手，吻了一下。

我心里感到很温暖。

"哦，对了，你刚才提到你的父亲被停职审查，那是怎么回事？"詹森从刚才我的叙述中回味到了什么，转过话题又问我。

"说来又话长了……我想先向你说一下我爸爸和家里的情况吧。"

20世纪20年代，北京

我的爸爸是个典型的"旧"知识分子，从小受到严格的封建贵族家规的管束和传统文化的教育。据姑奶奶讲，爸爸学龄前就开始在家中学《四书》《五经》。他四岁时已认识四、五百字，背不少的古诗词了。他在小学和中学时学习优秀，曾经跳过几次班，而且考试成绩总在前三名，每年都免交学费上学。他16岁就考入了天津南开大学外语系学习英文。他博览群书……所以，爸爸知识渊博，文学修养很高。

爸爸幼年时期仍然住在我家的祖宅，家中有二十几个佣人。那时家中虽然穷得几乎天天蒸玉米面窝头，也没钱给佣人开工资，但他们仍不肯离开。因为当时军阀连年混战，离开这个没落的大家不但找不到事做，连玉米面窝头也吃不上。

那时的我家，开始是曾祖，后来是祖父，已经不得不出去工作了。

我的妈妈就是在这种情况下被娶进了门。

其实我爸爸年轻的时候，尤其是在上大学期间，有许多女同学追他，有的很有钱、有势，有的很有文化修养。有的女同学在我父母结婚后，甚至有了孩子后还不放弃追求他。但当时家长认为，既是名门大家，衰败了也不能忘本，更要继承祖宗遗训，所以当时家中血统论很严重。我爸爸之所以娶我妈妈，一是因她是满族人，不违反祖训——满蒙一家（我家是蒙古族，除了本族和满族，不和其他族人通婚）；二是因为我妈妈当时只有十七岁，长得娥眉大眼，很漂亮，举止文雅，聪明贤慧，颇有大家闺秀风范。

我对妈妈家族的事，知道得很少。她的祖先是皇宫的御厨，她家衰败得更早，只是因为属于镶黄旗，完全靠领皇粮过日子。到了外祖父那一辈，只靠打零工讨生活了。

爸爸虽然很有文化修养，却从来不喜欢孩子，而且封建家长意识严重，从来没有耐心教育孩子，更不用说带孩子出去玩了。这也许是他很年轻就开始背上了家庭重负的原因：我的祖父、祖母过世得很早，我的曾祖母虽然过世得晚一点，也在我爸爸大约二十岁时去世。我的叔叔、姑姑与我爸爸年龄差距很大。家里老人过世时，叔叔、姑姑都很小，沉重的家庭负担迫使爸爸过早地不得不为生活而四处奔波。为了养家糊口，他工作回家后还得连夜翻译书籍和写稿件。

50年代初期，我家的生活一直不很宽裕。那时爸爸在中学当教师，每月工资只有八十多元，即使加上工作之余翻译挣的稿费，家里仍然入不敷出，偶尔还不得不当点儿家底儿（指祖宗留下来的一些金银珠宝和古瓷器等）救救急。50年代金银珠宝和古董收购价格极低，加上那些古玩店的伙计和"打鼓的"连蒙带骗，给的价钱简直就是抢劫。例如我家的一对古青铜蜡烛台，那是我家过去供奉祖宗牌位的用品。这对青铜器恐怕有上千年的历史，"打鼓的"开始只给十块钱，讨了半天的价儿，才多给五块钱。一个清代的铜盆，"打鼓的"竟然称斤两按破铜烂铁收购了。这种情况直至爸爸到大使馆工作，有了优厚的工资，家中的经济状况才发生了好转。

"你父亲为什么被停职审查呢？"大概詹森认为我讲的并不是他想要知道的，插话问道。

"这是中国'文革'中极'左'路线造成的。不过，导火线却与我三姐有关。"我喝了口水继续说，"我家因此被抄，父亲被隔离审查，全家都受了牵连"。

"这是我最想知道的。快告诉我这是怎么一回事！"詹森急切地追问道。

第十章

1968年，北京

"文化大革命"初期，我家还太平无事。

1968年，为响应毛主席"广阔天地，大有作为"、"知识青年到农村去"的号召，我的大哥首先报了名。妈妈不知为此淌了多少眼泪，爸爸千方百计劝大哥别走，看看形势再说。可是大哥却说："我在'文革'前是学校的好学生，'文革'中校内外名声也挺好。不走，我的名声在学校和社会上就臭了。"他坚持要走。全家人拦也拦不住。那年，大哥终于在成千上万人的锣鼓声中，和一批学生一起被欢送去了山西农村插队。

我当时一点也不明白，大哥不上山下乡和名声变"臭"有什么关系。

紧接着，三姐被迫去了东北农村插队，四姐也去了天津郊区插队。

由于三姐落户的东北插队与我二姨家很近，四姐插队的农村中也住着我叔叔一家，我们因此知道了二姨和叔叔家的情况。

由于二姨夫出身资本家，他为了表现与家庭"划清界线"，"主动"领着红卫兵到自己家里抄家——"破四旧"。之后，姨夫的母亲连惊带吓，很快就去世了。

我叔叔是一位颇有名气的语文教师，"文化大革命"初期被"揪斗"得很惨——在学校被挂着大牌子、戴着高帽子，多次在校园里被揪斗。经审查，我叔叔没有问题。被"解放"后不久就瘫痪在床，一下子就躺了十年。

大哥、三姐、四姐相继下乡插队没多久，迎来了新的一年。

那是1969年元月的一个早晨，天纷纷扬扬地飘着雪花，冷风夹着雪花吹打着窗户沙沙作响。五哥从学校回家，把外祖父留在家里的一个坏了的老式半导体收音机拿走，去找附近一个懂行的同学修一下。

五哥刚走不久，就听见有人敲门。我跑去打开门一看便愣住了。原来是居委会的一个老太太带着几个陌生人站在门前。

"你爸在家吗？"居委会的老太太问我，声音不同往常，有点严肃。

"在。"我毫不思考地答道，感觉气氛有点异常。"在西屋。"

这些人没再问我什么，一拥而入。有个人回头向那个居委会老太太说："这里没有你的事了，你回去吧。"

那老太太答应了一声，转身就走了。

出于好奇，我没有下楼去玩雪，跟着陌生人进了西屋。

当我走进父母的房间，看见陌生人和爸爸谈了什么话。只见爸爸的脸色极难看，一会儿脸色变得惨白，一会儿又涨得通红。这是爸爸平时生闷气的样子。妈妈脸色更难看，仿佛受到了什么威胁似的。妈妈一见我进屋，忙把我搂到她身边。当妈妈拉着我胳膊的一霎那，我感觉妈妈的手在颤抖，我把头贴在妈妈的胸前，感觉妈妈的心跳得厉害。我抬头刚要张嘴问什么，妈妈立即捂住了我的嘴，在我耳旁小声说："别多嘴。"

爸妈和我无言地看着这几个陌生人的一举一动。

陌生人开始大搜查，犄角旮旯、翻箱倒柜都搜了个遍。属于我爸爸的一些抽屉和箱子平时是锁着的，陌生人搜到这些地方时，爸爸忙找出钥匙递给他们。一个陌生人在搜查一个锁着的牛皮箱子时，嫌我爸爸找钥匙慢了，随手用钳子把锁和钉在箱子上的锁座一起掰了下来，打开箱子就翻。

看着这几个陌生人气势汹汹地搜查，我有点害怕，心想："他们是什么人？是'红卫兵'还是'造反派'？"这时"破四旧"抄家风早就刮过去了，没有公安机关的默许，红卫兵和造反派已经不能随便到居民住宅抄家了。想着想着，我禁不住悄悄地问妈妈："他们是什么人？"

妈妈小声地、几乎咬着我的耳朵说："便衣警察。"

"警察？！"一种恐惧立刻在我心中产生了。在我幼小的心灵里，只有罪犯的家才会被警察搜查。因为"红卫兵"、"造反派"去抄家的对象往往没有什么真凭实据。

"爸爸出什么事了吗？"我用几乎自己都听不清楚的声音问妈妈，心里咚咚地跳着。我感觉这帮便衣警察是冲着爸爸来的。因为我给他们开门时，他们问我爸爸是否在家。

"别瞎猜！"妈妈低低地责怪我道。

有个中年便衣警察见我与母亲低语，就把我叫到另一间屋子里去问话。爸妈都没吭声。

他把我带到东屋，脸上装出和颜悦色的样子问我："你是'红小兵'吗？"

我回答："是。"

当时我在小学六年级。在"文化大革命"开始后，由于学校中取消了"少先队"组织，中、小学里分别成立了"红卫兵"和"红小兵"组织。几乎所有的学生都参加了。

"既然你是红小兵，就不能说谎话，对吧？"

"嗯。"我答着，不知道他要做什么。

"你爸爸平时和谁来往？"原来他要从我嘴里问出点他们需要的东西。

"没什么人。"我说的是实话。自"文革"以来，谁都自顾不暇，哪有心思探亲访友，况且，我爸爸身体不好，从不喜欢交往。不过，我姑姑曾经来过一次。听说是因为姑姑年轻时不用脑子，在她参加工作时，需要填写履历表，其中有一栏是"土改前家庭土地、财产状况"。她糊里糊涂地填了"有土地二、三百亩"。这是指我家的坟地，当时没写清楚。"文革""政审"期间，单位领导找我姑姑盘问，认为姑姑过去隐瞒地主成分。姑姑没办法，只好请爸爸写份材料，说明这是坟地，归家族集体所有，并提出了几个证人的名字。便衣警察问我时，我觉得我姑姑来看我爸爸，没有必要告诉他。

"有什么人给你家打电话吗？"他还耐着性子问。

"我家没电话，有谁来电话找我爸爸，问看公用电话的人就知道了。"我如实地说着。

这个人看问不出我什么，很扫兴，阴沉着脸，让我回到妈妈身边。

便衣警察气势汹汹地搜查完毕，带走了爸爸所有写了字的纸，也带走了爸爸。临走前，他们嘀咕了一会儿，留下两个人。

妈妈望着爸爸的离开一声没吭。默默地流着眼泪开始收拾、整理翻腾得乱七八糟的东西。好在他们是有目的地搜查，不像红卫兵那样乱翻腾、乱抄、乱砸东西，所以屋子很快收拾好了。留下的两个便衣警察站在一边看我们收拾完了，又把我妈妈叫到另一间屋子里去谈话，把我一个人留在西屋。

我一个人呆在房子里，听不到对面屋里三个人的谈话，心里像有十五个吊桶，七上八下的，生怕他们也把妈妈带走，只盼这两个家伙赶快走，妈妈回到我身边，心里就踏实点儿。

那天学校将五哥扣留，没让他回家。后来我才知道五哥被学校扣留的原因。原来，这些便衣警察在搜查我家之前，早已包围了我家住的楼房。他们看到五哥从家里拿走一件东西，由于距离远，没看清是什么。可笑的是，他们当时怀疑我家听到了什么风声，让我五哥转移了"秘密电台"。经核查，他们得知五哥不过是把一个破得不能再破的半导体收音机送到懂行的同学家去修理时，他们也觉得没趣。

便衣警察先抓走了爸爸，学校扣留了五哥。事情并非就此而止，而是祸不单行，紧接着，街道居民委员会来人又把我妈妈带走了。她们带走了妈妈，无非是让妈妈揭发爸爸的"问题"。而妈妈当了十几年的家庭主妇，除了丈夫、孩子之外，什么也不关心，能从妈妈那里问出什么？

爸妈相继被带走，家里只剩下我一个人了。时间一长，我又渴又饿。那时很少有人家里有电冰箱，所以家里几乎没有剩的吃的。我口袋里没钱，也不敢出去。我喝了点冷水，肚子里咕噜咕噜地响，感觉更饿了。周围的一切像死一般地寂静。我开始恐惧起来，不知道会不会有人突然闯进来也把我带走。不知不觉，迷迷糊糊好像打起盹儿来。一会儿，我仿佛觉得自己轻飘飘地站起来，走出门去找爸爸、妈妈。出了门，我似乎看见楼道两边站满了一个个面孔似熟悉、目光却陌生的大人和小孩，他们个个都瞪大了双眼恶狠狠地看着我。我有点害怕，不觉跑了起来。刚跑出楼门几步，背后突然伸出一只大手，一下子抓住了我的后脖领子，同时听到一声大吼："往哪儿逃！"……我被惊醒了，方知刚才做了一个噩梦，自己仍在屋子的角落里靠墙坐着。

出事的晚上，四个便衣警察又闯入了我家。说要在我家执行特殊任务，要占用一间房。于是，我们孩子住的房间就让这四个人占据了。

不知什么时候妈妈回来了，她看起来很疲倦，一句话也没有，铺好床准备睡觉。我困极了，迷迷糊糊地刚要入睡，两个居委会的老太太闯进来，又把妈妈带走了。我的睡意被她们吓跑了，穿上衣服坐在床上，不知所措，只盼着亲人们快回来。

这天的夜晚可真难熬啊！开始的时候，对面房间里的四个便衣警察没有发出一点声响，就像死一般沉默着。我在床上双臂搂着自己的小腿坐着。周围万籁俱寂，只听到自己的呼吸声和脑袋里一种嗡嗡的鸣响。我有种说不出来的恐惧。

天蒙蒙亮的时候，妈妈回来了。我睁着困倦的眼，看着疲惫不堪、愁容满面的妈妈，不禁问："妈您没事儿吧？"我见过"红卫兵"、"造反派"逼人的阵势，唯恐妈妈受委屈。

后来才知道，居委会带走我妈妈后，先是逼她揭发爸爸的"罪行"。我妈妈什么也不知道，当然不会说一句话。居委会竟然让我妈妈"陪斗"——就是斗争其他"坏分子"，让我妈妈在旁边站着。这叫"杀鸡给猴看"，暗示妈妈如果不说实话，也是同样下场。

妈妈不愿意向我说出她的经历，苦笑了一下对我说："别担心，妈妈没事儿。好孩子，再睡一会儿吧。"

妈妈在我身边，我的心里踏实多了，不一会儿就睡着了。

我和妈妈睡得正香，却被人推醒了。睁眼一看，又是居委会的人。这时我家已经不锁门了，因为我家的另一间房子里有四个便衣警察在"保护"着我们。当然，居委会的人进来也不用敲门了。当时的居委会都是些家庭妇女和退休人员。

居委会又把妈妈带走了。妈妈临走的时候塞给我两毛钱说："自己去买点儿早点吃吧。"

我难过地看着妈妈又被带走，无可奈何喊了一声："妈妈回来吃午饭呀！"

妈妈走后我没有出去买早点，因为怕出门后遇到邻居的白眼和孩子们的起哄。我希望中午妈妈能回来，我的早饭、午饭合并吃。

熬到下午两点，我担心的事发生了：妈妈没有回来。这时，肚子饿得实在挺不住了。当时我们住的楼房为节省占地面积，将每层六户的厨房盖在一个大房间里，每家人都要在那里做饭。每家吃什么全楼层的人都知道。我本来就不会做饭，更不敢去公用大厨房试着做饭。我手里攥着妈妈给我的两毛钱，硬着头皮，低着头穿过楼道，下了楼梯，跑出楼门。一路上斜眼看见楼道里贴满写我家的大字报。我知道"他们发动群众"用半天或一夜时间贴出这么多大字报很容易。这年头墙倒众人推。

走进商店，我眼巴巴地望着柜台上一排排的点心发呆。那些点心一定非常好吃！真想每种点心都吃上一口。可看了看食品的标价，最便宜的是一块多钱一斤，两毛钱实在买不了什么。心想：有朝一日我有了钱，一定将那些点心都买回家吃个够。

这时候服务员过来问我买什么。我拿出两毛钱来。

"两毛钱买什么点心！"她看了看我，我看上去一定像饿了八天的样子，不然这位售货员不会马上换了口气说，"不过，你可以买些点心渣儿。"

于是我用那两毛钱买了一包点心渣儿，回到家中打开纸包，先将碎渣儿挑着吃了，剩下大一点儿的我就数着数儿地吃，越吃越香。吃完了，喝了口冷水。继续坐在房间里等着妈妈。

傍晚妈妈被放回来了。仅两天时间，妈妈的眼睛就深陷眼窝，脸上显得老了很多。她听说我中午吃的什么，心痛地咬了咬牙，没再多说话，转身到大厨房熬了一大锅米粥，我从来就没觉得米粥有这么好喝。

夜晚，居委会的人没有来。我和妈妈在四个便衣警察的"保护"下不安地睡了一觉。

第三天，妈妈又被居委会叫去纠缠了一天，到了傍晚才被放回来。随后，四个便衣警察告诉我们，"特殊任务"结束了，他们撤走了。后来才知道，他们是奉命监视我家是否有可疑的人来与我家"联络"。当然一无所获。

四个便衣警察走后，五哥也被学校放回家了。

从那天起，我和五哥很长时间没有上学，在家陪着疲惫不堪的妈妈。

几天过去了，毫无爸爸的音讯。爸爸到底出了什么事谁也不清楚。我大姐又是个没有主意的人，这几天都住在厂里没回来。妈妈决定叫五哥给大哥打电报，电报托故说"父重病速归"，希望大哥能回来一趟。

发出去的电报如石沉大海，大哥既没有回来也没有回音。

后来，我们从1969年1月27日《人民日报》头版第二条新闻，才知道大哥即使收到电报，也不可能回来。这条新闻报道：大哥所在农村的知识青年向全国知识青年倡议，不回家过年，在农村过个"革命化"的新年；全国各地知识青年都热烈响应。由于这个倡议和行动涉及几百万上山下乡知识青年回城、返乡运输问题，甚至涉及社会的稳定，所以从中央到基层各级领导都十分重视和具体落实这个倡议。

大哥没回来。爸爸也没消息。最让人受不了的是邻居们也跟着起哄。每当我出家门走过楼道时，就有小孩子往我后背扔石子和垃圾，还总听到邻居大人孩子们的风言风语，有的甚至指着我的脊梁说："她爸爸给抓起来了！她爸爸是'吃洋饭'的，八成是间谍……"那些屁事不懂的孩子，过去总羡慕我家富裕，和我一起玩时也总是拍我马屁，而今狗眼看人低。听到这些刺耳的话，我恨不得扑上去大打出手。但当时的我身单力薄，也不知家里到底出了什么事。况且那些流言蜚语都出自他们的家长呢！

面对这些诽谤、流言和羞辱，我只能含着泪，记着恨，忍着气，低着头，匆匆地走开。我的个子本来就不高，那时觉得更矮了。不过我相信，总会有一天，我会挺起腰板，站在他们中间，让他们羡慕我。

我和妈妈、五哥度日如年地熬着日子，一天，两天，三天……记不清多少天过去了，终于盼到爸爸被送回来。爸爸几乎是摸着墙和门走进来的。

妈妈见到爸爸回来，不知是高兴还是难过，直掉眼泪。

我和五哥高兴的心情无法形容。家里没有爸爸就没有了主心骨。我刚想扑上前去搂搂爸爸，却见爸爸面对全家的激动场面没有任何反应，不由得呆住了。

出现在我们面前的爸爸，显然变成另外一个人。他的头发几乎都变白了，脸上苍白得没有一点血色。过去又大又亮的眼睛黯然无光。他摸索着进了屋子，摸索地找到椅子坐下来，静了一会儿才和我们说，他已经瞎了：一只眼完全瞎了，另一只眼也只有光感，什么也看不见。

我们都惊呆了——谁能相信，几十天的日子竟会发生如此骇人的事！

妈妈哭了，抽噎着说："这是怎么回事？……还有治吗？"

爸爸叹了口气，说："不知道。听天由命吧。"

后来看了大夫才知道，爸爸是眼底视网膜出血引起双目失明。一直治疗了很久才恢复了一定的视力。这是后话。

我们三个人围着爸爸，追问爸爸到底发生了什么事，爸爸喘了几口气，简单地告诉了我们事情的经过。

原来，当时北京正处于"文化大革命"的"清理阶级队伍"阶段。一个叫汪刚的无赖为了报私仇到公安局报假案，诬陷我爸爸是某国家的间谍。

当年公安局也不认真调查核实，认为这是个大案、要案，立即采取了上述行动，甚至当时的媒体也配合了这次行动，含沙射影地报道了某国反华的几条消息。

我对这个无赖——汪刚略知一二。他是北京一所医院的门卫。三姐插队以前常到这所医院给爸爸抓药。他看我三姐长得漂亮，就癞蛤蟆想吃天鹅肉，想要三姐做他的女朋友。三姐拒绝了，并且对他说："我爸爸也反对你和我交往。"他不甘心，仍旧恬不知耻、千方百计地追求，甚至威胁我三姐要玉石俱焚、同归于尽。三姐听了爸爸的话，悄悄地离开北京，到东北农村插队去了。汪刚为此对爸爸怀恨在心，随即筹划、并实施了一个恶毒的诡计：去公安局诬陷我爸爸是外国间谍。这个流氓自称是我家的"未过门女婿"，知道"内情"，曾在我家里看见过"秘密电台"……公安局居然信以为真，如临大敌，有组织、有计划地进行了部署，采取了这次突然行动。行动后才知道上当受骗。他们抄走的文字材料，只是翻译英文书籍的底稿罢了。

本来这是公安局轻信谗言导致的一起冤案，理应释放我爸爸，并向我爸爸赔礼道歉。但那时候是不可能的事，而是把我爸爸交给了原单位外交人员服务局的"专案组"。而"专案组"绕过这件冤案不提，把我爸爸关进一间小黑屋，叫我爸爸反省和交待"问题"。

我爸爸没有任何问题，交待什么！

爸爸天天在漆黑的小屋里面对四壁和昏暗灯光下的纸、笔，只气得满头黑发大半变白、两眼什么也看不见了。可恶的是"专案组"的领导开始还以为我爸爸在装瞎，甚至对我爸爸做了试验。后来发觉我爸爸确实双目失明，而且根据他们掌握的资料，我爸爸确实没有任何问题，怕再审查下去出什么意外，不好向家属交代，只得借这个"台阶"下台——让我爸爸回家养病待审。

妈妈听完了爸爸的简述，气得浑身直哆嗦，半天说不出一句话来。五哥气得紧紧攥着拳头。我既气愤又伤心，却不知道该怎么办。

爸爸简单说完事情的经过，便问家里怎样，有没有人来为难家里人。妈妈抢着告诉爸爸，家里一切如故。她劝爸爸先好好休息，叫我和五哥先离开爸爸，回到自己房间去。

五哥和我来到另一间房子里，气愤地议论怎样向流氓汪刚讨还血债。

不过，汪刚的下场却是令我家意想不到的。

原来，我爸爸的冤案经公安机关调查后，知道上当受骗了，反过头来传讯诬告人汪刚，但汪刚失踪了。这一下可把公安局气坏了，立即通告各地缉拿汪刚。几天以后，他们没有找到活着的汪刚，却在护城河畔发现了汪刚的尸体。他们分析，这个流氓自知制造了这起冤案后，我家不会饶他，公安机关也不会放过他，他走投无路选择了畏罪自杀。如果真是这样，这也是老天有眼，他自食恶果。

爸爸出事以后，我被划入"可以被教育好"的子女行列。为了表示自己积极要求进步，在一段时间里我天天去学校打扫厕所。可是"红小兵"领导说我为了表现自己去扫厕所"目的不纯"，我听了很不高兴，一气之下索性就不干了。

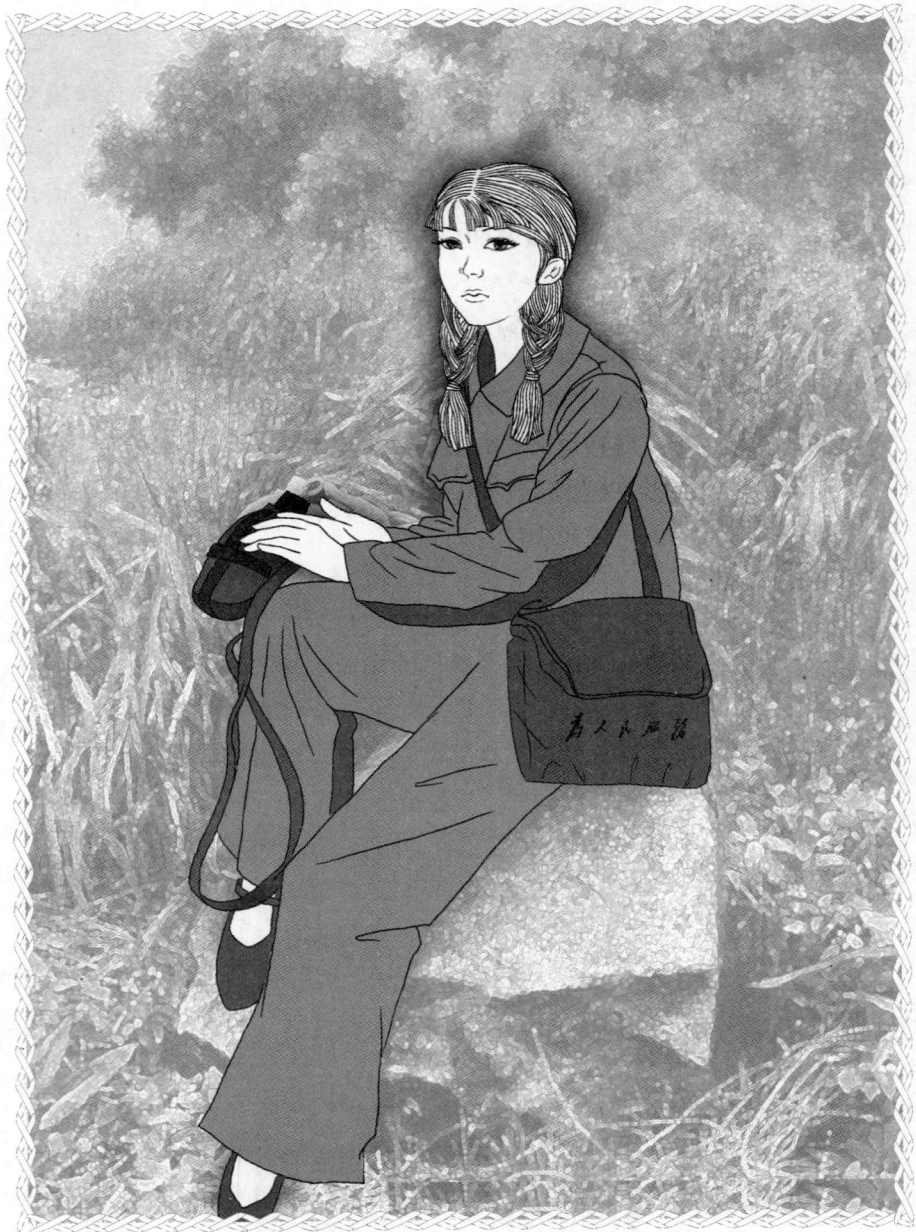

第十一章

由于我的头发很黄，被人叫"黄毛丫头"——这已经不算难听的了，难听的是有不少同学说我是故意把头发染黄的，是崇洋媚外。我赌气用墨汁把头发染黑了。可用墨汁染了的头发有一股臭味儿，大老远就能闻见，很快被大家发觉了，我更成了同学们的笑柄。我无可奈何，回家把自己的头发洗了二十多遍，才把墨汁和臭味洗掉。后来听街坊老太太说用醋和白面放在一起洗头，头发能变黑了，我每天放学后就偷偷地用家里的醋和白面洗头。一个星期后头发没变黑却被妈妈骂了一顿。因为她发现刚买的一瓶子醋没吃一点儿就被我用光了，而我身上总闻到酸味。妈妈逼问我后才知道我在犯傻。

爸爸"出事"不久，"清理阶级队伍"便深入基层，灾难再次降临我家——我的外祖父、外祖母被逼自杀了。

我的外祖父母当时年龄都近七十，属于老实巴交、没见过世面的人，而且生活一直很清苦：既没有工作也没有退休金。他们有一栋房子，共六间住房，每间住房只有十平方米。自住两间，出租四间。他俩全靠收房租和我爸妈每月补给的生活费过日子。"文化大革命"初，他俩被迫把这栋房子交政府了。当时社会舆论，吃房租是剥削，私房交公是"革资产阶级尾巴"。

在北京任何人都不能没人管理。我的外祖父母当时属"街道办事处"管理。

街道办事处的"专案组"不知从哪里得到消息，说我的外祖父曾在"解放前"当过警察，其间还代理了几天的警长。警长在当时属反革命分子。于是便成了"清理阶级队伍"的斗争对象。我的继外祖母出身地主，出身不好本来不是斗争对象。她的前夫"文革"前政府定为革命烈士；不知怎的，"清理阶级队伍"中发现是"叛徒"。于是揭发"叛徒"前夫，揭发历史"反革命分子"

丈夫的"义务"都压在她身上。这样，外祖父母都被"专案组"过了堂。经过一番威胁、恐吓之后，他俩受不了"专案组"的审讯，觉得苦海无边，没活路了，夜里回家一合计，便自尽了。

外祖父信道教，大概是去了"逍遥世界"？

外祖父母家和我家同住一个区，所以，妈妈很快被通知去收尸。

妈妈叫上大姐和我。到了外祖父母家门口，妈妈叫我别进去，担心我见了外祖父母遗体会夜里做梦。她和大姐进屋去了。后来听妈妈回家和爸爸说，老俩口身上穿得干干净净、整整齐齐，连鞋都穿着躺在床上，每人脖子上系着根绳子，绳子另一头捆着大石头悬挂在床与地之间。这是我第一次知道躺在床上也能自杀。听说这种死法比悬梁自尽痛苦——只要被吊在房梁上，后悔也来不及了。这种床上自杀，随时可以后悔而自救。这说明老俩口视死如归，也说明"专案组"对这老俩口逼供有多厉害，使得老俩口看不到一丝活的希望。更可怜的是，妈妈和大姐把老俩口家里的东西都卖了，卖餐具时，一个盘子才卖一分钱，还不够两位老人的丧葬费呢！

外祖父母的尸体被送到火葬场烧了。可悲的是妈妈连两位老人的骨灰也没敢要，担心会被扣上"没有划清界线"，因为那时候只要是自杀都被列为是"畏罪自杀"。所以妈妈就将两位老人的骨灰委托火葬场处理了——据说骨灰是很好的农田肥料，一般无人认领的骨灰都送去农田作肥料。如果是这样的话，也算外祖父母最后为农业生产作点"贡献"吧。

其实我外祖父生前曾经在北京朝阳区鸭子房、水南庄两处各买了一块地，每块地大约一、两亩，准备做坟地。我的外曾祖父、外曾祖母和外祖母就埋在水南庄那块地里。外祖父自杀后，我妈妈曾经想过把他与外祖母合葬，把继外祖母埋在他们的旁边。我爸爸顾忌到当时的形势，怕节外生枝惹是生非，坚决反对。于是就火葬了。这两块地上后来都盖了高楼大厦，平掉外曾祖父、外曾祖母和外祖母的坟头时，根本没有通知我妈妈。据说，外祖母的遗骨被"就地深葬"了。这是后话。

外祖父母去世后，爸爸的工资也停发了。我家的生活陷入最困难的时期。

求生是人的本性，坚韧不拔是中国人的美德。悲愤交加的妈妈，带着双目失明的爸爸去同仁医院看病，还不敢说出实情，否则在当时的形势下有可能会被拒绝治疗。

生活来源怎么办呢？爸爸和妈妈还得硬着头皮找我爸爸的单位领导交涉。爸妈向他们强调，爸爸失业是冤案造成的；妈妈在家十几年了，不可能马上找到工作；我们是社会主义国家，社会主义国家总不能看着人民饿死，得给一条活路吧。经过反复交涉，他们答应按我家实际人口和北京市民最低生活标准，每人每月借8元，以后必须偿还。对于当时来讲，只要能借到钱，总比挨饿强。

为了生活，爸妈把结婚戒指卖了，由于当时市场金价低，只卖了12元钱。随后，爸妈又想到家中还有的一些古董。可是那年头"破四旧"，没人敢到委托行或古董店去卖自己家藏的古董。家里那几件商周时期带有铭文的青铜器也只好大材小用——盛杂物甚至盛破烂。当时爸爸认为，也许明代成化（1465）年间到清代嘉庆（1796）年间的一些瓷器，包括有盛大菜的盘子，也有盛几根咸菜的小碟子，也许能被收购，因为它们有实用价值——吃饭时可以用于盛饭菜。于是我和妈妈端着一大堆去琉璃厂荣宝斋去卖。可气的是，店伙计看了我和妈妈带去的那些古瓷器，竟然只收一两件。气得我们只好把剩余的古瓷器拿回来，路上我不小心还摔了两个盘子。

其间还发生了一件可笑的事。我家有几只明代瓷猫枕头，是夏天乘凉用的。曾将一只卖给了荣宝斋，给了少得可怜的俩钱。不久这瓷猫被一个外国人买去了。"文化大革命"结束后，无意中爸爸见到了这位外国人，他请我爸爸鉴定这只瓷猫的价值。爸爸一眼就认出那是我家卖的那只明代瓷猫枕头——不仅是因为这只瓷猫的颜色和花纹，更是因为瓷猫都有一个小洞，是烧制时留下的。一般瓷猫枕头中是空的，而我家的那个明代瓷猫中有个白瓷球。这是我大哥小时候淘气塞进去的，后来怎么也倒不出来了。爸爸向他说这是明代制品，随即问他多少钱买的。那个外国人说："500元。"爸爸嘴上夸他有眼光，因为让我爸爸鉴定时，它的价值已经不止500元了。而我爸爸却苦笑道："就算我家为国家作贡献了吧。"

经过一段时间的治疗，爸爸的眼睛恢复了一点视力，呆在家里无事可做，也为了能挣点儿钱贴补生活，便在家里替别人照看小孩儿。

这个小孩儿叫玲玲，圆圆的脸，小小的嘴，说起话来甜甜的，让人疼爱。她家的生活条件比较好，每天她妈妈送她到我家时总带些零食。一次，她带来一盒炸花生米，我好久没吃炸花生米了，忍不住偷了一把放在嘴里。她看见后告诉了她妈妈。我吓得要死，生怕她妈妈告诉爸爸，我会挨揍。没想到第二天玲玲来时多带了一包炸花生米给我，我感激地告诉她，我一辈子也不会忘记这一包花生米。玲玲每天来时都带来一瓶牛奶。那时不是有钱就能买到牛奶，必须有特殊供应证。我从来没喝过牛奶，看到玲玲喝牛奶真想知道牛奶是什么滋味。所以当我给她热牛奶时就兑了一半水，这样玲玲喝一杯，我也可以喝一杯。可小孩子还是看见我往牛奶里掺水的事，告诉了她妈妈，这次可没那么简单，她妈妈认为偷吃几颗花生米没什么，偷喝牛奶可是原则问题，因为花生米是小吃，而牛奶是补足身体营养之一，所以爸爸在家替别人照看小孩儿维持生活就此告终。现在每当到超市买牛奶，常常想起当初为了喝口牛奶而在玲玲的奶里掺水的事情，心里总有一股说不出的内疚和心酸。

那年月，我家穷困到如此的地步，仍然避免不了要过"年关"。

都说旧社会"富人过年，穷人过'关'"，新社会怎么还这样？其实，中国无论新、旧社会，即使当代中国，也免不了这种"损不足而富有余"的现象。

1970年春节的"年关"是我最难忘的。当时我十四岁。

这一年过春节，我大哥第一次从山西农村探亲回家。

大哥在山西北部农村插队，生活十分贫苦，一年到头喝的是含盐、碱量很高的苦水，吃的以杂交高粱、杂交玉米为主，小米只能做粥喝，蔬菜、蛋、肉都非常少。只有节假日才磨点麦子，吃顿饺子或面条。而劳动量非常大，工分却极低。大哥辛辛苦苦地在农田里干了一年的活儿，磨破了几身衣服，到头来只挣下探亲往返的火车票钱。他回家途经太原需要过一夜，由于春节回北京的知青太多，买不着坐票，他只能在火车上站一夜。

爸妈见大哥辛苦了一年，到头来仍然是一贫如洗，身无分文，很难过。商量了一下，把家里仅有的一件较新式的酒柜卖给了信托行，只卖了四十元。给大哥买了几十斤挂面，一些常用药，几瓶二锅头酒和北京果脯好打点生产大队领导用。

这天我下学回到家，看见桌子上新买的北京果脯，看见旁边没有人，就偷偷撕开一个盒子边的纸，从里面捏了块杏干儿放在嘴里，没想到爸爸进屋了。

"你嘴里吃什么呢？！"爸爸走近我面前，指着我的嘴严厉地问。

"没，没什么。"我把那块杏干儿想办法用舌头盖住，结结巴巴地说。

"胡说！瞪着眼说瞎话！"爸爸凶巴巴地逼近我说。"把嘴张开，看你说瞎话！"

我不敢违抗了，不情愿地将那块没来得及嚼的杏干儿吐出来放到桌子上。

"啪！"我刚把杏干儿放在桌子上，半边儿脸就挨了爸爸不轻的一巴掌，打得我禁不住哭出声来。

妈妈听见声音跑过来，说道："她不知道那是送人的，没吃过尝一块也没什么的，把盒子粘一下就看不出来啦！何必打孩子呢！"

我听见妈妈替我说话，更觉得委屈，哭声提高了好多。

"你还不闭嘴！你不知道这果脯是给大哥领导准备的礼物吗？你怎么这么不懂事呢！去，站到墙角去，打自己两个嘴巴，长点记性，看你下次还敢偷吃东西！"

"我不打自己！我干吗要打自己呀！咱家没钱干吗还要买东西送人呀！"我站在墙角分辩着。

"好！你不打自己我打自己！"说着，爸爸伸出手来要往自己脸上打，嘴上还说着"我怎么生出你这么不懂事的孩子，当初干吗不把你给人！要是给了人就省多少事！我——！"

妈妈赶紧跑过去抓住爸爸的手，对我大叫道："还不和你爸说句好话！"

大哥听到这边的声音不对劲，也跑过来。劝爸爸："都怪我不好，家里都没吃过的东西我就别送礼了。"

爸爸叹了口气，说道："我也不是为了这点儿吃的。我觉得娃娃那么大了，还一点事不懂。"说完，就离开了这个房间，妈妈也追了出去。

爸爸走后，大哥看着我不知说什么好。我没吃成杏干儿却挨了打，我能怪谁呢？只能怪我家太穷了！

原来，为了让大哥有机会被农村推荐到城里工厂当工人，免不了要给村里的几个头头脑脑拜年送礼打点一下。大哥若是能到城里工厂工作，总比在农村"修地球"强。我哪知道爸妈省吃俭用买点礼物的苦心啊！

第二天，当我送大哥上火车时，把自己平时省下的零花钱——用手绢包着的大约五块钱钢镚儿塞到大哥手里。大哥打开一看，十分难过地说："我插队这么长时间了，却不能送你任何东西，心里本来就很难受。我怎么还能要你的钱呢！"他又退塞给我。

我仍塞回大哥的口袋，一再说："我在北京生活比你在农村强多了。在爸妈身边不愁吃穿。你在山西那么苦，还是把它留在身边吧。这是我的心意。你真要是用不着，下次探亲再带回来。"

大哥终于收下了。我看着他含着眼泪上了火车，心里仍然很难过。我知道大哥像牛一样地在农村干活，一天到晚也吃不上一顿好饭、穿不上一件好衣服。这次他带一二百斤重的行李，还有一点细粮，要是被查出，不是罚款便是没收那些粮食（当时火车上只允许带20公斤重的东西，而且不许带粮食），所以大哥坐在车上，总是提心吊胆的。

……

我至今也忘不了那盒果脯的故事。

我家这种困窘的境况直到1973年初爸爸恢复了工作，才得到改善。

四

当机立断

　　我与詹森恋爱的日子就如同甜蜜的梦。我俩一起出入、坐汽车时总是他给我开门、关门；进饭店总帮我脱掉大衣挂在自己胳膊上；吃饭时总给我拉出座椅，等我入座后他才坐下；每次在外面吃饭，他总抢着付账，完全是一派绅士风度。

第十二章

1986年，北京

詹森知道了我家在"文革"时期的遭遇后，对我充满了同情和怜悯，也对我倍加关爱、体贴。不久，在他的强烈邀请下，我搬进了丽都饭店。

没想到我刚住进丽都饭店就接到了詹森"前任"女友米娜打来的电话。

一天早上，詹森正在洗澡间淋浴。

"喂——"我听到电话铃响望了一眼卫生间，估计他一时半会儿出不来，就接了电话。

"嗨，你是谁呀！"没等我问对方要找谁，对方就有点霸道地问我。是个年轻女性的声音。

我在詹森的印象中一直是个端庄、懂事的女孩儿，于是我仍然忍着性子友好地问："请问你找谁？你又是哪位？"

"我找詹森！我是他的女朋友！你是什么人！"她在电话中质问起我来了。

一听对方自称是詹森的女朋友，我气就不打一处来！我想，如果不马上杜绝这个女人和詹森的来往，我和詹森的这段恋爱就会前功尽弃。于是我改变了态度。"我不知道你们是什么时候认识的，也不想知道你们有什么关系。你不是想知道我是谁吗？告诉你啊，我是詹森现在的女朋友，你已经是'过去式'了。我现在就住在这儿！他不会再理你的，你就别再打他的主意了啊！你要是知趣点儿就别再打搅我们！"说完，我"砰"地挂上了电话。

詹森用浴巾裹住自己还往地上淌水的腰围，大概是听到我讲电话的语气了，估计刚洗一半就从卫生间跑出来。也一定猜到我在和谁讲话，忙过来向我表示，自从他认识我后就没再和米娜来往。

我对詹森的话半信半疑。据说米娜也颇有姿色，身高一米七五，比我高一大块，是一位高干的女儿。我估计詹森过去对米娜也有过感情的投入，要不然米娜不会在电话中如此嚣张。

过了两天的一个晚上，我和詹森正准备休息的时候，有人敲门。他们是丽都饭店的几个警卫。来人很不客气地问我何许人也，让我和他们"走一趟"，去办公室里有话要问我。我知道事情不妙，一定是那个米娜搞的鬼，听我说一口北京土话重演一出"北京饭店"的戏。于是说了句"嗯，等一下，你们大概认错人了"，马上进屋拿出我的澳大利亚护照给他们看。好在他们没有将我护照拿走，虽然看上去很吃惊，但彼此会意了一眼，随即说大概是走错门了，并在告辞时向我道晚安。其实我真不想让谁当我是"老外"，做个中国人应该是很值得骄傲的事。可那时候和一个美国人同居，没个"挡箭牌、护身符"不是自找没趣不想活了吗？

我心里明白：这是米娜在捣鬼。我的出现使她失掉了这么难得的"金饭碗"，甚至失掉了一个出国机会及美国籍。我与她通电话中流露的一口流利的北京话激怒了米娜，她断定我是个本地人。在她认为，一个本地人敢和老外"鬼混"，又大胆地住在外国人住的公寓里，敢抢她的男朋友，怕是不想活了。她便对我进行报复，导演了这出戏。如果当时我不是持有澳洲护照，问题可就大了，我一定会被拘留或判刑，这位老外也会因此被驱除出境。因为当时中国政府不容许本地人和外国人有"不正当"的关系。这事有过先例，曾有个中国女孩儿到外国人住的饭店"鬼混"又被当场"捕获"，女孩儿被带走"劳动改造"，那老外轻则被"警告"而重则就被"驱除出境"了。

搬进了丽都饭店，天天下班可以和詹森在一起了。詹森是一个很爱动的人，我与他许多爱好都相同，包括游泳、滑冰、健身、打保龄、跳舞等，所以我们周末常一起参加这些活动。

记得一次我俩在丽都饭店"朱丽安娜"跳舞，我拿出我的"看家"本事——我很擅长舞蹈，他也是一个相当好的舞伴。我敢说，那次我俩敢与电影《007》中的邦德和他的女友相比。跳到最后，人们都停下来看我俩跳，并给我俩鼓掌。

我与詹森恋爱的日子就如同甜蜜的梦。我俩一起出入、坐汽车时总是他给我开门、关门；进饭店总帮我脱掉大衣挂在自己胳膊上；吃饭时总给我拉出座椅，等我入座后他才坐下；每次在外面吃饭，他总抢着付账，完全是一派绅士风度。

记得十一月份最后一个星期四，是美国感恩节。我们认识不到两个月，他请我到丽都饭店吃火鸡。他边吃边说："说到感恩节，今天应该感谢你们中国人。"我听了很是奇怪，于是，他给我简单介绍了感恩节的来历，最后说："两百年前有个叫'克隆巴斯'的男人为寻找中国，走到了这个现在叫美国的土地，几天没有一点吃的东西，快要饿死时，当地的美洲印第安人用火鸡救了他，后来为了纪念，就把这天改成节日，并用'感恩节'来命名。要不是克隆巴斯寻找中国，说不定还没有美国呢！所以说感恩节不就是感谢你们中国的节日吗？"

"幸亏你们感恩节吃火鸡，要是牛羊肉我还真不吃呢！"我庆幸地说。

詹森好奇地问："牛羊肉怎么啦？在美国几乎没有人不吃牛羊肉的，而且具科学分析，牛羊肉要比猪肉和鸡肉有营养得多呢。你怎么会不吃牛羊肉呢？"

我叹了口气说："你知道中国是个农业大国，早先农村没有机械化，牛要用来耕地，羊毛用来做衣服。除非你持有少数民族的回民证，那个时候是不能轻易杀牛羊的。我从小没吃过的东西，长大也根本不想吃。"

"不认识你光靠读书还真不知道中国会有这种事呢！"詹森感叹地说。

望着温文尔雅的詹森那充满温情的眼睛，听着他善解人意的谈话，尤其那知识丰富和一口流利的中国话，不由得想起了几年来和我有过交往的几个男人，内心里悄悄拿他们与詹森对比，比较的结果是没有一个比得上詹森的三分之一：我出国前认识的高才生文南，在国内算是非常优秀的男青年，但显得脆弱而清高。而香港厨师江师傅，除了烹饪没有一点文化修养。澳大利亚的吉姆和瑞德，一个是岁数相隔太大又带偏见，一个是没有一点中国文化的熏陶。我开始责怪自己当初怎么会交他们这样的朋友。尤其是那个外表漂亮却水平不高的瑞德，虽然是个英国人，却没有一点儿英国绅士风度，连买堪培拉的房子都是我预支的首付。他正好与詹森相反：与瑞德一起吃饭我得付账单，怕他开摩托车危险，我只好开车接送他。于是我告诫自己：要么就和詹森这样的优秀男人谈恋爱，要么就一个人过单身贵族的日子。反正婚姻这种大事绝不能凑合。想到这儿，心里立即拟订了一个回澳洲的计划，决定回去和瑞德分手。因为他已经私自到政府登了记，三十天以后等我回去和他结婚。

我是个说干就干的人。一个星期后，我向老板艾伦告了假。

我随即向詹森说清我和瑞德的关系以及我的决定。他恋恋不舍地送我上了飞机，分手时一再叮嘱我早点儿返回北京。

创业艰辛

看着大厅里来来往往穿梭的人流，我忽然感到异常的孤独。这时候我开始想文南了。决定用爸爸给的那十几块澳元换成港币给文南打个电话。跟他相处一年多了，我从来没有这样强烈的感觉，也许是距离产生感情，或者是在孤独的时候，才发现以前身边被自己忽略的东西，原来是最真实最美好的。

第十三章

1986年，在"国航"飞机上

1986年12月5日，我第二次离开中国，登上了飞往澳大利亚的飞机。

这天的天气特别好。我静静地坐在椅子上，望着机舱窗外无际的蓝天白云，脑海中浮现出第一次离开中国去澳大利亚，以及那几年在澳洲梦一般生活的情景……

1982年，北京

10月30日，一个深秋的清晨。

这一天北京城显得格外的静。我家楼前的街上没有一个行人，浓浓的白雾轻柔地、慢慢地随风飘逝。秋风轻轻地舒卷着地上的黄叶，把它们扫在路边，准备迎接映红天边的晨曦。

我一个人来到街上，准备告别这个生我养我26年的城市，或者说告别这个古老的国家和它所代表的东方世界。

清凉的雾气虽然变得单薄，远处仍然朦朦胧胧。

街头开始出现行人了，没人会注意到我这个即将远行的姑娘。只有我自己心里清楚：这一天，将是我命运中的转折点。

这是我首次背井离乡，却对故乡没有多少眷恋，相反，隐隐感到一种恐惧正威胁着我。

当我和亲朋好友坐上汽车向机场奔去时，朝阳已从东方悄悄地驱走了迷茫的晨雾，露出笑容。几朵洁白的云点缀着湛蓝湛蓝的天空，显得格外纯净、美丽。这种景象在我的记忆中形成了永恒的画面，就像今天电脑上经常采用的那种屏幕图案，每当回忆起那天的离乡远行，蓝天白云就成了最清晰的标志。

男朋友文南特地请了假，到机场为我送行。

一路上，文南默默无语地看着我，好像要将我身体的每个细胞都吸入他的眼里，藏入依依不舍的心中。他没有一句话，只是紧紧握着我的手，也许怕我一去不复返？相对而言，我希望尽快离开故乡的心情甚过对他的留恋，我向往南半球的大陆和天空，感觉离开北京的时间过得如此漫长。

当我怀抱着一只唐三彩的马——这是准备送给父亲的老朋友费先生的礼物，坐入中国民航机舱等待起飞时，心里开始有些紧张，忽然有人走进机舱对我说："白露，请你下飞机，跟我们走一趟！"姓吴的警察那阴损的目光一次次地出现在我的脑海里，我如惊弓之鸟，先是愣了一下，睁大了眼睛，发现是幻觉。我不由得抱紧了怀中的唐三彩，将身体蜷缩在座位里，紧闭上眼睛默默地祈祷着上苍的保佑，祈祷着飞机快点起飞。

飞机终于在跑道上开始滑行，我的心也随着飞机的剧烈震动和呼啸突突地颤动。我感觉身子腾空而起，渐渐地远离了地面。舷窗映出的机场和附近的楼房越来越小，越来越模糊，最终被流动的白云盖住。我完全置身于一个陌生而遥远的空间，紧张的心情开始舒缓，内心的恐惧也渐渐平息下来……

飞机在早晨十点多到达了香港国际机场。那时中国还没有直达澳洲的飞机，去澳洲必经香港。由于我没有香港的过境签证，只能在机场等待晚上飞往澳大利亚的航班。

那年头出国，中国银行凭外国签发的签证只给兑换20美元，我便带着这20美元和爸爸给我的十几块澳元，在香港机场一等就是好几个小时。慢慢我感觉又渴又饿。捱到下午两点多钟，我实在忍不住了，小心翼翼地走到候机室的餐厅吧台，向一位年轻的男服务员询问："您好！请问，我想买一杯白水，多少钱？"

那个服务员微微笑着说："白水不收费。"接着给我一杯水。我接过水杯，感激地向他点点头，抱着那唐三彩马，回到原来的座位上。

看着大厅里来来往往穿梭的人流，我忽然感到异常的孤独。这时候我开始想文南了。决定用爸爸给的那十几块澳元换成港币，给文南打个电话。跟他相处一年多了，我从来没有这样强烈的感觉，也许是距离产生感情，或者是在孤独的时候，才发现以前身边被自己忽略的东西，原来是最真实最美好的。

"文南，我到香港了。"我只说了一句话。耳机里随即传来那遥远而熟悉的声音。我的喉头有些哽咽，眼泪流下来，告诉他我在香港机场已经坐了五个小时，晚上才能起飞。还告诉他真后悔在走之前没有和他登记结……话没说完，零钱用完了，电话断掉了。

……

1982年，澳大利亚

经过一夜的飞行，澳航的波音飞机把我带入一个陌生而新奇的世界——悉尼。第一感觉就是望着湛蓝的天空深深地吸了口气，这大概是我一生吸的最长的一口气了。虽然爸爸是外交工作人员，但我接触外国人的机会并不多，更不用说出国了。

悉尼的建筑风格和街道秩序与中国迥然不同。各样肤色的人，电影里看过的高鼻梁、蓝眼睛的人比比皆是。最大的差别还不是他们的容貌，而是他们的表情，几乎每个人都面带和蔼的微笑，彬彬有礼、热情友好，跟"文革"时期满脸"阶级斗争"的中国人完全不一样。

我的目的地是堪培拉，需要在悉尼换乘澳洲国内班机。

从悉尼的国际机场到国内机场相距较远，需要乘坐一趟巴士，当时的票价是两块澳元。我很尴尬地拿出钱包里仅有的二十美元，告诉司机我第一次出国没有澳元。他很温和地对我笑了笑，用手比划一下，告诉我没关系。我感激地向他致谢，不禁想起北京的公共汽车——如果遇到北京的售票员，恐怕不会有这样的好运气。

堪培拉是一座世界著名的园林城市，天空蓝得出奇，晶莹剔透，纤尘不染。与中国的季节相反，这里此时正是春光明媚、莺歌燕舞、百花盛开，自然与人类保持着难以想象的和谐。它让我知道了地球上还有如此优越的国家，这里的人们生活富裕、舒适、友好，安居乐业。

比我早到澳洲两年的三姐和四姐与一个戴眼镜的黑头发小伙子来机场接我。三姐介绍说那是她新结识的男朋友，很久就从马来西亚移民来了。因为他学究派头，戴着一副特殊边框的眼镜，大家都叫他"眼镜"。他也喜欢这个称呼。

我们当时租用一套两间卧室的单元房。爸妈当时在国内出差，两个哥哥还在北京工作，只有我们姐妹三人住在那里。

出国前我就有一个强烈的愿望，希望能拥有一间像大山洞一样的房间。它可以没有窗户，只需要一点烛光。我在里面可以随心所欲地干自己喜欢的事，绝对不会有人来打扰，更不会有人来窥视甚至强行闯入。由于在北京人们几乎没有隐私，没有独立自由的空间，我们兄弟姐妹六个人一直都睡在一个房间甚至一张大床上。于是拥有一个大山洞一样安全舒适的屋子便成了我的一个梦想。我把它称之"山顶洞人的梦想"。

在堪培拉的家里，因为经济问题，每个人自觉按居室的面积大小缴纳房租。客厅、厨房、卫生间免费使用。我初到这里没有任何积蓄，当然只好住在客厅里。

第二天，三姐为了让我挣点钱，慷慨地将她在堪培拉大学的一份中文打字工作让给我做。

在"文革"期间，我尝尽家里穷困潦倒的滋味，也体味过饥饿吃不饱的日子，促使我下决心趁着自己年轻，抓住一切可能挣钱的机会，争取实现我"山顶洞人的梦想"，甚至成为一个有钱的人，弥补以前的匮乏。我渴望赚到很多钱后再回北京，让所有人对我另眼看待，买所有喜欢的东西。为此，我从内心深处感激三姐的仗义。

第十四章

1982年，堪培拉

堪培拉的街道很宽敞，街道两侧的房屋建筑都被花花绿绿的植物围绕，融为一体。到处虫鸣、鸟语、花香，行人和车辆却很少，宽阔的广场常常显得冷冷清清，几个老人在悠闲地散步或闲谈，就连公共汽车上也是稀稀拉拉地坐着屈指可数的乘客——恐怕这种运营连汽油钱都收不回来。后来知道公共交通由政府出钱。当我在市中心东张西望想找个人问路时，发现不远处有一个中年男人正盯着我。他看上去约四十多岁，中等身材，体态发胖，额头很宽，头发稀疏，穿着一身合体的西服，手里提着一只黑色的公文包，给人一种憨厚老实的印象，还颇有几分风度。

我发现他正在注意我，便走过去："请问，到堪培拉大学乘哪辆车？"

"你要去堪培拉大学？"他的眼睛里闪出兴奋的光芒，"太好了，我们俩同路。"

没等我出声儿，他又问："你去上学吗？"

"不，我去上班。"

"上班？"他很惊讶地瞪大了眼睛。

"是的，今天是我第一天上班。"

"你从哪里来的？"

"北京。"

"北京？你是北京人？"他依然很惊讶的样子，"我从来没见过北京人。"

"是吗？"

"虽然我没见过北京人，但我觉得你不像从中国来的。"

"那我像哪儿来的？"我问。

这是个偏执的家伙，你既然没有见过北京人，怎么知道北京人长什么样儿？

公交车行驶在去大学的路上，他告诉我，他叫吉姆，已婚，老婆不上班，在家照顾两个上小学的孩子。他在昆比园一家医院当院长，现在去堪培拉大学进修。

我刚来澳大利亚，真没什么好自我介绍的。不一会儿，就到站了。

堪培拉大学是澳大利亚著名的大学之一，原来一直称为"堪培拉高等教育学院"，后来被澳大利亚教育部将其改名为"堪培拉大学"。校园建在一个丘陵上，古堡式的建筑和现代化的教学楼就坐落在绿树成荫的林丛中。

我们沿着路标来到学校的办公楼。这是一座古老的三层楼房。青色的砖墙上爬满了绿色的长藤，门廊的两侧有白色的栏杆，一条鹅卵石铺就的小道蜿蜒通向门厅，像我在画册中见过的欧洲中世纪的宫廷。

吉姆送我到了楼前，看着我走入楼道深处才离开。

我的工作是将学校的中文课教材打印出来，每周工作一天，六个小时。由于我在北京已经做过几年的中文打字工作，打字速度很快。很早就从台湾移民来的中文部负责人南思李老师对我不但满意，还非常喜欢我，并认了我做她的干女儿。李干妈和爸爸同岁，我对她充满了敬意。

下午，我将所有的教材打完，也到了下班时间，我心情愉悦地走出了办公楼。

出了楼门，低头下了台阶，抬头平视，惊讶地发现路边站着一个人——吉姆，那个胖胖的、头发有些稀疏的中年男人。他仿佛就没有离开过早晨和我告别的地方。

他笑眯眯地看着我："我忘了问你叫什么名字。"

这个人真怪，我与他萍水相逢，没想到他居然痴心地等着我。

"我姓白叫露。"刚说完，就看见三姐的男朋友"眼镜"笑着走来。他是来接我回家的。

"你真不简单啊！"他调侃我，"第一天就有人等你下班了。"

"我们刚认识。"我诚实地说，并瞟了吉姆一眼。吉姆尴尬地站在那儿，向"眼镜"点头打了声招呼。

"吉姆，这是我姐的朋友，他来接我回家。我先走一步了。改日见。"

当我和"眼镜"走向停车场的时候，回头向痴痴地站在原地的吉姆微微笑了笑。

随后的一个月里，每次我去堪培拉大学上班，吉姆都会准时在办公楼前的路边等我。

来到堪培拉短短的一个月，压抑在心中数年的愤懑终于完全地释放出来了。我犹如挣脱了精神上的枷锁，蛟龙入海，恢复了我的本性，恢复了内心深处的那个自我，感受到了从来没有过的自由和放松。

每周大半天的打字工作我只能挣到200澳元，与我的目标相差太远。我开始寻找更多的工作机会。

从认识吉姆起，他就没有放弃过对我的追求。每周我到大学上班，他总在那里等我。他还频频地约我，向我表达他的心意。他听说我在找工作，正巧赶上他的秘书休产假，立即高兴地请我到他的医院里做秘书。我知道他想多和我在一起。可对我来说，毕竟多了一份收入。

吉姆对我的百般呵护使我享受到公主一般的待遇。他平时表现得很绅士、有教养。但只要有机会，他就会抱住我，不停地吻我。

一天，我刚要出门，看见吉姆站在门外，在他身后，两个搬运工人抬着一架超大的钢琴。

"生日快乐！"吉姆走过来吻了我一下。

这人太有心了，不过那天我无意说了句小时候练了几天钢琴，他今天就送来一架。等工人走后，我抱住了吉姆，告诉他这么做有多感动我。

……

"我以为你是处女呢。"吉姆站起来穿上衣服，很失望地说。

我睁大了眼睛瞪着他，居然一句话也说不出来！四年前在北京的那段悲愤、屈辱的情景又出现在眼前……

第十五章

1978年，北京

事情发生在1978年秋天，我在北京外语学院进修英文。因为当时男女交往还有界限，所以还没交过男朋友。

一次去同学王菲家串门儿，认识了她的表哥王维，他刚从部队复员。当晚他邀请我们去莫斯科餐厅吃饭。

莫斯科餐厅坐落在北京西郊动物园旁。我从北外回家坐公共汽车都经过那里。那时人们一个月只有微薄的收入，别说像莫斯科餐厅那样可望而不可即的高级餐厅，就是一般的餐馆每月也去不了一趟。

开始，也不知道他哪儿来的那么多钱，他三天两头儿地请我到莫斯科餐厅吃饭。坐在富丽堂皇俄罗斯宫殿般的豪华大厅里，吃着西方电影中贵族们餐桌上才有的西餐，有那么多漂亮的女服务员服务，我感觉像个公主。

本来嘛，要不是封建社会消亡，就凭我家蒙古贵族的权势，身边不知道有多少人伺候我呢！

王维也知道怎么讨好我，见面时总带给我只有部队才发的小点心，我爱吃零食，又没钱买，他那一点一滴的呵护，使我很快就喜欢上了他。

王维的父亲是部队的高官，他的母亲是医院的医生，他是家里独子，所以，他特别受父母的宠爱。中学没毕业就当了兵，那时数当兵最时髦。然而，我们的交往受到了阻力，这阻力来自他的母亲。

那天，他的母亲邀请我去她家做客，我欣然去了。王维的家在北京颐和园东面一个部队大院里。开始，王维的母亲热情地招待我，还特意为我准备了不少我喜欢的北京小吃。谈话中，她问及我家里父母的情况。那时交朋友搞对象非常重视家庭出身。随着我的介绍，她的态度逐渐冷淡下来。显然，她对我的出身不满。而后，她委婉地表示了我和王维交朋友不合适。

"你的家庭与我们的背景截然不同，你是知识分子家庭出身的孩子，我们王维一直当兵没有什么社会经验，也没有多高的文化程度，"她这样为自己的儿子辩护，"因此，你与我儿子的交往不合适。"

我饭没吃完二话没说就离开了他家。不知道那天的午饭怎么收的场。

王维很气愤，和他妈大吵了一架，坐火车跑到河南去了。走之前，给我打了电话，告诉我他这辈子只爱我一个人，除非他妈接受我，不然一辈子不认这个妈。

母亲见儿子跑了，气急败坏。没想到我这么个黄毛丫头，竟然把她唯一的儿子拐跑了，于是她千方百计地打听儿子的消息，好几个星期才知道了儿子的下落。她打电话怎么劝王维回来也无济于事，因为他无法原谅母亲反对我们交朋友。于是她只好来求我，希望我把她儿子劝回家，同时还说不再干涉我俩的事。

经他妈再三乞求，我琢磨了几天，心想天下母亲应该都一样吧，谁不想看着自己的孩子幸福呢。于是我答应给王维打电话，劝他回来。

王维接到我的电话，我告诉他只要他回来我就和他恢复朋友关系。他挂上电话二话没说当天就回到了北京。

第二天，王维到我家接我去他家，说是他妈妈为了感激我要在家请我吃饭。我没多想就应邀去了，以为他妈妈一定要当面谢我，而且还要征求我的意见是否愿意给她当儿媳妇——一个能左右她儿子的女孩子，让他回到母亲的身边，她应该好好对我才是。

席间，我们边吃边喝，兴致很高。王妈妈劝我喝了很多怪怪的饮料，开始觉得很了不起，心想那一定是专供部队首长饮用的高级补品，喝的时候也没在意。不知不觉，我的头发昏，脑发涨，身体发软，摇摇晃晃，手也拿不住筷子了，眼前的饭菜模模糊糊的，几乎失去了知觉。听王妈妈对儿子说："赶快扶小白去你的卧室休息休息。"我感觉王维在搀我起来，我用手指指椅子想说在这儿坐坐就好了，可我头脑清晰却四肢无力，像打了麻药针，一句话也喊不出来。王维半推搡地将我放倒在床上，我已失去阻止王维疯狂解开我衣服的力气了。神志恍惚地瘫在床上，但仍清楚地看见他的母亲悄悄关上了房门。

在他手忙脚乱的折腾中，我感到一阵揪心的疼痛从下体传遍全身……我觉得自己堕入了无底深渊，头昏恶心，但怎么也挣扎不起来。

不知过了多久，我迷迷糊糊地醒过来，发现自己衣冠不整，从床上爬起来看见床单上一摊血迹。我跌跌撞撞地挣扎着穿好掉在地上的衣裤，浑身疲惫，神情沮丧，心里明白：我被强奸了！

这时，王维满脸堆笑地迎过来，想抱我，我用尽全身力气推开他时，给他左脸一记耳光。背后传来他妈妈的奸笑："真不知道怎么感谢你呀！"

天下竟然有如此丧尽天良、恬不知耻、丧心病狂、没有人性的母亲！

我一句话也没说，心里悔恨交加，狠狠地瞪了王维和他母亲一眼，心里在诅咒他们！这种人面兽心的人绝没有好下场！头也不回地冲出了这个罪恶的家庭。从此和他们不共戴天。

十年后我回到北京，无意中在一家饭店里遇到王维。他已经老气横秋了。一见到我，他惊讶地说："是白露吧？哟！这么多年你一点没变！还是那么漂亮！"本来想走开，又出于好奇，也想知道我离开后他妈到底为他选了一个什么样的老婆，就站住了。他告诉我自从我离开他后，他和他妈妈的一个老战友的女儿结了婚，生活庸庸碌碌。他还告诉了我一件伤心的事。他老婆在家保胎，没想到提前生产，疼得在床上打滚，婴儿随即露出了一点儿头颅。正巧这时他上班不在家，他妈妈听说小孩子生在家里不吉利，竟然用手将婴儿的头硬推了回去。当救护车送她到了医院，孩子已经憋死了——还是个儿子！他们第二次怀孕后生了个女儿。

王维的言谈话语中不时流露出沮丧的心情，对他妈妈也显露出许多的不满。

我想，这大概是上帝对王维和他妈妈的惩罚，因为他们对我干了伤天害理的缺德事！

……

西方人的思想应该是很开通的，没想到吉姆也会有这种封建意识！他的态度严重伤了我的自尊心，让我感到既心寒又尴尬！

从那天以后，好久没有去吉姆的医院上班。"见鬼去吧，吉姆！"我心里暗暗发誓，这样的工资不挣也罢！

我不再相信有纯真的爱情了！它不过是天方夜谭！我完全明白了，要实现自己的梦想，要拥有自己想要的一切，不能靠别人，尤其是不能靠男人的施舍。

第十六章

1982年，堪培拉

我真感谢妈妈给了我她一样漂亮有神，迷人，会说话的眼睛，感谢爸爸给了我引以为傲的舞蹈身材和风度，感谢父母给予我那反应敏捷的大脑及潇洒性格。这就是我的资本。我要凭借自己的智慧，加上惊人的记忆力和胆识，创造机遇，趁着年轻靠自己去争取。

离开了吉姆，我仍然要找份工作，堪培拉大学那份工作收入太少了。

曾经是澳大利亚驻华首任大使的费先生是我爸爸的老朋友，我们做孩子的都尊敬地称他为费叔叔。他在澳洲享有很高的声望。我马上想到了他，随即打电话请他帮我找份工作。他电话中问我愿不愿意到餐馆工作，我说没问题。他介绍我去找一位叫琳达的老板娘。琳达是早期移民到澳大利亚的香港人。这时她已在堪培拉经营着几家很大的中餐厅了。

我是家里最小的一个，又比较讨人喜欢，虽然以前在家没干过什么活儿，又对餐馆的工作一窍不通，可我没少在饭馆吃饭，多少也知道那"盘"怎么"端"。又能挣好多钱，加上我不怕吃苦，有决心干好"端盘儿"工作。

我和琳达在电话中约好了时间，在堪培拉菲利浦区的北京饭店见面。

"白小姐，您是在中国大使馆工作的吧？"琳达见到我的第一句话竟然是这样说。

一定是我当天穿的太"正规"让她误以为我是中国大使馆工作人员了。费叔叔也没和她介绍我是谁。所以她一张口就让我觉得很突兀。我有点不解地望着她，猜测这句话的真实含义，她是不是在取笑我。

"对不起，也许我让您误会了，我是费先生介绍来您这儿工作的。"我说。

"我知道，白小姐。我的意思是，你不像一个普通的刚从北京来的姑娘，你很有风度，穿着也很得体。"

我嘴上说谢谢，心里却想：谁出国不做几身好衣服呀！随即担心琳达会以我的外貌和穿着而不雇用我，便急切地表白："您放心，我的外貌和穿着虽然不像干粗活的人，但饭店里什么活我都能干，绝对不会比别人差。"

她笑了笑："那是那是，这还是费先生第一次给我介绍人来这儿工作呢！哦，你希望一周工作几天呀？"

"七天。"我不假思索地脱口而出，看得出来琳达脸上的惊诧表情。

"那你什么时候可以上班？"

"今天。"我睁大了眼睛说。

她再一次笑了，随即将她经营的几个饭店的情况向我简单地做了介绍，包括菲利浦区的北京饭店、市中心的马来亚餐厅和火车站科斯敦旁边的四川饭店。因为费叔叔是堪培拉的知名人士，他介绍我来，我可以选择其中任何一个餐厅。可刚来堪培拉没几天，谁知道哪家饭店条件好呢？我正犹豫不决，琳达直截了当地说："我看这样吧，不然你去我老公的四川饭店好吗？"四川饭店离我家比较近，几个饭店也真不好选，我就尊敬不如从命了。

第二天早晨，我换了一件漂亮的黄色连衣裙，脚蹬一双高跟皮鞋来到了四川饭店。饭店十一点钟才开始营业。我在门外等了很久，才见有位个子不高大约30岁左右的女人打开了店门。我径直走进去。

"您好，小姐，这边坐。请问几位？"她弯弯腰笑着问我。

"啊？"我一愣神，忍不住笑了，"我不是来吃饭的，我是来上班的。"

饭店经理托尼是个很瘦的中年男人，油腔滑调，一看就知道是那种把做生意当做乐趣而不是专为挣钱玩事不恭的香港人。听说他老婆琳达很会经营，给他这个四川饭店也是为了让他有点事做，省得招惹是非。他那色眯眯的笑容里不难看出，对我的到来十分惬意。

"你一定是白小姐。"他彬彬有礼地问。

我微笑地点了点头。

"佩基，叫厨房的人都过来认识一下白小姐。"托尼说。

"不用了，我自己随便看看就行了。"我随着佩基走进了厨房。

四川饭店只有四个人，老板托尼、服务员梅根、大厨江师傅和刷盘子的佩基——她是越南人。

大厨江师傅正背对着我埋头照料着火上的菜锅，菜锅周围放着油盐酱醋各种调料。他很不耐烦地停下搅拌锅里的菜，握着勺子转身抬头斜眼瞥我一下，没觉得来个"端盘子的"还那么隆重介绍。他正要习惯性地回身低头忙着炒菜的一瞬间，蓦地停住了，随即将整个身体转过来，眼睛闪亮地盯住我，手里拿着的勺子静止在半空，微笑着，足用了几秒钟，然后用很温柔的声音对我说："台湾来的？"

"不，北京来的。"我冲他微笑地摇摇头。

他无所谓地端着大厨的架子同身边的姑娘说："梅根，一会儿你问问白小姐今天中午喜欢吃点什么。"

"大厨从来没问过我们谁爱吃什么，你可让我们走口福运了！"梅根在我耳旁悄声说。

很显然，江师傅在这儿最有威信，他高兴给大家吃什么，谁也不敢说句话，连老板托尼也不敢吭一声。而他对我一见钟情，从我来的第一天就极力地讨好我。

进厨房端菜的时候，我仔细地打量了一下江师傅。他浓眉细眼，宽厚的脸庞，体格很健壮，威风凛凛，颇有男人味儿，很吸引女人，年纪大约三十上下。看着他做菜就像欣赏一门艺术：厨房里火光辉映，锅、勺叮叮当响，他准确地往炒锅里抛着青菜、鱼、肉，熟练地挥舞着炒锅和炒勺，忙的时候，甚至两只手同时操纵两口炒锅，就像耍把戏似的把炒锅里的菜在火焰上空抛来抛去，转瞬间就变成了令人垂涎的美味佳肴。我敢说，他做的饭菜能与北京人民大会堂宴会上的佳肴相媲美。

江师傅见我在旁边观看他做菜，更加振奋精神。

从那天起，用梅根的话说，江师傅就好像换了一个人。在我来四川饭店之前，江师傅的脾气很大，连老板都怕他几分——因为他是香港特级厨师，饭店生意的好坏都指望他的手艺。我来以后，他再也没有发过脾气，甚至对人有了笑脸，饭菜似乎也比以前做得精细。

也是从那天起，江师傅每天上下班都开车接送我，在饭店里更是对我百般呵护。

我在饭店的工作是"端盘子"。不要小看这个行业，里面也有不少学问。这个工作既需要了解饭店里每个菜的风味和特点，更需要了解顾客的口味。俗话说，众口难调嘛！开始时，菜牌上一百多道菜名，我根本无法区分其中的不同。于是我想出了一个办法，让江师傅从菜单的第一道菜做起，每天做几种不同的菜让我品尝——江师傅也乐得为我"效劳"。就这样，我很快把饭店里所有的菜品包括甜食都尝过了，自然知道它们都是什么味道。在接待顾客时，就可以根据客人口味的不同，推荐给他们喜欢的饭菜。不久，"回头客"越来越多，就连堪培拉国会的高层官员们也来这里用餐，很多客人都点名要我为他们服务。饭店的生意越来越好。本来澳大利亚顾客没有付小费的习惯，可因为我的服务态度好，每天的小费比日工资还多——它让我每天的生活增加了一项新内容：去银行存钱。

下午两点饭店一关门，我就跑到旁边的CITY银行去存钱，银行里的工作人员很高兴看见我每天的光顾。慢慢地，几千澳币就这么进入了我的账户。同时也增进了我对这份工作的热爱。

日子过得很快，一晃两个月过去了。一天下午两点多钟，客人们陆续离开，我们也关门休息。江师傅邀请我和其他两个同事去他家串门。我答应了。

坐上他的车十几分钟后，到了一处豪宅——就像以前我在电影中看到过的那种带有花园的别墅，住在其中的人过着与北京居民完全不同的生活。我没想到，堪培拉的一个普通餐馆的厨师，也会有自己的汽车和如此高档的洋房。

同车来的佩基和梅根都来过几次了，他俩一进门就像回到了自己的家似的在客厅里翻腾起录像带，打开了电视。

这是我第一次到江师傅家。

江师傅没有照料客厅里的两个同事看录像，而是陪着我参观他的住宅。

这栋房子对于一个刚从"改革开放"初期的中国大陆的姑娘来说，确实称得上富丽堂皇，与我那"山顶洞人般的梦想"颇吻合。这栋房子有好几间卧室和卫生间，每间屋里都有很讲究的陈设。我既羡慕他的富有，对每间屋子的摆设也充满了好奇。

我随着他进了主人卧室。看到卧室里那张宽大高档的席梦思双人床，内心产生一种强烈的冲动。

望着梳妆台上那张比江师傅矮一头、臃肿而俗气的女人的照片，我问他："这是你爱人？"

"不是爱人，是老婆，家里包办的。"江师傅很勉强地解释："我在这儿打工根本没时间谈恋爱。我姐就帮我定了这门婚事。"

——这事发生在20世纪80年代，不可思议。假如这是真的，他真可怜！他在说这件事时，就像别人帮忙订了一张机票这么简单。

"她人呢？"我没看见这房子有人。

"她在这儿住不惯，带着孩子们回香港娘家了。"

我似乎意识到江师傅为什么这样热情地待我。我恍然大悟般地、异样地望了他一眼，脑子里飞快地闪出他与他老婆相对无言、无聊的生活情景。没想到在香港封建意识还那么严重，一个家庭为了传宗接代，竟然还在上演历史上数以万计的婚姻悲剧。真不知他那些日子是怎么过的……难道是上天有意叫我来安慰他吗？这太滑稽了！

在我的目光下，江师傅有些不好意思了。他轻轻地问我："你休息一下吧？"

"在这里？"我略微有点迟疑。

"如果你不嫌弃的话。"他补充道："我去客厅坐。"

"天呐！这里如此舒服，我怎么会嫌弃呢！"我慢慢地坐在床上，轻柔地躺了下去。这床真是太舒服了，我一直睡在家里客厅的沙发上，每次翻身都险些掉到地上，哪儿睡过这么舒适的席梦思啊。我闭上眼睛，身体在床上慢慢地舒展开来。享受了一会儿，我睁开眼睛，发现他单腿跪在床边，握着我的一只手，痴情而温柔地望着我。

"太美了，简直就是白雪公主！"他轻轻地赞美我。

没有女人不喜欢别人赞美的。我满意而舒服地冲他微微笑了笑。

他大胆起来，开始亲我的手、胳臂……最后亲到了我的脸。我本能地挣扎了一下，然后和他热吻起来。

江师傅刚伸出双手想搂住我的脖子，就听佩基远处叫了声："我说大师傅，不做生意了哈？"我一股劲儿巧妙地挣脱了江师傅的双手，从那张席梦思滚到地上，迅速地整理了一下凌乱的头发和皱着的衣裙，小跑到客厅里。

……

几个月内我们朝夕相处，其乐融融。江师傅请律师办手续与他老婆分居，好有机会和我交往。当时我没反对，听人说，如果你满足一个人的胃口，就能搞定他多一半了。当时我没反对，不仅因为他做的一手好饭菜，而是我心里清楚，反正交朋友也不用谈恋爱，只要不结婚，我在他面前永远是公主，这种日子也过得蛮舒服的。

不过，这段罗曼史很快就结束了。

父亲坚决反对我与江师傅交往，他很严肃地把我训斥了一顿："你们好不容易出了国，我希望你们多读书长本事，将来有所作为。你现在虽然年轻、漂亮，这是你的资本，但是没有文化就像鲜花很快就凋谢一样。况且，我们博尔济吉特家族过去也是名门望族，你怎么能随便就嫁给一个厨师呢。"

四姐也过来搭讪："我以为你会看上什么了不起的对象呢，不过是个做饭的。你那么喜欢吃他做的饭，将来有学问、挣大钱，可以雇他给你做专职厨师啊……"什么话到她的嘴里就变味儿："你不是常听香港人说，'爱喝牛奶也用不着养头牛'嘛！"

父亲从小受到严格的封建礼教和宗法教育，对于名节、荣誉、地位等看得很重要。从"文革"后期起，我天不怕、地不怕，就怕我父亲。小时候不管我们六个孩子谁犯了错都要挨打，他让我们按大小年龄排队站在屋里，妈妈也要排在我旁边，然后他解下皮带从大姐开始抽，嘴里还数落为什么孩子不听话给家里惹事。当打我时妈妈总用身体护着我，所以我在家挨打是最少的。稍大了点，我看他打到三姐和四姐时，就找藏身的地方，甚至往床底下溜。虽然我们孩子们常挨打，但是我们相当听从父亲的话，当然更多的是崇拜。对于他的训诫我不敢有丝毫的违背。尤其我懂得父亲是为我好。于是我开始有意识地疏远江师傅。

不过，很快我又认识了另外一个人！

转眼在四川饭店已打了两个月的工了。一个周末的晚上，一个高大英俊的工人来饭店修房子，开始我没太注意他，因为常有人来给房子修修补补的。快下班时，老板托尼让江师傅给这修房工人做了一份鸡蛋炒饭。他嘴里细嚼慢咽，眼睛却不时地望着我。

"今天伯纳特是怎么了，和往常不大一样。"梅根凑过来和我说，"变得这么斯文，平时三分钟吃完的饭今天半小时还没吃完，真中邪了。"

"伯纳特是谁？"我忍不住问了一句。

"喏，就是那个人。晚上他是修理工，白天却是大名鼎鼎的移民官！他还是地道的英国人呢！平时来这里干活儿吃什么都香得很，今天八成中邪了。小白，你给他倒杯白水吧。"说完梅根转身进了厨房。

我倒了杯水放在伯纳特的桌子上。

"你是从台湾来的吗？"他问。又一个把我当台湾来的人，怪异。

"不是，我是从北京来的。"我笑笑说。难道只有台湾人能来澳大利亚？！

"开玩笑，你怎么会从北京来的？"伯纳特颇为肯定地对我说，"你大概不知道我是干什么的吧？"这人还真固执己见，愣说我是台湾人，还要和我对质，有意思！

"听说了！你是移民局的官员，你们该有我的档案，你要不要回去核实一下？"我边说边审视着眼前的这个人：他很英俊，一脸的智慧，一米八的身高，一头褐发，看上去比我大出十几岁。

他笑了，随后与我聊起了家常。

在谈话中，他告诉我他曾参加过越战，但他对中国的一切都很陌生。我便和他聊起了中国近期的事情。他听得津津有味。

第二天他又来到饭店，身穿一套深蓝色的西装，高高的个子，一身的帅气，颇有明星范儿。他是来告诉我，他查了我的档案，我说的每句话都是真的，我是北京来的。

从那天起，他三天两头来饭店找我，还想说服我继续大学深造，一切费用由他支付。他频频向我示好，希望能每天下班送我回家。托尼趁机让他帮忙干点活儿，他也不介意，于是老板对我更加欣赏，并跑到厨房去炫耀。

这事把江师傅气坏了，他正在切菜，没留神把左手指头切下一大块肉，被马上送到医院缝了好几针。为此我深感内疚。

第十七章

圣诞节那天，费叔叔请公司全体职员到他家聚会。也请了我们三姐妹。那年爸爸在北京出差，我们决定还是去赴宴。当时堪培拉圣诞节没有公共汽车，三姐一时找不到"眼镜"开车送我们，那时还没有手机，联系起来很不方便。于是我们商量怎么办。因为叫出租车要花很多钱，走着去又太远。我突然想到伯纳特，于是打电话请他帮忙。

伯纳特很高兴能为我服务，放下电话很快驱车来到我家。这次他特意穿了一身笔挺的西装，系着一条红色的圣诞领带，显得格外精神。

我把他介绍给三姐和四姐。

赴聚会的路上，我们用中文聊天，四姐对伯纳特赞不绝口。她说："你在哪认识的这么个既高又帅的小伙子？从来没听你提起过啊！"四姐很难喜欢上一个男人，一旦喜欢上了就会不管不顾。本来我也没把伯纳特放心里，便直截了当地对四姐说："他可是名副其实的移民官啊！大学毕业还有硕士学位，人可不简单了！还会维修房子呢！哦，既然你对他有感觉，那就发给你使用吧。"

三姐听后显然很不高兴。她说："这又不是汽车，也不是你私有财产，还什么'发给你''使用'呢！"

"他可不是我的男朋友哦！我声明啊！我们才认识了两个月，连手都没来得及拉过呢！"我解释道，"他常到饭店给老板修房子，我们就认识了。他人很好，还要主动为我出学费呢！"

四姐说："怎么你总能遇到这种好事？"

我嘴上没说什么，心里却想，"叫你去饭店打工你不去呀。再说，你每天和十七八岁的孩子们一起上学，下了学就成天呆在家里做梦，当然没机会认识谁啦。"又一想，她毕竟是我的姐姐。我知道她有几分嫉妒我。在北京生活的最后一个月，她因为和我吵嘴，竟把我所有认识的男同学和朋友同一时间约到我家里，弄得我招呼了这个顾不上那个的，结果把他们都气跑了。

老实说，三姐和四姐都很漂亮，但她们性格比较内向，见到生人还有点腼腆，不像我可以跟陌生人在几分钟内就打得火热。

三姐问："你是怎么让男孩子俯首称臣的？"

我一本正经地对她说："对男人，只要记住一条：永远不要去爱他们。就是爱，也永远不能让他们知道，不然你就失去他了。"

四姐歪着头沉思了半天，样子很认真，也很不解。

"一会儿我约伯纳特明天到咱家来做客，正好餐厅的江师傅约我们所有饭馆工作的员工到悉尼去看海，你接待伯纳特不就得了嘛！"

四姐开心极了，她说这是她来澳大利亚几个月内最值得庆幸的事。

于是，我约了伯纳特第二天上午九点来我家，而第二天一大早七点钟我就和江师傅他们去了悉尼。

吉姆在受到了一个月的冷遇后终于忍不住又来找我。

虽然事情已经过去一个多月了，也因此了解到原来西方人不像我们在国内听说的那样，对性生活那么随便，他们也很看重女人婚前的"那点事"，可我心中对他的恼恨依然没有散。既然他又找上门儿来，我决定给他点儿小小的报复，不能轻易饶过他。谁让他自找没趣呢！

"吉姆，你真是这么爱我吗？"我坐在他的腿上，搂着他的脖子挑衅道。

"当然，我愿为你做任何事！"他不假思索地表示。

"离婚！"我抓住他的话茬儿，"和你老婆离婚你干吗？"

吉姆吓了一跳，浑身一震。我差点儿没从他的腿上摔到地上。

"舍不得吧！"我马上站起来，"就知道你没戏。"

"谁说的！"吉姆一把又拉我坐在他的腿上，"我今天就通知律师和她分居！"

"这玩笑可不能随便开哦！"我又激他。

吉姆看上去真生气了，"我现在就去搬东西，住到医院单身宿舍去！"

他推开我，站起来头也不回地走了。

我却愣在那儿了。心里在琢磨哪句话不该说。

从那天起吉姆真的搬进医院的单身宿舍，和他老婆分居了。

谁想，这竟是我大难临头的开始。

圣诞节过后，爸爸妈妈从北京打来电话，说他们新年将回澳大利亚。这时候我已经用两千澳元买了一部二手"Dunson"轿车。我很自豪，因为我是白家在澳大利亚第一个买车的人。

记得来澳洲之前爸爸对我说过，在外面要想独立，就不能总是依赖别人。那时与江师傅的关系不可能再有进展，我也不愿意让他继续接送我上下班，就买了车。有了车，我的行动自由多了。

爸爸妈妈回到澳大利亚的那天，我开着自己的"达桑"轿车与三姐一同去机场接他们。

"怎么就你俩来了？"爸爸妈妈出了机场见到只有我和三姐后问。他们在中国总惦记着我们三姐妹。

"四姐交男朋友了。"我只好如实地告诉他们。自从四姐和伯纳特相好后，他们从来没分开过，知道爸妈回来也不接机。

为了驱散爸妈的不愉快，我拉着他们的手直奔我的轿车旁："看，爸爸，我有自己的汽车了！"

爸爸紧皱的眉头舒展了一些。

回到家后，我和三姐向爸妈报告我们姐仨在堪培拉的生活，爸妈也向我们介绍北京的一些情况。那时国内改革开放不久，许多在今天看来很普通的话题，当时都非常敏感。我们是最早从社会主义中国移民来的，总担心有人跟踪或窃听我们的谈话，谈话内容被人误会，引来不必要的麻烦，所以，我们处处小心。甚至交男朋友这种话题，都在屋外的大草地上谈及。

我家的另一特殊之处，就是爸爸在处理家务和家中开销摊派方面很公平。自从我们兄妹陆续参加工作以后，每人每月要向家里缴纳伙食费，这是我爸爸规定的：在家吃饭的人要在伙食登记表中自己名字的栏目下面画一个对勾，就像上班打卡一样。表示就餐一次；如果谁带自己的朋友来家吃饭，就画两个对勾，表示就餐两次；每月按总消费除以对勾的总次数，再乘以每人的就餐次数算账交费。做饭也是大家轮流值班。这种"核算和值班制度"是从爸爸在"文革"中被停职停薪、我们陆续工作后开始的，也算是"文革"在我家的一种副产品吧？我们移民到了堪培拉仍一切照旧。

　　另外，我们孩子从来不计较每顿饭吃什么。至少从我懂事的时候起就记得，我们兄弟姐妹围坐在餐桌前等着妈妈把饭菜端上来一起吃，即使全家只有窝头和熬白菜的时候。

　　"平均分配"是我们家的一大特点。"文革"期间，无论大哥大姐需要多吃，我最小不需要那么多分量，但为了公平起见，盛饭的碗都一样大小，里面装的饭菜也一样多，吃了一碗不会再有第二碗。吃饱没吃饱就下顿再说了。记得"困难时期"（指20世纪50年代末到60年代初的自然灾害时期），北京各类食物，包括油、粮、蛋、糖、肉、海鲜、奶类等都凭票供应，而且供应紧张。那时家中只要有吃的东西，妈妈先是给爸爸留出来一份，然后一人一份，不管年龄大小。吃饭的时候，如果菜很少，就往菜里多放点儿盐，致使我们家里每一个人身体都缺乏营养。爸爸和妈妈当时就身体浮肿，以致老年以后患心脏病和高血压，甚至偏瘫。我们兄弟姐妹中年以后大多血压高。我的五哥虽然三十几岁就拿到了博士学位，正要为生活拼搏一下时，却患了脑血栓。

　　记得1961年我五岁，开始跟妈妈学做一些家务，妈妈炒菜我帮着翻菜。因为总吃不饱饭，只要看见家里有吃的，旁边没人看见，我会立即冲上去抓住吃的塞进嘴里，要吃的很快，不然被人看见又要挨骂甚至挨打。即使正在厨房火上煮得半熟的食品，我也用勺捞一口吃，舌头也常被烫着，我也不在乎，因为这样可以解一时饥饿之苦。逢年过节看着许多人手里拿着大包小包的点心，咬牙切齿地发誓，早晚有一天我要把那些点心都吃个够。偶尔和妈妈去商店买东西，都要特地去点心柜台那边走走，吃不到闻一闻也能解解馋。出国再回北京，真的去北京卖点心最有名气的"稻香村"买了几乎所有的点心，拿回家吃了许多，差点把肚子吃坏。从那以后，再不把点心放在心上了。

第十八章

1984年，堪培拉

那年，爸妈拿出多年的积蓄在堪培拉买了套房子，可买了房子就没有积蓄了，于是家里时不时地为开销的事闹不愉快。我心里很不好受。盘算着找点解决问题的办法。

一天，我无意之中在电视广告上看到保险公司推销的"生命保险"。广告说一个人买了生命保险，死亡后家属就可以得到这笔保险金。随即心里产生了一个念头：在国外生命还能换钱，真是没想到。如果我拿生命给家里换回钱来过日子，我也没白活这二十几年呀。于是我记下了这家保险公司的电话，悄悄地买了五万澳元的生命保险。

我买保险时问销售员："是不是怎么死都能拿到赔偿费？"

保险销售员愣了一下，觉得很奇怪，但又似乎听懂了，补充了一句"除非自杀，自杀我们公司一分不付"说完看了我一眼就走了。

为此，我决定策划一起事故，以便让家中得到这笔保险金。我首先想到的是车祸，因为我刚刚学会了开车，发生车祸应该是一个比较自然的事。

我回想了一下有没有债务或者仇敌，不能死了还让谁追着屁股要债呀——没有！于是我开始做准备。除了每天开车时盘算着怎么制造一场致命车祸，又看不出是蓄意的。我还悄悄地写了一封遗书，告诉大家钱归爸妈所支配，我的衣服和首饰都留给两个姐姐。然后把写好了的"最后遗言"压在了我的枕头底下。

我开始幻想死时情节：全家人围在我的尸体旁边大哭，爸爸一边哭一边夸我最懂事；妈妈一边哭一边说她对不起我，没让我过一天好日子；两个姐姐一边哭一边说我傻。

就在策划次日制造车祸的那天下午，我开始为自己这么年纪轻轻即将辞世而黯然伤心。止不住的泪水泉水般地涌了出来，湿透了半个枕头。晚上，我无意中听到两个姐姐在父母的房间里争吵，内容提到什么"工分不好算"……娃娃一点不懂事，家里需要钱时她却买辆车；她经常带男朋友到家吃饭，吃起饭来比平常三个人的饭量都大，应该画"三个勾"才是……我的身子顿时凉了大半截。清醒过来后，毅然撕毁了保险单和遗嘱，我决定活下去了。

第二天我给保险公司打电话，告诉他们我下个月起不再续保付费了。

"不再续保意味着你的保险合同作废。而且你付过的保金不会退还。顺便问一下，能告诉我们什么原因吗？"

"因为我不想死了。"我在电话中大声吼叫。

保险公司当然不知道我开始投保和终止投保的真正原因了。

没过几天，我突然接到移民局的公函，限我14天内必须离开澳大利亚。这个通知对我来说简直就是晴天霹雳。全家一时炸了锅。通过伯纳特打听才知道，这是我自己惹火烧身的。

原来，吉姆搬到医院单身宿舍以后，他老婆并不愿意和他分手。不知道他老婆从医院谁的嘴里打听到了我的住址，知道我刚从中国来，还没拿到长久居住权，于是气冲冲地找到当地移民局，控告我破坏他的家庭和婚姻，移民局不分青红皂白，马上勒令我两周内立即返回中国。

当时我确实没有绿卡，拿的是学生签证。

为此，我们全家召集了紧急会议，伯纳特也来出主意。他说，鉴于我被提前要求出境的原因，除非有澳大利亚人肯为我担保，说我是他的未婚妻，不然没有留下的可能性。

就在这关键时刻，"眼镜"自告奋勇说："我给你担保。"但考虑到他是三姐的男朋友，这样做不妥。我便想到吉姆，这飞来的横祸是他老婆制造的，他应该承担。

我立即给吉姆打电话，强硬地说明情况。他放下电话，一个小时的路程只用了20分钟就开车赶到我家，为他老婆的行为道歉，并当即给移民局写了担保信，说我是他的未婚妻。

为了让我留澳的理由更加充足，三姐把她在费先生公司的全职工作让给了我，自己去上大学。我随即成为公司正式聘用的雇员，唯一留在澳洲的正面渠道，即合法的纳税人。

同时，我也辞掉了四川饭店的工作，正式向江师傅道别。

我知道这对江师傅打击很大。据佩基说，江师傅一连许多天精神恍惚，闷闷不乐，很少同别人交往。

为了感激吉姆，我知道他和老婆离婚对他经济很受影响，两个孩子看牙就要几千元，所以就暗地里每月帮他付信用卡费用，几个月信用卡费用加起来多到上万澳元。因为我决定不和他一起生活，从经济上资助也是变相对他的帮忙做了相应的回报。

离开了饭店，我即接替了三姐的工作进入了费先生的公司。

费先生的公司是澳大利亚最早专门从事澳中商贸咨询的公司，爸爸是公司的顾问。我在那里的工作是文秘，每天做中文打字、整理档案，到银行送支票取款，去邮局送邮件寄包裹，给老板们冲咖啡倒水，为公司员工准备午餐和清理办公室垃圾，包括换灯泡。这些工作在当地其他的大公司要由几名职工完成，而这家公司工作人员不多就由我一个人负责了。为了解决"户口"问题，也能多学点本事，还能打扮的漂漂亮亮。我每天工作既勤快、动作又麻利，处处表现得出色，很快取得了费先生和所有员工的好评。这份工作一干就是两年。

公司工作的繁杂、忙碌对于年轻、精力充沛的我来说，并没有问题。每天中午为员工准备午餐——面包、午餐肉、蔬菜沙拉之类的东西也无所谓，但听到领班秘书小姐"你是中国人，不会喜欢吃西餐的"一席寄人篱下的话，我每天要自己带午饭，才真让我知道了中国人在澳洲人的眼里是何等地位！

我心里清楚：不管我工作如何努力，我在这家公司都不可能有更好的前景。其实，当时何尝是费先生的公司，整个澳大利亚的种族歧视也是存在的。这包括一些当地人教导他们的孩子不要与"亚洲人"交往，更不能和他们谈情说爱了。

由于工作之便，我很快又结识了一位帅哥。

一天，我到邮局去收发信件的时候，发现柜台里新添了一个金发碧眼个子很高的小伙子。在发信的十几分钟里，他一直很礼貌温和地和我谈天，问我从哪儿来的，来堪培拉多久了，做什么工作的。我是有问必答。当我抱着一个包裹和他说再见的时候，他忽然从柜台里面跑了出来。

"嗨，我能帮你搬吗？"他跑过来问我。

有人帮忙，我当然不会拒绝，何况还是一位挺英俊的小伙子。

"那多不好意思呀，这不会影响你的工作吗？"

"不会，我帮你拿吧。忘记告诉你，我是新来的，叫瑞德。"

我冲他笑笑，接受了他的帮助。

一路上，他喋喋不休地开始自我介绍。他告诉我他全家是二十几年前从英国移民到澳大利亚，因为喜欢那身国防绿的军装，当了九年兵。当部队驻防堪培拉时，他爱上了这里，也不想再过动荡的生活，因为部队每到一个城市只驻防三年。于是就在这里退伍了。按澳洲政府有关规定，他只要在政府部门工作满十年，就有资格拿到政府发给的公务员退休金，所以他到了邮局工作。

谈话中，我表面上漫不经心地听着，眼睛却悄悄地打量着他。他身材瘦高、英俊、富于性感，言行举止更像一个无所追求、玩事不恭的的公子哥儿。

他一直把我送到我的办公室。

之后，由于工作之便，我与他每天都在邮局见面。很快，我与瑞德成了好朋友，随即也与吉姆分了手。

瑞德与吉姆截然不同。他热情、年轻、精力充沛，比我只大一岁。我们下班后经常一起散步、看电影、去俱乐部玩儿。他还开着摩托车带我去兜风。

"我十六岁的时候，常常骑着爸爸用自行车改造的摩托车出去兜风，那时候北京还没多少人骑摩托车，马路上也没几辆汽车，我没有头盔，一头披肩长发随着摩托车疾驰飘逸在脑后，当经过天安门广场时，不仅路旁的行人，连警察都转过头来欣赏我。我感到美极了。"当我坐在瑞德摩托车后面的时候不禁想起过去，欣然地同他说。

我属猴，瑞德属羊，中国一直就有"猴骑羊"一说，瑞德很爱我，总是把"*You are just too good to be true*"和"*I like Chinese*"的英文歌放在嘴边，还总夸我漂亮性感。我感觉我俩合适极了，交往了不到半年，我俩就火速订婚了。

然而，他对中国文化和传统一窍不通，使我对他非常失望。

第一次摩擦发生在他来我家做客。按中国的习惯，给客人吃饺子是对客人的热情招待。在国外，包饺子是件很费工夫、费劲儿的事，包括和面、剁菜、搅馅儿、擀皮儿、包饺子，最后做成锅贴，要折腾几个小时。头一次他到我家，我妈给他包饺子，他觉得很新鲜，也很满意。可第二次来我家看到我妈又给他包饺子，便满脸的不高兴，还说："怎么又吃饺子？我们这里的猫狗每天才吃一样的饭呢！"我马上对他起了反感。而第三次他来我家，又赶上我家吃饺子，他一赌气跑到市场买了一块牛排，到我家自己烤着吃了。弄的我家所有人都不知所措。他如此不懂事，更不理解中国文化，让我怀疑是不是看错了人！

我很快发现，他缺少英国绅士应有的风度，在钱上斤斤计较。每次我们一起到餐馆吃饭，他总在要付账单的时候转移话题，等我付完账就一声"谢谢"了事。我开始觉得生活少了点儿什么。

有一次，听说他妈妈要从布里斯班来看他，我便买了好多小吃、饮料，准备招待他妈妈，还想和他妈妈好好聊聊。

瑞德租住一室一厅的房子，室内陈设很简陋，只有一张床。我正纳闷他妈在哪儿过夜，见他在客厅的地上铺了一条毯子。

"你今天睡在地上吗？"我关切地问他，开始心里还挺感动：看来他准备把他自己的床留给他妈妈。

"当然不是，"他很奇怪地看着我，"这是给我妈睡的。"

"什么？你竟然要让你妈妈睡在地上？"我非常气愤。

"怎么啦？"他不以为然地反问我。

天哪！他居然让他妈睡在地上，还问我"怎么啦？"刚才我把他看得太高了。

"怎么啦！"我一字一顿地叫，"那是你妈呀！你怎么可以让你妈睡地下，而你睡床上呢？"

"这是我的房子。她没交房租，也没付水电费，我让她睡在这里已经很不错了。哦，我问你，你以为她应该睡在哪儿？"

"当然是睡在你的床上啦！"我真纳闷了，这种话还用问吗？亏他想的出来！

"这不可能！" 瑞德毫无表情地说。

——这种没良心的话居然他也能说出口！按中国的道德标准，他简直是忤逆不孝！

我真不知道该说他什么！转身开车回家，把我的床垫抽出来放在汽车的顶上，将它拖到了瑞德的客厅。

瑞德妈妈一进瑞德房间，看到地上的床垫，觉得很舒服，还夸奖了他的儿子。我能说什么呢，看他妈妈那一脸心满意足的表情！

瑞德的妈妈在堪培拉期间，我与她相处非常融洽。临别时她对我说，瑞德能找到像我这样的妻子她很舒心。

瑞德品质上的欠缺逐渐暴露出来。我心里虽然鄙视他，但还是容忍了。他虽然自私、缺少家教，但毕竟还年轻，也许是文化差异，况且时间还长着呢。

为了尽快改变生活状况，我建议共同存钱买房子。于是我们在银行共同开了一个账户，我俩之中谁不签字都取不出钱来。由于我家的经济条件好转，我们不再交饭费了。我几年工作的储蓄足够我几年的汽油和饭费，所以，每个月我都将自己50%工资存入这个账户。我憧憬着今后能和他买自己的房子过上好日子。

1984年，我加入了澳大利亚国籍，开始掌握自己的命运。

其间，我仍在费先生的公司工作，直到1986年2月15日——星期五这一天。

公司每天上班前，所有职员都要在费先生的办公室站一圈，听费先生交代一天的工作。这天早晨，费先生对大家说他有一份重要的中文翻译合同要我务必上午打印出来，第二天他要带回中国谈判用。同时，他吩咐公司所有人不得打扰我或让我做任何事，去银行、邮局、准备午餐就安排其他人去，然后就去开会了。

当时来澳大利亚的中国人不多，在堪培拉会打中文字的就三姐和我，那时也没有电脑，古老传统的中国打字机上所有的铅字都是反着，这样打出来的字才是正面。大约两千多字的字盘要死记硬背，不然几万字的合同一上午可打不完。我知道费先生去北京和中国公司谈生意对他有多重要，所以这份合同就更显重要了。但加快速度还要保质量。在国内打完字都有校对检查工作，平时爸爸在还可以帮我校对中文。可这天公司里除了我再没第二个懂中文的了，于是为了不出错，我更得小心翼翼才是。

上午10点钟，我聚精会神地打字，秘书柯莱尔过来让我去商店买东西，好给大家备午饭。

"不是费先生说好了今天我除了打字哪儿也不去吗？我必须将这份文件打出来，你找别人去商店吧。"

"你先放一放也不碍事。他不在办公室，你就得听我的。"

我无法拒绝，她的外号叫"二道门儿"，就是说，老板不在家她做主。想了想，要是拒绝她不去呢，她就会给我小鞋穿，在老板面前搬弄是非。没办法，我只好放下手里打了半截儿的文件，去商店采购食品准备午饭。

当我买好食品回到办公室的时候，费先生已经站在我的办公室里了。他拉着铁青的脸盯住我，用中文一板一眼地说："白露，我早晨告诉你除了打字什么也不许干。你知道我明天要带这份文件到中国去，为什么不按我说的去做呢？你太让我失望了！"

"不是我自己要去的，是柯莱尔要我去的。她说您不在得听她的。"我实事求是向他解释。

柯莱尔走了过来插话："是我要你去的吗？你不是想见你邮局的男朋友吧？"

没想到她竟然当着我的面诬陷我！我强辩："你可以去邮局打听，我今天有没有去过那里！"

这时费先生竟然袒护她："我不相信柯莱尔会让你出去。她知道我明天去中国要带这份重要文件。你一定是没听懂她的英文。"

我气得脸色惨白，一句话也说不出来。

回到自己的座位，我忍着眼泪将费先生的文件打印完，同时也打印了一份辞职报告。

……

两年澳大利亚的生活令我疲惫不堪。我几乎每天都在拼命地工作，仍无法融入当地人的生活。我已经攒了两万澳元准备买房子，当年的普通三居室带花园的平房大约五万澳元左右，向银行贷款三万就能住进自己的房子里了。没想到去银行贷款却遭到拒绝。他们说："你一个女人工作贷款买房，哪天结婚生孩子就无法工作，谁帮你还贷款呢？"难道这个国家只贷款给男人，而作为女人的我，只有结婚才能和丈夫一起贷款买房吗？我什么时候能实现我那"山顶洞人"般的梦？都20世纪了，这么发达的国家竟比过去的中国还重男轻女！

我的情绪坏到了极点。

……

故地重游

　　望着这个年青人很快消失在西单大街的人海之中，我不禁回想起和小巍山盟海誓的情景，也想到隐入遥远国度丛林之中的小巍：他一定是每天拿着步枪打游击，吃不上一顿饱饭，睡不上一会儿安生觉。还随时提防敌人的枪炮袭击。想到这里，一阵心酸。

第十九章

1986年，澳大利亚

12月6日，飞机着陆引起的剧烈震动，把我从回忆中惊醒。我回到了离别九个月的悉尼机场。

我没有心思在悉尼逗留，直接乘车回到我在堪培拉的家，并以最快的速度与瑞德办妥手续，解除婚约。为了表示我的歉意，我没向他要回我俩共同存款中我那几万澳元。我想他也不会再遇见像我这样慷慨的女人了。

婚约的解除如同卸掉了我精神上的最大负担，我可以毫无顾忌、全力以赴地和心中的白马王子，共同策划我们美好的未来。

我立即返回了北京。

1987年，北京

那一段北京的日子令人难忘。我白天工作，下班后回到丽都饭店，与詹森过着甜蜜而浪漫的生活。

一天外出办事，路过呼家楼小区居委会附近的一幢楼房，我猛然认出数年前这是一个招待所——那儿正是小巍消失的地方，心里异常激动，便停了下来。

"请问，"我向一位站在门前抽烟斗的老大爷打听，"这地方过去是不是一个招待所？”

老人抽了一口烟，看着我说：“没错儿，多年前这儿是招待所。不过，他们早就搬迁了。怎么，你找人？”

“是的，我找人。”……

其实，我何止找人，我还想问个明白，我那小巍为什么会突然消失……

那是一个浪漫的、令人难以置信的往事。

1978年，北京

那时，我在北京一家出版社当中文打字员。

出版社为了提高大家的收入，也卖一些畅销书。当时出版社没有售书门市部，就将收发室作为临时书店。没有专门卖书人员，谁的工作不忙，都去帮助卖书。

出版社位于北京友谊商店旁边的一个大院子里，对门是国际俱乐部，附近还有国际饭店。每天都有不少人来买书。

一天，一个持北京机械制造厂介绍信的年轻人到出版社买书。这人长得很不一般：皮肤浅咖啡色，长圆脸，高鼻梁，大眼睛，颧骨微凸，嘴唇很厚，挺魁梧，个子不很高，长得很像新疆人，皮肤又像印度人。不少人打量着他，而他的眼睛除了看书就盯着我。

办公室里的几个人交头接耳，猜他是真老外还是假老外。我见他样子中不中、洋不洋的，像电影里假扮老外的中国人，不由得笑了笑。

没想到我这一笑，竟引来一段戏剧性的悲剧。

那时我家住在朝外水碓地区。

这天下了班，我同往常一样，坐上公共汽车回家。站在车里，我感觉有人在盯着我，也闻到一股与众不同的怪味。随即发现怪味出自那个“假老外”身上。那时人们只能坐公交车来往于各处，知道他的单位就在我回家的路上，所以在9路汽车上见到他，我一点儿也不奇怪。

水碓车站到了，我下了车。刚走几步，就听到身后有人说话：“同志，能和你说句话吗？”回头一看，是那个“假老外”。

我放慢了脚步，扭头对他说："你不是应该在呼家楼下车吗？"

呼家楼位于水碓前三站，那里有北京机械制造厂的宿舍。

不知为什么我对他没恶感。

他很尴尬，忙不迭地道歉："对不起，我只想和你认识一下。"

我仔细打量了他一下，没有表态。因为他无论是外表还是风度，都与众不同，我很好奇。因为爸爸恢复了工作，我的交往胆子大了许多。

"那么，我送你回家。"他彬彬有礼地说。

"其实我家就住在前面。"我没拒绝他的要求，一起走到我家楼前。

"明天可以一起吃晚饭吗？"他试探地问。

"明天？"我还在犹豫，他说："明天下班我在你们单位门口等你！"说完就消失在人群里。他到底是什么人？我真的很好奇。

第二天下班前，生怕单位有人看见我，提前离开出版社，看见他已经在门外等我了。我俩开始往前面不远的日坛公园走去。一路走一路随便地聊着。在谈话中他告诉我，他叫小巍，是个孤儿，几年前父母都去世了，没有兄弟姐妹，当时他28岁。在北京机械制造厂绘图室工作。他的身世引起了我的同情。

从此，我俩就常在一起散步。有时去公园，有时轧马路。小巍慷慨大方，出去散步常给我买零食吃。隔几天他还请我吃饭。他是第一个用彩色胶卷给我照相的人。

当时彩色胶卷和冲洗都很贵，也只有北京饭店才能冲洗。我看到彩色照片上漂亮而带有几分孩子气的我，十分高兴，也很感激他。他告诉我，他的单位领导很关心他，给他介绍过不少的女同事，但没有一个让他满意的。自从他认识了我，一改常态。同事们看到他很开心，料到他认识了工厂以外的女朋友。

一次他问我："你想出国吗？你父母愿意你离开北京吗？"

"没想过，"我回答，"我父母几代都是当地人，听说出国人生地不熟很可怕的。"

从那以后的三个月里，小巍天天下班都来找我。他和其他男孩子不一样，其他男孩子为了自己的欲望和你寻欢作乐，而小巍却是为了让你舒心和开心愿意做一切。我把小巍当作知己。由于他的稳重和文雅，慢慢地，我父母也喜欢他了。我当时甚至想，我把自己的一个月工资38元和他的56元工资加在一起，组织一个家庭，再生个孩子，生活费应该不成问题。

过了两天，我们单位发电影票，组织看埃及电影《咖啡馆》。我向办公室主任要了两张电影票，请小巍一起来看电影。

那时候看电影都是单位集体组织，不用花钱买票，也是给职工变相的一种福利。

小巍准时到达电影院门前等我了。我俩兴致勃勃地进了电影院。电影开始了没一会儿，我一直放在小巍胳臂上的手被他轻轻移开了，我很奇怪。周围人都在聚精会神地看电影，我也不好问他，时不时地斜眼瞥他，百思不解。

这部电影是反映埃及革命党人在狱中斗争的故事。这个政党领导人民起来反抗残暴的当局统治，政党的许多人被捕，关在监狱中。我记得最深的是，敌人为了让一个革命者屈服，用了各种刑具都无济于事后，就把他的女朋友抓到监狱，当着他的面，污辱她、强奸她……

这时我发现身边坐着的小巍不见了。

我十分惊讶，马上站起来追了出去。心里很不是滋味，多要一张电影票也不是容易的事呢！

我一生看过许多电影，因电影不好提前退场是有的，还没有一次是因为男朋友不高兴早退场的。

我追上了他。

他怒气冲冲地斥责我："你怎么能带我看这种电影！"

"这，这电影怎么了？"外国电影在中国开演前都要文化部审批呢！哪不该看呀？我真不理解这部电影碍着他哪根筋了！

"我受不了！"小巍吼道，一脸的愤怒。这是他第一次和我翻脸。

"你是指故事的题材还是指里面的情节？"我更莫名其妙了。过去我们看完电影对故事内容、情节，甚至表现手法发生争论很自然，但从来没有大动干戈的。而且，他从不敢在我面前大声说话，今天怎么发这么大的火？还冲我喊？更何况，那年月北京放映的每部片子都是经过政府严格审核，即使影片中有不好的镜头，也早在公演前被政府有关部门剪去了。实际上那个电影根本就没演妇女被撕光衣服的画面。我当时真不明白他怎么会有如此强烈的反应。

好一会儿他才冷静下来，我们一起往回家的路上走去。路上，我没想到，这场电影让他说出了一个隐藏在他内心深处的悲哀故事。

小巍告诉我，他不是中国人，他来自东南亚的一个国家。

当时我十分惊讶！没想到我过去心里叫他"假老外"，实际上他是个真老外。难怪他说普通话时有口音。

小巍告诉我，他出身于本国的大贵族。他的父母原是本国领袖，后来国家发生政变，他被父亲的支持者护送到中国，而他的父母却被政变当局逮捕。有人告诉他，他父母被政变当局逮捕，就像电影里演的那样，受尽严刑，不知死活。他看到电影里敌人迫害革命者的情节，想起了他的父母，想起和他父母一起牺牲的同志。

小巍还告诉我，他在中国生活和上大学，还按时到北京的西郊见他的组织，学习如何打游击，包括如何使用各种枪械、武器以及通讯设备和运输工具。他在北京机械制造厂上班只是为了安全和掩人耳目。如果形势需要，他会随时回国参加游击队。

然而，小巍在中国居住了这么多年，他爱上了中国，希望找个中国姑娘结婚而永远留在中国。他说和我认识这件事，不能让他的组织知道，包括冲洗我的照片，都很小心谨慎。他从来不让我为他照相，我也没有一张他的照片。他说是为了安全。

小巍说，令他失望的是，我与他的接触已经引起了他所在组织的注意，并警告过他不要为情所迷。

最后，小巍请我原谅他对我隐瞒身世这么久，因为这是绝密的事。如果他的同志知道他向我泄露了上述情况，后果不堪设想。

听了他的故事，我不知道说什么好，对他充满了怜悯和同情。这一天我们谈得很晚，也谈得很激动。

不知不觉我们走到呼家楼招待所，他就住在那儿。他破天荒地请我上了楼。

记不清那天是怎样分手的，不知是几点钟分手的，只记得，我俩在他的屋子里紧紧地拥抱在一起很久很久……

从呼家楼招待所离开的第二天，就再没见过小巍了。我给北京机械制造厂绘图室打电话，得到答复是他没去上班。中午休息时我又去了他住的招待所，看门老头说："今天一大早就有辆车把他接走了。你不用进去了，他的东西也都清了，大概是搬家了。"

我心里冰凉：小巍失踪了。

我抱着一线希望，决定最后再试着找他一次。按照他告诉我的地址，我去了北京西郊小巍说的"总部"，那是一个由解放军看守的大院，一般人根本进不去。我在离那个大院不远的地方站了不知多久，见到从那扇大门里出来一个和小巍年龄相似的小伙子。我看他离开大门远了，迎上前去截住他，问起小巍。他警惕地扫视了一下周围，低声对我说："这里不是说话的地方，我们换个地方说话。"

我跟在他后面，上了路旁的公共汽车。他下了车，我也随着他下车。我俩来到了喧闹的西单商场门前。这时他才同我说，小巍回国参加游击队去了，不会再回中国了，让我不要浪费时间找了。他是小巍的好朋友，听小巍提过我。他只跟我说了这么几句话，看看旁边没人盯梢，便匆匆走了。

望着这个年青人很快消失在西单大街的人海之中，我不禁想起和小巍山盟海誓的情景，也想到隐入遥远国度丛林之中的小巍：他一定是每天拿着步枪打游击，吃不上一顿饱饭，睡不上一会儿安生觉。还随时提防敌人的枪炮袭击。想到这里，一阵心酸。我当时还想：如果将来有机会出国，我一定想法去找他。可是没有他的名字和国籍，上哪儿去找呢？

晚上，爸妈看到我坐在沙发上无言地流泪，知道一定是小巍的事，没有问，也没有一句责怪的话。

小巍使我永远难忘。

一晃都十多年了，小巍，你在哪儿呢？是在自己国家的丛林中鏖战，还是又回到了北京？你还记得我吗？

好事多磨

　　朝阳透过丽都饭店公寓窗帘的缝隙照射在我的
脸上，唤醒了我的美梦。第二天一早，我爬起来披
上红色的丝绸睡袍。身边的詹森还沉浸在甜甜的梦
中。他那棕色柔软的头发遮住眼帘，嘴角挂着淡淡
的微笑。

第二十章

1987年，北京

时间不知不觉地流逝，我和詹森在一起也一年多了。老板艾伦时不时问起我和詹森的婚事。三姐这时在德国一家银行驻北京办事处工作。

由于詹森从未向我提起婚事，三姐几次对我说："像詹森这么年轻潇洒时髦的美国人，讲这么好的中国话，又有这么好的工作，你们又同年同月一样大，他干嘛不找比他年龄小同等地位的女朋友呢？他怎么会跟你结婚呢？他只不过是和你玩玩而已。美国人都是这么不负责任的！"

MBI在北京办事处有两个年轻英俊个子高高的小伙子。一个是詹森，外号被称"花花公子有良心"，另一个小伙子叫理查德，外号被称"花花公子没良心"。意思是说，詹森对女朋友比较仁义，不像理查德，和女孩子玩儿过了，不管对方多恋恋不舍，他也不顾人家的感受。

三姐也许判断错了。因为我没有让詹森知道我想和他结婚。也许他也在等我给他什么暗示。在这个问题上，我不能完全责备他。过去我与其他男人相处的时候，从来不会主动向对方表示这种事，甚至对方一提到这个问题，我就会离开这个男人。目前，我已经与詹森一起生活了很长时间了，他口头上从没向我求过婚。我也没把这当成事儿。觉得那该是个自然的事情，两个人处久了，结婚是必然的。三姐向我提出的这个问题引起了我的警惕。我也知道好事多磨。这个问题还是尽快解决的好，否则夜长梦多，会重蹈米娜的覆辙。

我和詹森在一起时确实太天真浪漫了，我们朝夕相处，除了没有那张合法的婚姻证书，我们所做的一切与夫妻无二。如果我向他提出结婚的问题，我相信他会很高兴地接受。于是，我选择了一个吉利的日子，向他提出这个问题。

詹森在这个问题上表现得颇有绅士风度，他建议我等到他父母和妹妹下月来北京时，还提醒我，能得到他父母赞同对我们来说可非常重要哦，尤其是他妈妈的意见，因为他妈妈为生他差点送了命——他应该4月29日出生，可因难产两天后他才生出来，所以他欠他妈一条命！

我一下子想了起来，他曾经说过的一句话："谁也别想让我做我妈不愿意我做的事！"

看得出，他是一个极孝顺的儿子。我们的婚事，非他父母同意才行。

1987年的夏天，詹森父母来北京度假，顺便看看我——这位没过门的儿媳妇。

我决心表现给他们看，一定利用这个机会把自己看家的本事拿出来，得到他父母的赞许。

詹森父母到达北京的前一天，詹森提出，为了让他父母对我有个好印象，我先搬回自己家住。

我有点不高兴，生怕詹森隐瞒他和我的密切关系。可是又一想：也是，没过门就住在一起，当然让老一辈人误会，尤其我是中国人，中国人有洁身自好的传统。不过，我们说好第二天一起去机场接他们。

当詹森的父母和他的妹妹一出机场，詹森就迫不及待地冲过去抱住了他的妈妈，那种拥抱的强度我只在电影里见过。他妈妈用手捧住詹森的脸，左边右边地亲，一边亲一边说着"真想你，我的宝贝儿！"随后，他又抱了抱站在身边已等了好久的父亲，显然那个拥抱只是像生意人那种客气的拥抱。接着又抱了一下妹妹。最后，他把我介绍给他的家人。他们三人分别和我握手，客客气气的好像没多说一句话，就走出机场上了车。送他们到了丽都饭店，我告辞一个人回家了。

我们银行办事处所处的建国饭店，每天都有国外旅游团进出。第二天，詹森的父母、妹妹来到建国饭店，向我提出，想去长城郊游。可我那天和中国银行有个很重要的会谈，无法陪他们。于是带着詹森的父母和妹妹走出饭店，正巧看到一队国外旅游团在聚集，一个导游小伙子在摇着小旗招呼大家上车。我连忙跑过去和那个导游的小伙子搭讪，没说上三句话他就招手让詹森的父母和妹妹上了车。起先詹森妈有点犹豫，但最后还是上了车。于是，没花一分钱，詹森父母和妹妹便游玩儿了长城、十三陵和故宫。

晚上，詹森的父母和妹妹高兴地回到宾馆，很兴奋地谈论着他们一天的旅游见闻，并对我赞赏不已。

随后，我向老板请假陪他们玩儿了两天。

每个老外到北京都要去友谊商店买东西。那时一般商场没有那么多的商品，詹森妈妈要给詹森的弟弟买件礼物也只有友谊商店里才有的卖。她相中了一件，排了好半天的队，还是眼看着她前面的顾客买走了最后一件，她惋惜得没话说。我问明情况后立即追上那个买了最后一件礼物的顾客。我拦住他，告诉他，他手里的这件礼物对我有多的重要。因为我未来的婆婆即将回美国要带这份礼物给她那没来成北京的小儿子。如果他能将手里的礼物让给我，我会出三倍的价钱买下来。那个顾客看看我，觉得我好坦诚，被我的话感动了，竟然把那件礼物送给了我。

当我把那件礼物拿给詹森的母亲，并且说明是那人送给她时，她目瞪口呆——感到太意外了！她吃惊地望望我，又望望远去的那个顾客，喃喃道："真是不可思议。"

一晃两个多星期过去了，詹森父母和妹妹在北京的假期也即将结束了。然后詹森要陪全家去日本旅游。在离开北京的头天晚上，吃过晚饭我们一起回到詹森的公寓，大家兴高采烈地谈着这几个星期的见闻，我看他们谈的火热，就进了詹森的屋里，上卫生间帮着收拾詹森要带的洗漱用品。没想到詹森和他妈妈也随后跟进来。我刚要出来和他们打声招呼，就听詹森妈妈说了句"儿子，不是我不喜欢露。"她边关上房门边说，我赶紧用手捂住了嘴，站到卫生间的门后，估计他们不知道卫生间里有人。

"是她让我太吃惊了！"詹森的妈妈说，"你想想，怎么能一分钱没花，我们三人就白去了长城故宫呢？那天你也看见了，在友谊商店里不知她和那男人说了什么，人家也排了半天队居然肯把手里那件好不容易买的礼物白白送给她！所以啦，这女人不止聪明，她可是'鬼灵精'！这种人你敢娶回家吗？我要是你呀，我就不会娶她做老婆，咱家可都是老实人啊！她是那种可以把白宫卖给里根总统的人！你这人老实巴交，怎么能和她一起生活呢？……"

我听了吓一跳！在门后屏住呼吸，无意中听他母亲评论我的话，心差点儿跳到嗓子眼儿，没想到我费尽心机表现为讨他们喜欢却落得这个结果！我怎么也想不通：难道美国做父母的都愿意让他们的儿子娶个傻老婆吗？詹森母亲的话严重地伤害了我，也使我感到事态的严峻，如果詹森是一个太孝顺的儿子，我俩的婚姻可能因为他家反对而告终。这对我打击太大了！这可怎么办？我也明白，这是考验詹森对我的感情的时刻！

好在詹森没有表态。他只说了句："让我好好想想吧，妈。咱们明天要走，还要收拾东西，以后再谈这事。"就和他母亲出屋了。

我不知道自己是怎么从卫生间走出去的，也不知道怎么和他们告别祝他们旅途愉快的，更不知道我是怎么开车回家的。总之，我像泄了气的皮球，无精打采，一点力气也没有了。那天晚上我睁着眼睛一夜没睡。

第二天詹森叫了辆出租车，就陪同他的父母和妹妹一起到日本旅游去了。临走也没给我打电话说声再见。

他们离开北京后，我连续一个多星期不知道他的行踪。他北京的同事说，他旅行结束会顺便去香港出差。

他从来没有离开我这么久而不打一个电话来。这是一种不祥之兆。难道詹森真像三姐说的"根本没把我当回事"吗？我受不了了，我必须找到他！

唯一能帮我找到詹森的是香港MBI公司的彼特，他上月来北京出差，买不到回香港的机票，还是我帮他买的。那时国内没有电脑联网，多卖出一张机票是正常事，只要提前托运行李保管能上飞机。彼特拿到机票时再三感谢我，说以后有什么他能做的一定打电话给他。想到这儿我马上给他打了电话。

"是露吗？接到你的电话太高兴了！怎么样最近？"他很关心地问。

我简单叙述了最近发生的事。

"有这种事？"他显得很吃惊。

"你知道他在哪儿吗？"在电话中我哭着说。

"你放心，"彼特大声说，"他坐国航下一班飞机到北京！"

詹森终于回来了。我急急忙忙把手里的工作做完，开着车直奔机场。

当看到詹森提着行李走出站台，我发疯似的冲上前去抱住他的脖子，用拳头打他的肩膀。

"你为什么不给我打电话？为什么？"

他看见我吃了一惊，没太多表情，轻轻地推开我："这是机场哎，咱们回家再谈。"

我的心一下凉了半截。

到了丽都公寓，我们各自靠着桌角。

"让我怎么开口呢？这话说出来不知你能不能理解，嗯，白露，你不觉得我俩还应该有更多的时间相处吗？"还是詹森先开口了。

"你什么意思？！"我没听明白。

"我是说，我们在北京是很开心。可你不一定适应美国生活。要么，你跟我回美国生活一年行不？"詹森想缓和气氛。

"我能在澳大利亚生活，怎么不能适应美国呢？澳大利亚和美国有哪儿不一样啊你说？我告诉你，你话说清楚，不然我哪儿也不去！"我果断地说。

"那你告诉我，我们因为什么结婚？"詹森很郑重地说。

"这还用问吗，当然是爱情啦！还有，包容和理解。"我诚恳地回答，又反问："不是吗？"

"不完全是。你太单纯了。婚姻不能缺少经济基础！"他一板一眼认真地说。

"我不明白你的意思。"我有点疑惑，不明白结婚和经济有什么关系。

"你看，我们连对最起码的问题的看法都没一致，怎么能谈的上有共同点呢？"他不等我回答又接着说："不错，我是想找一个中国女孩儿结婚，但你是个中国人中最不中国人的中国人，几乎中国人吃的东西你都不吃，连'凤爪'和牛羊肉这类东西你都不吃，更谈不上吃内脏了。你太西方化。况且，你只想在北京定居。除非……除非我能改变你。"

詹森的话把我气疯了！我与他一起生活快两年了，相亲相爱、形影不离，怎么他妈妈一来，我平时不吃的东西都变成毛病了？！

"是你妈妈让你和我分手的吧？"我立刻想起他离开我的前夕，我在卫生间偷听到的话。

"这跟我妈没任何关系。"詹森有点紧张地为自己申辩道。

"除了你妈，没人会在你我之间挑拨离间。"我已经耐不住性子了。"你听着，你妈来前我们那么完美，不是你妈在挑拨离间才怪！再说啦，天下哪个母亲不想让自己的儿子找个聪明能干的老婆，怎么就你妈想让你找个又笨又呆的老婆呢！咱俩本来哪儿都挺合适的，可你妈一来一切都变了！你妈一点儿都没修养，还教授呢！你以为我不知道你妈背地里说我的坏话，还把'白宫卖给总统里根'呢！"

"我妈只不过说了几句实话而已！你太不像话了！还敢说我妈不好！你这人太不可理喻了！要不先分开一段时间。"一提到他妈，詹森显然换了一人。

"分开！你敢说……"我抑制不住感情上的创伤，不假思索地上前挥手向他的脸上打去。

他捂着脸，半天没反应过来。

看着他无奈的表情，我有点后悔。

"你，你敢打人！太霸道了吧！除了我妈就没第二个人打过我！"詹森很委屈地说。

"我……"我目瞪口呆，气的说不上一句话来，眼里涌出泪水。

"那让我好好想想吧。"詹森看我哭了，勉强地说。

"想想？！"本来我已经对动手打他很不自在了，可听他这么一说，一下子又气血上涌。"想想？有什么好想的！你追求我时怎么不好好想想，你向我求爱时怎么不好好想想，你让我搬进来时怎么不好好想想，噢，登记结婚你倒要想想了！再有，全中国都知道我和你同居！都知道我和你住在一起，你现在要和我分开了，我还有脸见人吗！你说话呀！你不是靦着脸皮说爱我一辈子吗？你们美国人都是这么谈恋爱吗？你还有良心吗？"你不是天主教徒吗？你的上帝哪儿去了？

詹森脸上的表情变化着，憋了半天，不知从哪儿冒出一句："我们就不能先做朋友吗？"

"做朋友！？"我被他气疯了，顺手拿起了他的公文包向他砸去。公文包打在他的身上"啪"地开了，里面的纸张飞了一地。"我们都做了两年朋友了，你还借口说做朋友？有你这么张冠李戴、混淆黑白的吗？你，你欺负人！"

我边说边哭，边哭边找东西砸他。

詹森见势不妙，马上摆出一副虔诚的样子说："OK，OK，我对不起你，要不是我妈……"他突然发觉说漏嘴了，赶紧抢着改口："我错了行不？我何尝不想和你结婚呢……"他说着用手拉我的胳膊。"那你去问一下，我们这些老外能在北京结婚吗？"

这时我就像水库正泄着的水突然被关了闸门，一下子安静了，也愣住了——是呀，我怎么这么无知，整天喊着结婚，上哪儿登记呢？

这时天色已经很晚了，所有政府部门都关门了，只好等明天再说了。

这天晚上，我躺在床上尽量找一些话题来调节气氛。

"詹森，能问你一个问题吗？"

"什么问题？"他有些不情愿地看着我。

"如果我和你妈同时掉进河里，而你只能救一个人，那你先救谁？"

在中国，这个问题似乎每个女人都问过她的情人或男朋友，把它看成是检验对方感情的"试金石"。这个问题我也问过瑞德。当时瑞德毫不犹豫地回答说他当然要先救我。我问为什么。他说："废话！我妈能和你相比吗？我没她OK，可没你不行。何况我妈活了那么大岁数了……"

詹森与瑞德是完全不同的两类人。果然，詹森说："这是个愚蠢的问题。"他看我不高兴就又补充道："况且，你们怎么可能同时掉进河里呢？"

"我是说假如，假如我们同时掉进河里呢？"

"那两个人都救。"

"如果你只能救一个人呢？"我还是锲而不舍地问。

詹森认真地想了一会儿，很为难地望着我："我必须回答吗？"

"……"我翻着眼皮看着他。

"那我先救我妈。"

我没话可说，头倒在枕头上假装睡着。因为，我从来没有在哪个男朋友的妈中间"争宠"失败过呢。

第二十一章

等詹森睡熟后，我给爸爸打电话，告诉他这里发生的事情。

爸爸说："他那么孝顺他的妈妈，这正是你求之不得的。将来他妈妈去世了，他会更依恋你。"

朝阳透过丽都饭店公寓窗帘的缝隙照在我的脸上，唤醒了我的美梦。第二天一早，我爬起来披上红色的丝绸睡袍。身边的詹森还沉浸在甜甜的梦之中。他那棕色柔软的头发遮住眼帘，嘴角挂着淡淡的微笑。

"这是一个多么善良又值得依靠的男人呀！"我看着他心里想，"绝不能失去他！"

往日的经验证明：如果一个女人去求她心上人娶她，往往会被轻视。这之前我从没主动向哪一个男人提过结婚两字。我的个性也决定了我轻易不求人。这次不同了，他那么不寻常，我们又是空中认识的，还同年同月同属相，纯属偶然。我心里明白，与其说我看上了詹森，倒不如说他在众多的女性中也选择了我。

詹森公司九点钟上班，办公室设在同一个大院里。他从四号楼公寓到办公室只需五分钟。我没吵醒他，悄悄地起床到另一个房间打电话给北京民政局，询问老外在北京结婚到哪里办理手续。答复是，除非我俩其中一人是中国国籍，否则我们只能到本国大使馆去询问此事。

我先给美国大使馆打电话。对方说，一定要找有执照的主婚人（或牧师）才能为我们登记。遗憾的是当时北京没有这种人。这可把我急坏了。

我马上给澳大利亚大使馆打电话询问。苍天不负有心人。他们答复，先到使馆填写一张婚姻登记表，然后在使馆墙上的"公告栏"里公开张贴一个月，主要看是否有人反对这门婚事。30天内没人反对，你就可以去澳大利亚政府部门领取正式结婚证。

我听了以后高兴的不得了！于是兴致勃勃地叫醒了正在熟睡的詹森。

"几点了？"他看了看表，"快九点了，哇！幸亏你叫醒我。"他"腾"的一下爬起来去洗澡。

我追了上去。他一边洗澡，一边听我讲刚才打电话的经过……

"晚上再接着说吧。"他温和地打断我，"都什么时候了你还穿着睡衣，你也该准备上班了啊。"我感觉他没把我说的话当回事。

洗完澡，他一边刷牙一边默默地听我说话。

"那你说句话啊，我们哪天去澳大利亚使馆登记呀？"本来登记结婚是件非常高兴的事，他这么回避我，让我很沮丧。

我知道他只要决定了的事，就不会轻易改变。

詹森刷了牙，几分钟就穿好了西装，打好了领带，过来亲了我一下："亲爱的，你上班要迟到了，还不快去换衣服，晚上我们谈，好吧？"说罢想离开。

"不行！"我急忙拦住他，"你不说清楚，给我个日期，就别想出这个门！"我拼命拉住他的胳膊。

他挣脱我的手说："上班都晚了，我得赶紧走！9点钟还有个会呢！"冲出卧室门。我跑出去拦住他的路。

詹森气得呼哧、呼哧地喘着粗气，瞪了我半天，转身又要往外走。他的行为更激起了我的愤怒。我冲到桌子跟前，举起周末刚和詹森买的一盆盛着金鱼的玻璃缸，狠狠地向他扔了过去。他本能地用胳膊挡住，鱼缸碰到他的胳膊摔在地上，晶莹的鱼缸摔成了碎片，鱼缸里的金鱼在湿漉漉的地上不停地挣扎跳跃。詹森紧闭着嘴、绷着脸，狠狠地瞪了我一眼，嘴里说了句："你太过分了！"转身抄起一只大碗，接了点水，将地上欢蹦乱跳的金鱼一条条捡起来放在碗里。

"詹森，你今天不给我一句话，我就，我就……"我大声叫，似乎没招儿了。

"你就怎么样？"詹森停住了脚步，瞪着我。

周围实在没什么好再扔的东西了。我又不甘心就这么失败。时不可等，一霎间，我神差鬼使地双手撕开睡袍大吼："我，我就这样跟你去公司！"

詹森用力推开我，说了句："无聊。"就大步走出门去。

我实在是气疯了，脑袋一热，豁出去了。不知哪来的蛮劲儿，一下子甩开睡袍，跟着詹森跑到楼道。

　　楼道中没有一个人，静悄悄的。我们住在四层。这层共有四家人——都是各大公司的雇员，相互都认识。电梯在楼道中间。安全楼梯在电梯对面。

　　詹森根本不理我，气呼呼地盯着电梯的指示灯，我双手交叉抱在胸前，气得浑身发抖，站在他身侧。

　　电梯的指示灯从10层、9层，一层一层地变换着。

　　他终于忍不住回过头来，看我赤身裸体站在楼道当中没有丝毫退却的意思，转身冲向安全出口的楼梯三步并作两步跑下去。

　　我也顾不了那么多了，跟着跑进了安全出口。这时才发现，我连拖鞋也没穿。

　　詹森下到一层半楼时，没想到我一直追着他。他已经感觉到，他要真出大门，我是死活要跟出去的。那样，马上就会轰动全北京。

　　他突然转身，就像《飘》中的白·瑞德和郝思佳吵架后那样，将我拦腰抱起，大步地匆匆返回四层。

　　他用脚踹开门，在距离床一米多远的地方把我扔了出去，顺手抓起他的一件衣服摔给我："你太过分了！你不知羞耻，我还要脸呢。唉！我怎么会遇见这种事！"他无可奈何地倒在椅子上。

　　我也顾不上摔疼的腰，赶紧爬起来，迅速穿上他扔给我的那件衣服，冲着詹森说："这是你自作自受！为了维护你妈的利益，不顾牺牲自己的爱情！你们美国人不是最讲道义吗？这公平吗？！你说，我们怎么办吧！"

　　詹森气得语无伦次了："你……你简直胡搅蛮缠，你……你无理取闹！"

　　说完又冲出了屋门。

　　我再没勇气演刚才那出"皇帝的新衣"了，垂头丧气地倒在沙发上，眼望着天花板，眼泪顺着脸孔滑下来。随后想了想，这么闹下去真的没有意义，于是找了张纸，给詹森留了言，"今晚八点前，你不来我家，我们从来没相识过。"随即我洗洗脸，梳梳头，换上一身上班的衣服，然后将我所有的东西扔到一个手提箱里，下楼将箱子扔进车里，开车上班去了。

　　整整一天，我都在惴惴不安中度过。我虽然嘴上硬，写了那份"绝交书"，但真的担心詹森不来家找我。下班后匆匆回家，幸好临时出差的爸爸在家，我的心里还多少好受了点儿。

可是墙上的钟表一点儿不动，我不停地从四层楼的窗户上往下看。女儿心里有事，爸爸一眼就看出来了。

爸爸问我："詹森怎么没和你一起来，是不是和他闹别扭了？"

"咳！别提了爸爸，"我愤愤不平地说："您说他们美国人，好端端的谈情说爱，怎么一提结婚就翻脸呢？"

爸爸心平气和地说："有句英文诗，不知你听过没有，'如果你爱一个人，就让他自由；如果他回来了，他是属于你的；如果他没回来，这事从没发生过。'你和詹森的事，别太往心里去，顺其自然的好。"

正说着，有人敲我家的门。我下意识地看了一眼墙上的钟表，八点整。来不及惊叫，大步并做小步地冲到门口。

詹森满脸疲惫地站在门口，一副打了败仗的模样。

"詹森！"我尖叫一声扑到他的怀里。他再不来，我要崩溃了。

"白露……"他搂着我，亲吻着我的额头，声音有些嘶哑，半天什么话也没说。

我们知道，彼此都已离不开对方。

爸爸虽然又忙又累，还是请詹森进了他的卧室和他谈话。

"伯父，"詹森望着爸爸，想从这位经历丰富、学识渊博的老人身上找到答案："您说，人能改变吗？"

爸爸笑了笑，猜出詹森的心理："你要是爱一个人，干吗要改变她呢？白露要是改变了，她就不是白露了，她就是甘露、朝露了。你爱她，就要学会接受她。你们在这么多的人中选择了彼此，一定有选择对方的理由。我年轻时以为人会改变，我和你伯母结婚时她才17岁，40多年过去了——时间不短了吧？她却没有改变。记住，人一生下来就决定了他的脾气和性格，只能引导，很难改变。"……

两天后，我们到澳大利亚驻华使馆填写了"结婚登记申请表"。负责登记的参赞提醒我们30天后要去澳洲"完婚"，不然这个"结婚登记申请表"18个月后作废。参赞正恭喜我们时，詹森突然问了参赞一句话，使我意识到了面前潜伏着的危机。他说："这个结婚登记表有法律责任吗？"

登记官看了看他，又看了看我，好奇地说："你是在登记结婚时提出这种问题的第一个新郎官。根据澳大利亚法律，没在澳洲政府结婚登记处领到结婚证前，这张结婚登记书没有任何法律责任。"

我知道光凭感情是救不了我们婚姻的。从澳大利亚大使馆出来我们各自回自己的办公室。

回到办公室，我告诉艾伦澳大利亚使馆结婚登记的事。他建议我去找他的太太葛劳瑞娅谈谈。

我打电话找到了艾伦的太太——葛劳瑞娅。她是菲律宾人，聪明能干、智力过人，比我整整大一轮，也是属猴的。她个子不高，只有一米五，但风度翩翩，气质非凡。她曾在香港一次偶然的聚会上认识了身高一米九、潇洒英俊、在澳新银行青云直上的艾伦，三下五除二就将艾伦"拿下"。我找她，定能得个锦囊妙计。我们约好中午在长城饭店的一楼餐厅见面。

"恭喜恭喜！听艾伦说你们登记结婚了！"刚见到我葛劳瑞娅便和我拥抱祝福我。

"葛劳瑞娅！"望着她看透我心思的眼神，我只和她打了个招呼，眼泪就涌了出来。

"结婚了该高兴呀！"边说边用餐巾纸帮我擦眼泪。

"还提呢！"我边说边把早上在澳大利亚大使馆发生的事说了一遍。"我以为他和我去使馆登记就是结婚了，谁想到澳大利亚和中国不一样，登记、结婚不是一回事！"我直截了当地诉说着，"谁知道他居然问参赞那种问题呢？他以为他是谁呀！哪有去登记结婚还犹豫的呢！"

葛劳瑞娅笑了，她是那么的沉得住气："这是太可恶。嗯，让我帮你想想。"葛劳瑞娅用手托住下巴，想了一下，用眼睛望着我，皱着眉头问道："那我问你，你是不是一直在避孕？"

我不解地点点头。

她又说："他是天主教徒吧？其实从某种意义上说，你们算是结婚了，从道义上讲你就是他的老婆，那从今天起你就别再吃避孕药了……"

我明白了她的意思。

当晚，我们在公寓里看电视——播放一部美国现代故事片。剧中的女主人公怀孕了，但他们还没结婚，不知道怎么办好。

看到这里时，詹森情不自禁地对电视说："那还不快结婚！"

——这完全证实了葛劳瑞娅的话。

从那天起，我不再吃避孕药了，两个月后，我开始早上反胃——怕是怀孕了。

可这时正赶上詹森去新加坡出差。我想应该和他一起去，顺便商量一下这事怎么办。

詹森也注意到了。虽然嘴上没说什么。但从他表情上看，他是又惊又喜又不知所措。我心里有数，因为澳大利亚大使馆登记结婚时他的一句话，我一直耿耿于怀，尤其这时候我一天也不能和他分开，就和艾伦请了假，同詹森一起去了新加坡。

从北京到新加坡只有四个小时的时间。这四个小时我觉得好漫长，因为詹森一句话也没有，聚精会神地看着一本《飞行指南》，我知道这本书对他一点兴趣也没有，一定是为了回避我才找个借口不和我说话。

以后的事就像葛劳瑞娅推断的，詹森很快做出决定：我俩的事他"先斩后奏"。先不告诉他父母，免得节外生枝。于是我们各自向自己的老板告假，去澳洲完婚。

第二十二章

距我们计划去机场的时间还有三个小时，詹森仍旧躺在沙发上，不情愿地动了动身子。我迅速地替他收拾好旅行的衣物。再不出发可能要赶不上飞机了。

澳新银行的司机小李敲门了，他是奉艾伦的旨意来送我们去机场的。

行李放到车上后，我坐在车里，吩咐小李去试探詹森是否改变主意——不走了。小李把犹豫不决的詹森请入轿车，我们向机场出发。

出发前的整个早上詹森一言不发。显然，他对自己的决定——未通知他的父母即旅行结婚而苦恼，甚至内疚。他始终处于矛盾之中。我也不愿意打破这种沉默，让他找理由发泄，甚至找任何借口取消这次决定我俩一生命运的旅行。

坐在飞机上，詹森闭上眼，继续保持沉默。我的心情也很复杂，更感到疲惫，不知道是因为整理行李劳累，还是一直为詹森揪着心的缘故，那情形就像刚刚结束马拉松长跑，几乎是瘫在椅子上了。

这次旅行结婚让我的心上笼罩着一层阴霾。

我们乘坐的中国民航由北京出发，在广州过边检，再飞往悉尼。那时班机乘客调度没有联网电脑，乘客在首站登机有保障，下一站就听天由命了。

我们在广州机场通过边检后，坐在候机室里等候。一个多小时过去了，完全超出中转等待时间，仍然听不到再登机的通知，许多乘客有点不耐烦了，开始交头接耳。

我向来好事，发现机场工作人员进进出出似乎发生了什么事，出于好奇，便跑到办公室去打听。因为我讲一口的北京话，那天我也着装一般，办公室的人没注意我是乘客，就告诉我出了什么事。原来，我们乘坐的班机北京上满了乘客，广州机场不知情，又多卖出十几张机票，这十几个人也在候机室准备登机了。机场领导还没拿出解决的方案来。我听完后赶忙跑回休息室里。

我可不想在广州机场上再多待一分钟了，便走到候机室对已等得不耐烦的那些旅客说："女士们先生们，你们一定想尽快离开这儿吧？你们一定不想在机场呆到天亮吧？知道为什么你们还在这里等待吗？因为当地机场多卖了机票，尚未拿出处理办法，我们大家都得陪着他们，这是机场犯的错误，为什么要我们承担他们错误结果呢！"于是人群一下子乱了，议论纷纷，七嘴八舌，不知怎么办。

我随即提议："我们应该联合起来推选几名代表找他们谈判。"

"我可以算一个。我是澳洲驻京使馆的官员。"我的话音刚落，人群中一个衣冠楚楚、端庄稳重的中年女士站了起来。

"也算我一个，我是……"

报名的人真踊跃。我们一下子组成了十人小组，立即去找机场办公室的领导谈判。

谈判很顺利。因为从北京登机的大多是外籍旅客，让这么多外籍旅客长时间滞留机场，会给"国航"带来很坏的国际影响。向那些广州准备上飞机的人说明情况，他们虽然也很有意见，但很顺利地得到了解决。

十位谈判代表刚回到候机室，机场广播就传出了悉尼的飞机将在10分钟后起飞的通知。顿时，两百多名旅客向我欢呼、鼓掌，并过来一一和我握手！

这时詹森似乎恢复了往日的情绪，站在我身边，骄傲地看着同机的乘客众星捧月般地围着我，称赞和感谢我……

随后，我们一路顺风按照预定方案回到堪培拉。

回澳大利亚之前，我已经打电话给家里，委托四姐去堪培拉政府婚姻登记处帮我们约好办手续的时间。

到达堪培拉的当天下午，詹森和我的全家欢聚一堂，在家里拍了录像和照片。傍晚，全家去了当时堪培拉最高档的黑山塔旋转餐厅举行庆祝宴会。

黑山塔旋转餐厅位于堪培拉市内最高的山上。夜幕降临，透过餐厅的落地大玻璃窗，映入眼帘的是堪培拉市内浓黑的丛林中星星点点的万家灯火、蟠龙般的公路和蠕动的萤火虫般的车流，与那星光灿烂的夜空构成一幅无与伦比的图画，令人心旷神怡。我依偎在詹森身边，陶醉在幸福和快乐之中。

晚饭后回到家里，詹森在客厅里和四姐、五哥聊天。五哥那时已到澳洲国立大学攻读博士学位。我和妈妈在卧室里谈论婚后的计划。不一会儿，五哥忽然急匆匆进来，告诉我说四姐正在怂恿詹森打电话给他的父母，把我们的计划通知他们。我急忙跑到客厅，看到詹森的脸色阴沉，一言不发地坐在沙发里，完全没有了白天的激动。

我走过去轻声地说："不是说好了结婚后再打电话告诉你父母吗？"

四姐已经感觉到她捅了娄子，悄悄地从客厅溜了出去。

"你别担心，我们不是已经结婚了嘛，告诉他们我会感觉好些。再说，你四姐也劝我，这么大的事应该和父母说一下。"詹森解释着。

看来，詹森执意要打电话给他父母，我也不好再说什么了。

詹森进了爸妈卧室，关上了门。我赶忙跑到隔壁房间。

澳大利亚的房屋构造比较特殊，相邻卧室的壁橱相连，之间只隔着两层薄石膏板，站在这间卧室的壁橱里可以清楚地听见隔壁房间说的话。

隔壁房间的詹森打通了电话："爸，……我在澳大利亚呢。让妈接另一个电话。"

"……"

"妈，我不是来这里出差的，我知道这么大的事该和你们商量一下，早点告诉你们。不过，我都33岁了，也该成家了。所以我来这儿是和白露完婚的。"

"……"

"我们二月份就登记了。是在北京澳大利亚大使馆登的记。"

"……"

"不行，爸，我不能这么做。我不能取消婚姻……"

"……"

"不行，妈，事情没您想象的那么简单。"

不难听出，詹森的父母各自拿着电话企图说服詹森改变主意。

"……"

"我真抱歉，不能等到圣诞节了，12月份我就要做爸爸了！……"

"……"

天！他和他父母说实话了！我很想听到詹森父母的讲话，屏住呼吸使劲儿听，仍然只能听到詹森的声音。

"……"

"我不赞成。她也不会接受。妈，您这岁数怎么养这个孩子？婴儿没妈怎么行啊！……"

天哪！他妈不同意我们结婚，却让我把孩子生出来由她抚养！上帝！难道天主教就是这么教育他们的吗？我的眼泪一下子涌了出来，两腿发抖，支撑不住身子，靠在壁橱的墙上。

这时詹森的声音中夹杂着抽噎："对不起，妈妈。让你们这么为我担心。……我没想过，不过，我可以试试和她说，事实上，不是在日本就和您说了嘛，我们很相爱，我也很爱她……"然后挂上电话。

听到詹森说了最后这句话，我所有的怨气消失了。我非常激动和兴奋！同时内心也充满了感激和愧疚。

我冲进房间，看到詹森满脸的泪水，紧紧地拥抱了他。

詹森擦了擦眼泪，扶我坐在床上，"我们谈谈好吗？"

我也擦了擦眼泪，坐稳了想听他说什么，心里很不安。

詹森说："我知道这事对你我都不容易。也许我们结婚是仓促了点。那，要是我们明天不结婚，过几个月你跟我回美国，12月份你把孩子生下来，先交给我父母抚养，然后我们再……我是说，我的意思是……"

我的心一下子冰冷了。我气愤地大声说："你的意思？你背信弃义、临阵脱逃！你取消婚礼我还没和你算账呢！你妈还要抢走我孩子！亏她想的出来！这种缺德的事她也想的出来。你告诉她：休想！我把孩子生下来给人寄养也不会让她看一眼、摸一下！我不会放过你们的！"

我气得再不知道说什么，站起来转身摔门出去了。

家里其他人都一声不响地在门外站着，焦急地想知道詹森给父母打电话后的结果。他们对我与詹森到澳大利亚结婚出现这种事感到十分意外。

全家都陷入了一种尴尬的沉默之中。

四姐看到她捅的娄子竟产生如此的恶果，一个人钻到厨房里不知所措，一声不敢吭。

父亲终于走进屋里打破了沉默："詹森，我有必要跟你谈一谈。"

詹森随父亲走进房间，随手关上了屋门。父亲说："请你告诉我，你到澳大利亚干什么来了？"

詹森低着头，吱吱唔唔低声地说："来结婚的。"

"有人逼迫你来的吗？"

"没有。"

父亲提高了嗓音："你爱白露吗？"

"当然，这还用问。不过我妈她……"

"那好，"爸爸打断他说，"这就够了。作为一个男人，不要瞻前顾后，畏缩不前，你们既然这么相爱，又交往快两年了。你俩也都30多岁不是小孩子了。要孝顺父母，也要有自己的主见。你父母不喜欢白露，你在中间要多调和他们。刚知道你很快又要为人父了，要担起丈夫和父亲的责任，要向前看，要开始为你身边的妻子和孩子着想。"

詹森的情绪随着爸爸语重心长的话稳定下来，脸上恢复了平日的善良和自信，站起来握住爸爸的手，认真地说："您放心吧伯父，哦，不是，是爸爸，我知道该怎么做了。"

我在门外听到他说这话，开门冲了进去。

詹森用力抱住我，坚定地对我说："亲爱的，我们明天去完婚！"

第二十三章

一场风波暂时平息了。我怕詹森的父母还会打电话来困扰他，趁人不备，将爸妈房间里的电话线插头拔了下来。爸妈房子里总共有两部电话机，如果将爸妈那屋的电话断掉，一进门走廊那分机也不能使用了。

夜深人静，人们大多进入了梦乡，整个堪培拉夜幕安静得只能听到掉在地上已经枯干了的树叶沙沙声。这时澳大利亚已冬至，城市沉睡在梦香之中。悲喜交加的一天早让我精疲力竭，明天就正式成为詹森太太了，第一次甜蜜地睡着，梦见自己穿着白色的婚纱，飞翔在蓝色的天空上。突然，有人揪住我的婚纱。我惊醒了，听到有人重重地敲击着我家的大门。

凌晨两点多了，谁会敲门呢？

五哥迟疑地打开了门。全家人随后陆续穿上衣服走向门口。

门前出现两个警察。他们全副武装，表情严肃："请问，这是白露的家吗？"

"是的，你们这是……"

"我们是堪培拉警察。我们接到了一个美国警察局打来的长途电话，说他们公民的儿子在这里遭到了绑架。"

"绑架？"我们全家人惊呆了！四姐脸色铁青，躲到妈妈的身后。爸爸这时也走到门口。天哪！这下我可无地自容！

"一定是场误会，先生。"爸爸镇静地说。

我那时暗暗祷告：仁慈的圣母啊！您要能显灵，就帮帮我们吧！

"这里有詹森三世吗？"

警察还没有问完，詹森已经挤到了大门口，他也感到气氛异常，情况严重："对不起，我是詹森三世，可能是误会，我没有事。"

警察进门，把詹森从头到脚、从前胸到后背地检查了一遍，又说："你父母担心你会有什么问题，尤其这里的电话一直打不通，才报警。我们是例行公事。我们可以安排你去个安全的地方。那么你告诉我们，你真的没事吗？"

"真的没事。"说着，詹森在原地转了一圈。"谢谢你们，这么晚还让你们跑一趟。"

天！电话插头还在地上！我趁着他们谈话的时候，赶紧悄悄溜到爸爸屋里把电话线插头插回原处。悄悄溜回现场。

"那你当着我们的面，给你的父母打个电话，我们也当面澄清你完好无事。"两个警察带有命令的口吻说。

詹森拿起了过厅中的电话，接通他父母的电话告诉他们不要替他担心，然后就把电话交给了其中的一位警察。这位警察在电话里向詹森父母证明詹森一切都好，家里没有丝毫绑架的迹象，并加强语气说他们不放心可以随时打电话到警察局。

全家在詹森打电话时已陆续地进了父母的卧室。

"要不是四姐怂恿詹森给他父母打电话，哪有这种事发生？"还是五哥见事情发展到这种地步愤愤不平地说了四姐。

一下子，全家人的眼睛都瞧着四姐。

我知道四姐一直在嫉妒我。我的运气一直都比她好，虽然她的学问比我高。

这时詹森讲完了电话，送走了警察，在楼道里叫我。

"都是你的错。"我走出父母卧室。没法和四姐吵架，却把气都撒在了詹森的身上。"谁让你听我四姐挑唆，非要给你爸妈打电话！你瞧，这下好了，我们家在澳大利亚警察局也挂上号了！"

詹森知道在我家和我吵下去没他什么好处，看了我一眼，打开大门跑出去。

我追了出去。

堪培拉一直被人称为乡村城市，澳洲的冬季，比不上北京的冬天，却比北京的春天凉。詹森和我穿的很少，冻得我俩直打哆嗦。

没辙，还是我先开口转移话题："你说你爸妈是不是太过分了点，啊？！我们在澳大利亚可从没和警察局有什么瓜葛，你倒说话啊？"

"我也没想到！"詹森看起来还在生气，一副九头牛都拉不动的样子。

这是在我爸妈家门口，如果街坊四邻都知道我们今晚的丑闻，我爸妈还怎么在这儿住呀！再说，他也太过分了吧，他给他爸妈打电话惹的事，招来警察不说，现在还不承认错！我也受刺激了。于是生气地说，"既然这样，我们不结婚了，明天改票回北京！"我是豁出去了！何必强人所难呢？没想到结果出乎我的意料。

"我说！"詹森转过身来，"你把我折腾到澳大利亚，想结婚的是你，不想结婚的也是你，你以为你是谁呀！"他抓住了我的两个肩膀："你现在必须向天发誓，一辈子不抛弃我！"

我再也没话说了，所有的怨气抛向九霄云外，一下子倒在詹森怀里……

第二天我们如期来到堪培拉市政厅举行了正式婚礼仪式。

随即我和詹森在澳大利亚度过了短暂的蜜月。其间，我用这几年的积蓄，在堪培拉买了一套不大的别墅。这是我第一次有了一栋完全属于自己的房子。尽管与我那"山顶洞人"的梦差得很远。

蜜月我们去了悉尼旅游，参观了壮丽又别具一格的歌剧院，之后我们愉快地回到了北京。

八

天壤之别

　　飞机到达香港时已经夜幕降临。机舱门打开的时候，救护车已停在飞机的旁边了。机场人员上飞机为我们办理了出关手续，白色的救护车很快送我们到了山上的一家天主教医院。

第二十四章

1988年，北京

回到北京不久，澳新银行中国部部长帕瑞来中国访问。这时我已怀孕4个月了。我陪同帕瑞先生拜访了北京各大银行的领导，会后又参加了宴请。

在帕瑞先生临走前，我为他在丽都公寓举办了聚会。为了尽兴，我请到了北京颇有名气的年轻画家刘先生当场献艺，帕瑞先生手里拿着刘先生刚画好的桂林山水彩画，非常感动。大家正在开心的时候，忙了一天的我突然眼前一黑，晕倒在客厅里。大家顿时手忙脚乱。詹森当即向大家表了歉意，带着司机把我送到了北京协和医院。

经几个科室医生们会诊的结果，我长了子宫瘤，剧烈疼痛使我一次次失去知觉。会诊建议我立即做切除子宫手术。同时指出，如果不做手术，孩子不但保不住，母亲肯定早晚会有生命危险。

这个诊断无论对我还是对未出生的孩子都实在太残忍了！我风华正茂，工作刚刚走入正轨，成绩显著。切除子宫就等于放弃做母亲和传宗接代的权利，而且随时有失去詹森的危险——他怎么能一辈子没孩子呢！我没了主意，马上打电话请父亲给我拿意见。父亲不假思索地说：如果一定要选择，先保住大人，不要顾及孩子。

"都是什么大夫！怎么能这么草率就下结论呢？这可是要断送一家人的幸福啊！"詹森大喊大叫。

詹森在他家里是长子，他怎么会接受一辈子没孩子的事实呢！他常说："我现在活着和工作都是为了这孩子。"而且，一有空就把耳朵放在我的肚子上说："爱你小宝贝，我是你爸爸，还有100天，90天，……我们就见面了。"每次看到詹森对未出生的宝贝这么爱这么亲，心里有种说不出的幸福和满足感。所以，我不能毁掉一个美好的家，也不能放弃一个做母亲的权利！那样还不如把我杀了！

子宫瘤的剧烈绞痛使我接连几次昏迷过去。

詹森往美国打电话向他妈妈求救。这次他家的态度非常明确：一定要保住孩子！这是他们家第一个第三代呀！

协和医院在北京是颇有名气的医院，他们的医生会诊下了结论，在北京继续呆着是没希望了。要保住孩子，只能想别的辙。于是，詹森向他的公司求救。出乎意料，MBI公司决定送我们当天飞往香港接受治疗。

我们从协和医院至北京国际机场，随即乘飞机当天即抵达了香港国际机场。

飞机到达香港时已经夜幕降临。机舱门打开的时候，救护车已停在飞机的旁边了。机场人员上飞机为我们办理了出关手续，白色的救护车很快送我们到了山上的一家天主教医院。从北京协和医院到香港医院，仅仅用了三、四个小时。如果不是詹森在如此关心职员、经济实力雄厚的MBI公司供职，我的命运将是很悲惨的。

医院组织了专门的医疗小组对我进行了抢救……

单人病房宽敞、明亮、恬静，宽大的玻璃窗两旁悬挂着娟秀高雅的窗帘，周围布满了温馨的鲜花。躺在舒适洁白的病床上，我已经感觉不到疾病的折磨，倒像是在享受轻松的假期。詹森一直在病房里陪伴照顾我，亲自为我接大小便。

——受到如此特殊待遇，看到自己心爱的人如此疼爱和关心自己，不禁让我想起小时候生病时的情景……

那是1973年5月下旬。

北京，春光明媚，百花盛开。往年这时各单位都组织人们去郊游踏青，而这一年许多中学却组织学生到农村"支援三夏"（夏收，夏种，夏管）——义务劳动，在劳动中"接受贫下中农再教育"。我们学校的目的地是北京郊区台湖公社。

"三夏"劳动一共半个月。

台湖公社与我们学校距离大约20多公里。为了锻炼同学们的意志，学校决定徒步往返，并要求学生自己背着被子、枕头、换洗的衣裤、餐具、脸盆（用于洗脸、洗脚甚至打饭）和洗漱用具。本来我们这些十六、七岁的学生平时不参加体力劳动，也没有长途行军的经历，突然参加这种类似军队的长途行军，又要背负这么重的东西，确实吃不消了，尤其那时候的被子都是棉花的，死沉、死沉。

20多公里的路程我们几乎走了一天。到了目的地，每个学生的脚都打了水泡。男生累得坐在地上不想动了，女生那狼狈相儿就更甭提了。我的身体本来不壮，虽然短跑赢得朝阳区中学决赛第二名，长途跋涉就不行了，到了目的地便成了一条晒蔫儿了的黄瓜，倒在老乡家的土炕上再也不想动了。

劳动期间生活条件也不好，我们都睡在老乡家的土炕上。卫生条件差，干完地里的活儿，一般不洗手，就地吃饭，还美其名曰"这是向贫下中农学习"。没过几天，拉肚子的同学越来越多，有些人还患了急性痢疾，被马上送回学校。我也拉了肚子，为了表现积极，没有向老师汇报，但不得不多跑几次厕所。

提起农村的厕所简直令人作呕。好一点的用砖墙或者土墙围着，用水泥或石头砌成一条长深沟；次的只挖个蹲坑，再用篱笆墙围着。上厕所时要将两条腿叉开、蹲下。每个厕所都有大量的蛆、蛔虫，大群的绿头苍蝇在粪便上爬来爬去，飞来飞去，时不时地落在人身上。上厕所时，不留神还会掉到茅坑里。我常常夜里梦见踩一脚粪便。

记得改革开放后我曾陪同澳新银行总裁夫妇到西安看"兵马俑"。总裁夫人要上厕所。"兵马俑"展览馆的门前只有一个公共厕所。谁想到她刚一进去就哭丧着脸出来了："太恐怖了，中国的厕所太恐怖了！"没上成。一路上憋得她痛苦地催总裁："看一会儿就够了，快回宾馆吧！"如果她要是看到我们下乡劳动时的厕所，她可能会一辈子做噩梦。

农村有句俗语："女人坐月子，男人拔麦子。"三夏劳动主要就是拔麦子、插稻秧。头顶烈日炎炎，田里的气温常在摄氏30度以上，脚踩在泥泞的田里背朝天地干活儿。糟糕的是闹肚子期间我来了月经，又不好意思说，只好硬着头皮光着脚丫下水田插秧，身体完全靠一种精神力量支撑着，按那时候的观点，就是用毛主席的话"下定决心，不怕牺牲，排除万难，去争取胜利"——死都无所谓了，还怕这点苦和累？

在田间休息时，同学们累得倒在麦垛上便睡着了。这时已经是夏初时节，气温虽然高，风却挺硬，吹在身上，尤其在浑身是汗的时候最容易受风。结果，我和几个同学都发烧感冒了。为了表现自己"一不怕苦、二不怕死"的精神，我还是带病坚持劳动，咬牙硬挺着不休息，好不容易熬到了劳动结束和徒步行军回校。回到家，我一下子崩溃了，躺在床上，发了几天的高烧。

开始认为去医院打几针、吃点儿药就没事了，谁想到去了医院看病，一时查不出什么问题。透视结果正常，而我又高烧不退，浑身无力。最后，医生们会诊，让我抽血化验，结果澳抗和血沉高出正常指标很多，诊断为"风湿性关节炎活动期"。医生建议我马上住院治疗，否则会有生命危险。他给我开了青霉素针剂和抗生素的药片。

我拿着药单心情沉重地离开太平医院。一边走一边想，家里爸爸没有工资，全家吃饭还成问题，哪儿来的钱买药住院呀！于是，我随手将医院的诊断证书搓成一团，扔进了路边的地沟里。

几天过去了，我的病没有一点儿好转。

一天夜里，乌云遮天，阴风怒号，倾盆大雨铺天盖地，一时间昏天黑地，雷电交加。我昏睡着，感觉自己在狂奔，后面有人在追我，我一个劲地跑，好不容易看见我家门，怎么也迈不到门里，我的腿开始抽筋，浑身出虚汗，大喊大叫，头晕眼花。后面的人追过来，一把抓住我的衣服，我惊醒了。看见妈妈正摇着我的身子、呼唤着我的名字。爸爸和四姐也站在床边焦急地望着我。我的浑身仍在抽搐着。

"快上医院！"爸爸也急了。凭他多年抚养六个孩子的经验，一看就知道我病得不轻。

于是，全家出动。爸爸穿着雨衣推着自行车，我坐在自行车后架上，妈妈和四姐跟在车的后面举着雨伞帮我遮雨。一家人在风雨雷电交加的深夜，淌过雨水成河的马路，送我进了太平医院的急诊室。

恰巧急诊值班医生是几天前给我看病的李大夫。一见我病成这样，淋了一身雨，埋怨道："你的情况早该住院了。不听医生的话，现在发作了吧？"

爸妈听了十分惊讶，忙问怎么回事。李大夫随即把医院给我看病的情况简单地说了一下。

妈妈听着，眼泪早禁不住地流下来了，爸爸嗓子也哽住了。半天才说："我们一点儿都不知道啊……"

李大夫惊讶地瞪着我的爸妈，他摇摇头，大概体谅我有难言之隐，没再问下去。

看到妈妈为我流泪，我心里很难受。

四姐很理解我，因为她前年患急性肝炎在家治病时，心情和我现在一样。

李大夫了解了一下我突发的病情，在我的病历上加了句："如不抓紧治疗，风湿关节炎活动期既转为风湿性心脏病。"立即给我打针吃药。临走时，李大夫又劝我爸妈让我马上住院治疗。

爸妈都没表态。

四口人又顶风冒雨用自行车推着我回家了。

我因吃了药，打了针，躺在床上一会儿就睡着了。

第二天早上，我醒得很晚，风雨已经停了。只有妈妈坐在我的身边疼爱地看着我。见我醒来，随即说："娃娃，爸妈对不起你。咱家没钱让你住院看病，我和你爸爸挣的钱加在一起也只够全家吃饭的……"

"妈，我知道。您不用担心，我现在不是好好的吗？"

我刚说两句，就被妈的话打断了："病还是要看的。西医太贵，我带你看中医去行吗？"

"没问题！"我痛快地说。

在小区中一位退休的老中医家里，妈妈一五一十地向他讲了我的病情和家里的难处。老中医很有感触地说："这年头，谁家都有本难念的经。让我给她瞧瞧。"

说着，老中医给我把了脉，沉思了一下，提起毛笔一挥而就，"这几种药都很便宜，总共花不了几毛钱。先吃上三副。吃完了再到我这儿来换方子。"

妈妈一再要付诊金，老中医执意不收，摆了摆手与我们告别。我和妈妈再次谢过老中医。

出门找到中药店，我一打听，这几种中药都有，一副药才五毛钱。

回到家里，我就开始煎药。一副药一般煎两次，而我煎三次。为了不浪费，我还将煎后的草药渣滓放在嘴里嚼。中药吃了几个月，最后都喝不出苦味了。看中医期间，我坚持打青霉素，不久就恢复了健康。

……

从澳大利亚第一次返回北京，我兜里有了积蓄，曾经打听那位老中医的下落，希望能再次当面酬谢他老人家，没想到他已经与世长辞了……

"该吃药了，卢太太。"护士的呼唤打断了我的回忆。

经过香港医院的精心治疗和护理，我的子宫和孩子都保住了，身体也很快恢复了健康。其间，詹森对我的关怀照顾无微不至，体贴入微，还去珠宝店给我买了一枚漂亮贵重的红宝石钻戒。

出院后，詹森陪我游览了维多利亚港湾，逛了香港最繁华的街道和商店。

随后，我们离开香港回到了北京。

九

翁孺之谊

　　熊教授已经是八十六岁的老人了，但黑发浓密，红光满面、思维敏捷、谈笑风生。他手里拿着一根拐杖，如同摆设。他与我们在客厅里闲谈了一会儿，随后参观了我们的家。

第二十五章

1988年，北京

我在香港病愈后返回北京上班不久，接到了一个意想不到的电话，是熊教授打来的。电话中说，他已经到达了北京，并准备到我家做客。

詹森听到这个消息，非常高兴，因为他在台湾学习中文的时候就已经知道熊教授的大名，后来知道我和他有着很深的交情，还为我感到自豪，当然，他并不知道我和熊教授之间更深的一层关系。

这天，我和詹森热情地接待了熊教授。

熊教授已经是八十六岁的老人了，但黑发浓密，红光满面、思维敏捷、谈笑风生。他手里拿着一根拐杖，如同摆设。他与我们在客厅里闲谈了一会儿，随后参观了我们的家。当他站在窗前向外看风景时，脸上表情非常复杂——不知道是看到他阔别数十年的北京感慨万千呢，还是因多年在海外孤独生活而惆怅。

午饭后，詹森像往常一样去摆弄他的电脑。我建议熊教授也休息一下，他同意了。

我陪熊教授进了客房。刚进屋，他急切地用两只微微颤抖的手紧紧地握住我的手："露，我好想你！"他喃喃地说着。

我虽然对他的到来有几分兴奋，也被他的真情所感动。由于我对文学、历史知识的缺乏，对他并没有多深的理解，也从来没有想到他会突然出现在我的面前。

"哦，我也很想念您，也常常想打电话问候您，只是一忙就……"我也紧紧地握住他的手。

"没关系。我这次来北京，落叶归根，就不准备走了。很想和你们小住些日子。"老人嘴角在轻轻地蠕动着，面颊因为激动而更加红润，眼睛里闪烁着晶莹的泪光。

我歉意地说："这——恐怕不方便吧？"

我的话音很柔和，尽量想平息他的感情。但事与愿违，这句话还是深深地刺痛了他。他放开握着我的双手，颓然向后退了一步，跌坐在床沿上，望着我沉默着，半天没有一句话。看着他那一副失落和遗憾的表情，马上补充一句："要不我和老公商量一下。"

我本能地上前一步，伸出一只手准备扶住他，伸到半截儿又犹豫地停住了。

双方都沉默着。

"我知道，露。"他忽然醒悟似的说，又抓住了我的手。"我知道你结婚了，有了自己的家。我为你高兴。但是……"

我的心怦怦地跳，担心他要说的话让我为难。

"我在这儿只住几天，不会打扰你们的生活，只要能经常看到你，这次回国也是希望能和你们……"

"这个……"我有点犹豫不决。

我没再说可否，安慰他先好好休息一下，回头再谈这件事情。

午休后詹森和熊教授似乎有很多的话题，整整一个下午，他们都在阳光充沛的阳台上热烈地交谈着。他们一会儿谈中国古典文学，一会儿又探讨西方戏剧。詹森是个典型的中国文化迷，他知道的中国历史和文化常识比一般的中国人都多，今天可找到了国学与戏剧大师，他当然不会轻易放过难得的机会。熊教授曾经是英国剑桥大学和牛津大学的双料教授，又是中国戏曲界的泰斗，两个人英文、中文交替使用，不时地发出爽朗的笑声。

熊教授在谈话中委婉地向詹森表示了想留住在我家的意思。由于事先我们没有沟通过，詹森爽快地先表示欢迎，只要和我商量一下就能定下来，他表示反正我们家有空房，又有保姆，多一个人只会多一些家庭气氛，他们还可以继续切磋中西文化。我找了个借口到客厅里，给詹森递了几次眼色，表示不要这样做。他似乎不太理解，但还是听从了我的意见。

我向熊教授撒了一个谎，称我有个亲戚近日要来我家，他住在这里有诸多不便。我许诺会去看他。他听了我的话显得很伤心。最后很不情愿地走了。临走时我还忘记了问他在北京的住处和联系电话。

为此詹森一直埋怨我，为什么对这么一个知识渊博的善良老人如此不尽情意。我没有什么好解释的。

熊教授乘坐的出租车渐渐地远去。我感觉他那苍凉的面容仿佛一直印在车窗上，失望的眼神也在一直望着我，直到汽车隐入前面灌木林中的公路。

载着熊教授的汽车已经离去很久了，我仍然站在楼下和他分手的地方，心情很不平静，与他相处的日日夜夜如一幅幅幻影飞快地在我脑海中浮现……

不知道是内疚还是怜悯，我开始后悔没有让他留下，哪怕住一天也好。我知道他是个非常倔强的老头，自尊心极强，如果不是在他那么年长的时候对我的友谊、重视、教诲和关怀，他是不会再三和我提出这样的要求。

果然，他在这次与我分手之后，再也没有主动和我联系，我也因种种原因没顾得上与他联系。当我再次得知他的消息时，他已经病逝了。那时我正在美国的波士顿过着寂寞的生活。如果我料到他这次造访竟是永别，我一定不会让他走！

我呆呆地站在那里，甚至忘记了身边的詹森一直在陪我站着。

"亲爱的，你怎么了？"詹森问我。

"哦，没事，他走了。我该留他和我们住下的。"我像丢了魂儿似的。

"是啊，不是你让他走的吗？"

我无话可说。浑身像散了骨头架子似的。

詹森挽着我的手臂进了家门。我感到疲倦，径直走到沙发前闭上眼睛躺下去。

"亲爱的，他是个多么慈祥又深沉的老人啊！可以教你好多你不知道的知识呢。但一直纠结着我的是，也是我觉得很奇怪的是，为什么你就不留他住下呢？"詹森坐在我的身旁。

"因为，因为……"我吞吞吐吐没把话说完。

詹森哪里会晓得我与熊教授之间的那段令人难忘的往事？……

我有个女友叫双双。她的父亲是我父亲的好朋友，也是原《中国日报》小有名气的英文老编辑。听说她姑姑为了我父亲，一辈子都没结婚。熊教授就是双双的爷爷。我父亲与她爷爷、叔叔、姑姑交往三十多年了。

移居澳洲前，我与双双及她家一直来往，久闻她爷爷的大名，却没有见过她爷爷。几年前，双双迁居香港。那次我到欧洲旅游途经香港去看她，经她引见，结识了她的爷爷熊教授。当时熊教授已是八十四岁高龄了。

在九龙界限街的一座很旧的小楼里，我见到了这个身材矮小的老人。他神采奕奕，有点发胖，宽宽的脸上戴着黑边眼镜，完全是一副老学究的样子。都80年代了，他始终穿着一件中式长袍——给我的印象有点儿古董。

他的书房里挂满了字画。沿墙摆开的长长的博古架上，陈设着很多玉器古玩。

当双双把我介绍给他的时候，他显得异常兴奋，起身紧紧地握住我的手，好像很担心我会随时走开。他首先问候了我的父母，又向我询问了许多问题，随后对我大加赞扬。当他知道我在写小说时便说："我可以帮你。"还提议由他来写"前言"，并邀请我住在他家。我欣然接受了。

我在他家做客期间，熊教授精神一直特别好，非常喜欢向我讲述他的经历和故事。我也很乐意听。他经常翻出他保存的台湾、香港地区以及许多国家的一些报纸杂志给我看，因为其中发表了他多篇文章、照片，报道了许多关于他的经历，以及他与众多知名人士的信函。他还常带着我赴宴于香港各界人士之中，并告诉来宾他很开心晚年还收了个得意门生。

记得我父亲过去向我提起熊教授时，曾对他用英语撰写的话剧《王宝钏》赞不绝口。我便向他询问起这部话剧写作的起由。他听了很兴奋——显然那是他的得意之作，立即兴致勃勃地谈起他是怎样只用了几个星期，改写成英语话剧《王宝钏》的。后来，他还撰写了不少其他作品，像小说《天桥》就是那时写的。其余的都是剧本，有《大学教授》等，都是英文的。他向我讲述他的过去，就像回答电视主持人采访那样认真。

"您为什么选择了英国，而不是美国生活呢？"我好奇地问。

"选择英国的原因，是由于我本人十分喜爱英国文学，而且英国文学比美国文学多点深度，范围也广。我最佩服的几位剧作家都在那里，萧伯纳（George Bernard Shaw）、约翰·高斯华司(John Galsworthy)、詹姆斯·巴里(James Barrie)。出国前我翻译了巴里的全部剧本，有好几百万字。"

熊教授给我讲述这些的时候，经常沉浸在遥远的回忆中，他的眼睛里时常出现痛苦、兴奋或是忧郁的色彩，仿佛又看见了故事中当年的自己。他的表情丰富而生动——显然，那些都已经是半个多世纪前的往事了，那些事情对他非常重要。我深信：这个老人的心中一定蕴藏了太多太多历史的感慨，而且，从他现在的精神状态还可以看出，他当年的帅气与风度。

一天，我看到书房的墙上有一幅字很好，便轻轻地读了起来：

"海外林熊各擅场，王前卢后费评量。北都旧俗非吾识，爱听天桥话故乡。"落款是"壬戌秋冬书陈寅恪之赠诗……"

这是熊教师的墨宝。他看到我在读他写的字，便走上前问我是否喜欢，我随即回答喜欢。他兴高采烈，像是遇到了知己，立即把这幅字从墙上取了下来卷好送给了我。

"你大概知道这首诗的故事吧？"他以为我熟悉国学和中国历史、文化名人。

"不知道。"我很坦白。

他随即给我讲述了关于这幅字的来历——他当年与陈寅恪教授一些鲜为人知的故事。

原来，如果不是熊教授的好友、国内外享誉声望的陈寅恪教授有眼疾，陈教授就会是牛津大学和剑桥大学第一位华人教授。陈教授和熊教授同时被聘请，但陈教授患有眼疾，没有上任。熊教授成为两所著名大学的第一位华人教授。

那是我第一次听说陈寅恪先生，直到后来我才逐渐了解了他在中国文学和史学界的地位。

陈寅恪先生于1945年9月应英国皇家学会及牛津大学的邀请，远涉重洋，去伦敦疗治眼疾。这时他已经双目失明，身体虚弱，借西南联合大学邵循正等四位教授赴英之便，结伴同行。到达伦敦之后，他见到了熊教授。熊教授将他刚刚出版的英文小说《天桥》赠送给陈教授留作纪念。陈教授为此写了两首诗，收录在《陈寅恪诗集》。熊教授给我的那幅字就是其中的一首。

熊教授找出《陈寅恪诗集》，翻到那两首诗指给我看。

这两首诗的小注是："乙酉秋来英伦疗治目疾遇……所著英文小说《天桥》见赠即题赠二绝句。"

我注意到书上第一首诗中第一句的"熊林"两个字（诗中的"熊林"就是指熊教授和林语堂）在字幅上被颠倒了过来，变为"林熊"。这恐怕是熊教授对林语堂先生的敬重吧。

熊教授见我读完了两首诗和小注，便把书合上，郑重地交给了我："送给你作纪念吧。陈老先生的诗值得一读，尤其对海外的华人更是如此。"

我当即很高兴地接受了，也进一步认识到，熊教授能够得到陈寅恪教授如此评价，可见熊教授在当时国内外的影响和地位了。

我现在还保存着熊教授送给我的这本诗集和熊教授亲笔书写的字幅，而且一直带在身边。很长时间里我把它挂在詹森住的丽都公寓里，这条字幅跟随我去了澳大利亚又回到北京，在这之后我又把它带到了美国。为了纪念我与熊教授这段难忘的经历，我又将它带回了我在北京的家。

在熊教授家做客我们如同爷爷和孙女。他给我讲故事，教我文学历史，送我字画、书籍，也少许送我几件他那珍藏了多年的玉器珠宝。讲故事的时候我们并肩坐在一起看有关的书刊、影集和画册。

熊教授做得一手好菜，他做给我从来没吃过的肘子蒸芋头和腰果芹菜炒百合。吃饭的时候他总给我夹菜，像待小孩子一样。到外面散步我们也形影不离。随后，我们虽然并肩坐在一起看书，他便喜欢一只胳膊挽着我，甚至希望我偎依在他的怀里听他讲他年轻时候的故事。当他讲故事到情绪高昂时，不知不觉便握住了我的手。有一次竟将我抱在他的怀里，我惊讶一个八十四岁的老人竟有着这样神奇的力量。

熊教授每天都要看书和写毛笔字。他的身上有长者的仁厚而没有学者的威严，更多的甚至是年轻人才有的激情和冲动。我越来越感觉到他对我的关心和爱护已经超过了对他身边的任何人。他主动教我读书，写字，引导我学习英美文学。

我在他家里已经没有丝毫的拘束了。

一个温暖的早晨，我还迷迷糊糊地睡着，模模糊糊感到有人紧紧握住了我的一只手，把我从睡梦中惊醒。

我挣扎着睁开双眼，我想我的眼睛一定很迷离，因为我看到了这个老人浑浊的双眼中的迷惑与兴奋。我的脸颊一定是绯红的，因为映照着我的是一张布满皱纹的红润的脸庞。我能看到熊教授的身体在微微颤抖。

"露！"他轻轻地叫着，"我亲爱的！"

我的手让他握的有点疼了，但为了不让他误会或失望，我没有从他那有力的手里抽回我的手。

"露！"他在低声地呢喃，"你又聪明又肯上进，有你在身边，我是多么的快乐啊！"他的语调显得急促而慌乱。

我坐了起来，另一只手轻轻地拨开他那紧握住我的那只手，深沉地望了他一眼。

"露，你让我重新获得了信心和力量！你让我年轻了许多！"

我感动得热泪盈眶——这辈子能让这样的一位知名大师垂爱和看重，真是三生有幸。

他的眼睛也有些湿润。

作为一代戏剧大师，他一辈子著述颇丰，我不知道我是否也成为他生命中的一件作品。但可以肯定的是，他在我身上倾注的感情和精力，该不亚于他的戏剧作品吧？……

不过，我没有忘记我是去欧洲旅行途经香港，我的机票是定期的。我不想作废它，因为我这辈子很难再有第二次欧洲旅行的机会。

我离开了香港，离开了九龙界限街熊教授的寓所，去了欧洲。

在欧洲一个多月的游历中，我尽量让自己忘记九龙那离奇的一幕。希望自己突然的告别没有给那位戏剧大师太多的遗憾。多滑稽的人生啊，怎么我就会遇到这种连作家都未必想的出来的剧情呢？

既来之则安之吧。我很快就陶醉在欧洲的神圣古迹里，它的繁荣程度远远超过了澳大利亚，甚至比我想象中的更甚。我像一只自由的小鸟，徜徉在利比里亚半岛、莱茵河边畔。我从未感受过如此众多的世界名著中的场景。神秘的巴黎圣母院，雄伟的埃菲尔铁塔都给我留下了深刻的印象。

走在巴黎古老的街道上，街边的一个橱窗突然吸引住了我。里面有一位身着白色婚纱的模特儿。她白皙的面庞上有一双湛蓝的大眼睛，羞涩的微笑中仿佛有一种魔力。就在我怔怔地盯着看她的时候，店里走出了一位金发碧眼的漂亮姑娘。

她微笑地用手示意请我进店里观看，顺手摘下我一直盯住的婚纱，帮我穿在身上，店里所有人的都用惊羡、真挚的眼光望着我。我也被镜子中的自己感动了：纤细的腰身，白皙的皮肤，褐色的头发，略黄色的大眼睛与白色或透明的蝉翼般的婚纱完美地交融在一起，绝不亚于橱窗中典雅秀丽而神采飞扬的模特儿。

与其说是她们高超的推销术，不如说是我自己无法抗拒那套结婚礼服的诱惑。我用信用卡付了两千多美元买了这套结婚礼服。

因为我要继续在欧洲旅游，就把买下的婚纱礼服寄给了澳大利亚的瑞德，心想反正也和他订婚了，婚纱礼服寄给他是最合适不过了。由于礼服属消费品，入境要上关税，没想到400澳元的关税让瑞德震惊，竟然拒绝接收我的婚纱，而且将包裹转寄给了我留给他的香港地址，于是这套结婚礼服便戏剧性地落到了熊教授的手里，也算是为我后来的婚事祝福了——这是后话了。

坎坷之路

　　在每天的"孕妇锻炼"散步时，我想我应该
和詹森讲清楚为什么我生了孩子还要继续工作。我
开始有目的的和詹森谈及过去，谈及我迈出校门走
向社会找工作的艰辛……

第二十六章

1988年，堪培拉

日子过得很快，我的预产期快到了。1988年11月底，我回到澳大利亚的家。这时，詹森和我商量孩子出生后的问题，建议我辞掉工作，在家里用全部精力照顾孩子。我还真看错他了，我满以为他会看重我的工作，也该认为这份工作对我意味着什么。不是我不爱自己的孩子，可想想妈妈辞掉工作后在家里的地位和后果，我绝对不能走妈妈的路！

11月底，堪培拉的初夏白天温度达到28度，夜晚却十分凉爽——需要盖被子睡觉。这正是坐月子的好时候。我自己的房子出租了，又担心住父母家他们怕吵，我俩便在四姐租的房子里住下。

预产期越来越临近，詹森又提起我该在家里照顾孩子的话题。正巧赶上四姐来看我，她便在一旁帮腔。想起妈妈曾为了抚养六个孩子放弃了她早年在妇联的工作，偶然忙的没及时做晚饭，五哥回到家里看见饭还没做好，就埋怨妈妈："您家庭妇女整天呆在家里还不把饭按时做好！"总看见妈妈在厨房边做饭边抹眼泪，全家人都看不起她。尤其"文革"期间妈妈为了帮助家里救饥，在我们住的小区收废品，推着三轮车叫喊"收废品啦！谁家有不要的东西可以卖钱喽！"我放学路过妈妈推着那三轮车，赶紧低下头匆匆走过，生怕妈妈看见我和我打招呼，要是再被哪个同学看见，那第二天就别上学了！所以妈妈那可怜又无可奈何的情景至今印在我的脑海中，我怎么能放弃工作待在家里做家庭妇女呢？四姐很羡慕我，认为我有一个工作好收入可观的丈夫，能舒舒服服在家享福，何必还要出去工作呢？她要是我，巴不得在家照顾丈夫和孩子呢。詹森和四姐一唱一和，与我争执不下。最后四姐竟嘲笑我说，"你要是个经理什么的也就罢了，你不过是个助理，说白了就是秘书，干不干没什么！况且，你那点儿工资也只够在美国雇保姆的费用！"

我一听，气炸了肺，因为两人都和我做对，我还是忍住将要爆发的脾气，冲着詹森说："我们认识到现在快两年了，你可从来没反对我工作。我以为你没这么世故，谁会想到你这人这么不善解人意呢！你要是爱我，就该知道这工作对我有多重要！"

"笑话！"詹森用他从来未有的轻蔑表情说，"在家看孩子和我爱你没关系，我是不放心把孩子交给外人看，你既然想结婚生子，就该待在家里做老婆和妈妈！告诉你！我妈妈拿着博士学位还在家看孩子呢！我同意四姐说的话，你挣的那点钱在美国只够雇保姆的！"

"驴唇不对马嘴！你少来这一套！"我再也压抑不住闷在胸中要爆发的情绪了，没想到我在他眼里就只配做个家庭妇女！又拿他妈和我相比。太不像话了！逼我放弃我喜爱的工作，还挑唆四姐和我作对！越想越气，顺手抄起一支钢笔向他扔去，詹森一下子接住飞过来的笔，上前抓住我的手，我空着的手一抢，一个巴掌扇在他的脸上。他又抓住我这只手腕。我全力挣扎，他太有劲。只听"咔嚓"一声，我的两个手腕错环儿了，疼的一下子瘫倒在地上。詹森以为我在装相，放下抓住我的手，走出了大门。四姐吓坏了，赶紧把我扶到沙发上，说了声，"有话好好儿说，何必动这么大干戈呢？真是！"我一句话也没说。四姐与我完全是两种不同的女性，她怎么知道我心里是怎么想的呢！

这是结婚后我们第一次动手。

当我情绪稳定下来后，冷静地想，詹森生长的文化背景和美国的社会环境与我完全不同。要想得到他对我工作的支持，必须让他了解我的生长环境，我的工作观点——工作对一个女性的重要性，以及我的寻找工作经历，尤其要让他理解按我现在的情况，找份理想的工作有多难。

在每天的"孕妇锻炼"散步时，我想我应该和詹森讲清楚为什么我生了孩子还要继续工作。我开始有目的的和詹森谈及过去，谈及我迈出校门走向社会找工作的艰辛……

1972年，即"文革"开始后的第七年，我中学毕业。那年月北京人要找工作，必须由政府职能部门按指标分配。学生则必须经学校领导分配工作。如果哪个学生有"后门"就能找份好工作，否则相反。像我这种在管区派出所被冤枉"挂了号"的学生，只能下乡当农民。然而，我不甘心受命运的支配，决心利用我本人的一切条件和周围的机会，和命运抗争。我曾经被野战军文工团考虑录用，甚至几家大型企业也想录用我做文秘，都被对我抱有成见、忌妒，别有用心的人从中作梗而告吹。

时间飞逝，一年又过去了，学校里等分配的人已不多了，我仍在行列中，我的家里人也在为我想办法。第一个帮我的是四姐。

这时候四姐在卫生局所属朝阳区的一家门诊部当医生。我家住在朝阳区。

四姐有个朋友在卫生局工作，通过他的关系，卫生局"分配"给我们学校一个护士名额，并指名招收我。学校对这类通过"关系"找工作的事司空见惯，二话没话，就把我的学生档案转到了卫生局，因为是"后门"介绍，卫生局没有派人外调。于是，我幸运地收到录取通知书，第二天到一家医院报到。

当我一早就来到了这家医院时，意外地在医院门口遇见了小学同学陈梅。我们好久没见面了，她看见我显得很惊讶。

在医院当护士，真是喜从天降。那时只要不去插队，留在北京当护士，身穿白大褂，对任何女孩子来讲，都是梦寐以求的事。经过简单培训，我被分配到化验室学化验。

刚走进化验室，就看到里面一个护士向我微笑。她自我介绍，别人都叫她"小薇"，希望我也这么称呼她。

小薇对我说："不知怎的，我一见你就有一种亲切感。我们现在分在一个单位工作，希望我俩成为好朋友。"

几分钟的谈话和沟通，我们彼此感觉相见恨晚。下班后，她约我去她家做客。我欣然答应了。

她住的房子很小，只有10平方米大，一进屋，我感到十分惊讶。屋子里的一切都是白色的，犹如进了医院的病房：白色被子、白色枕头、白色枕巾、白色床单、白色窗帘、白色桌布、白色椅套、白色沙发套……我望着这白色的世界，感到莫名其妙。

坐下后我惊奇地问小薇："你家里为什么都是白色的？"

这一问，竟使小薇眼泪流了下来。我一见便知道问到了她的伤心处，赶忙搂住安慰她。

小薇掏出手绢，擦了擦眼泪说："我一见你就认为你是好人，早把你当成我的姐妹了。"她抽噎了一会儿，然后泣诉了她辛酸的往事。

原来，小薇是个独生女。父母"文革"前都是高级干部，"文革"初被定为"反革命修正主义路线的走资派"，被"造反派"抓走，一去便杳无音讯。当时她年纪尚小，仅十一岁，无法独立生活，便请来比她大20多岁的表哥照顾她。她万万没想到，这个衣冠禽兽的表哥见她年纪弱小可欺，竟玷污了她幼小的身躯。因为是亲戚，又是请"佛"上门，加上"家丑不可外扬"，她没有到司法机关报案，忍气吞声地活了下来。她盼望有一天能见到她的父母，盼望有一天能洗清她身上的耻辱，她终于有了工作，能独立生活了。

她把家里的一切都装饰成白色，与她的心灵成为一体。

听到她的泣诉，我也不禁潸然泪下。"文化大革命"毁了多少温馨的家庭，玷污了多少清白的身躯，摧残了多少幼小的心灵啊！

第二天我继续到医院上班。这是我工作以后最快乐的一天，也是我实习的第一天。我学习检验的时候，小薇时常走过来帮助我，教我如何使用化学试剂，向我介绍她的工作经验，嘱咐我一定要小心谨慎。快下班的时候，小薇趁人不注意，小声在我的耳边说："我弄到两张内部电影票，原来准备请一个老同学陪我一起去。现在认识了你，我改变主意，想邀请你去。"

那年代，如果父母不是高官，或者家里没有"上层关系"很难搞到"内部电影"票。爱看电影的我很高兴地接受了小薇的邀请。

当时北京的电影院里，公开放映的电影一般都是抗日战争题材、解放战争题材、反特题材，翻来覆去地演，已让人看得枯燥无味。想看新颖的、有刺激的片子，只能通过"关系"看"内部电影"。

小薇邀请我看的电影是美国著名影片《飘》（*Gone With The Wind*）。这是一部振奋人心的巨著。剧中的女主人公郝思嘉(Scarlett)在我心中印象极为深刻。

她高贵、美丽、豪放、敢怒、敢爱、喜怒哀乐都别具一格。仔细回味她的性格，我感觉我与她有很多相似之处。例如我与她都出身于贵族家庭，漂亮，性格开朗，思维敏捷，好交际，乐于帮助别人，鄙视世俗观念，按照自己的思维去待人处事，周围总有一群男人追求。我最佩服她在战后重建家园所独具的眼光、百折不挠的毅力和总想高人一头的精神，包括为达到自己的目的而不顾一切。尤其是她从来没有被命运的挫折击败——无论是事业还是爱情，在最困难的时候总展现出她不屈的魅力。我最欣赏剧中的一句话，就是她在影片结尾的那句："明天将是新的开端！"

看完电影后我的心情十分激动，还暗暗下定决心向郝思嘉那样对待生活。不过，我的心中也产生了疑问：影片的导演为什么要给令人敬佩的女主人公安排了一个如此悲剧性的结局呢？

正想得发呆，发现邀请我看电影的小薇一言不发地看着我。我歉意地向她表示致谢，感谢她让我看了这样一部令人兴奋的电影。也简单地发表了对这部电影的印象，同时问她对电影的看法，尤其是对女主人公的看法。她对电影的反应似乎没有像我这么强烈。随后我们就分手了。

从这一天起，《飘》的主人公郝思嘉就成了我心中的偶像。

第二十七章

第三天刚上班，就被等在门口的人事科秘书叫去了。没进人事科的门，便听见屋里传来非常熟悉刺耳的声音："你们要是留白露在你们医院工作，那这儿可就成了全北京市最忙的医院了！"

我愣在门口。

"为什么？"人事科的人在问。

"这还不明白！全北京市的男的都会来你们医院'看病'嘛！"

我听出来了，这是我们住的片儿区姓吴的警察的声音！真是冤家路窄，他怎么知道我被分配到医院的呢？

我转身离开了这家医院。

就这样，我那可怜的《护士日记》只"写"了三天就收了尾。

百折不挠——早已成为我找工作的座右铭。我并没有因为这次工作失败而受打击，随即决定到外语学院进修英文，等待时机。后来，通过在外语学院工作的姑姑，我成了外语学院英文系的旁听生。几年后，我读完了大学四年的课程。

不久，听我父亲的一个朋友讲，国家旅游管理局开始招收会讲英文的导游人员。他建议我去试试。于是，做好了精神准备，我便去了旅游局办公楼面试。

到了考场，我滔滔不绝地用英语背了"自传"，谈了谈我为什么要做旅游业。我的口语让在场的考官颇感意外，他们感叹：没想到"这年头还能有英语讲得这么好的年轻人！"随即让我回家等通知。

最后，所有考官一致认为我是难得的"人才"，并决定第二天就到我的学校去办理录取手续。

当时我的个人档案还留在中学里。没想到，学校人事部的丁老师在递交我的档案时对来人说："白露是个人才，聪明、漂亮、有能力，前些时候，卫生局也曾点着名要她。可不知怎么搞的，去医院上了三天班就给退回来了。"丁老师的话让招工单位对我望而生畏，放弃了录用我的打算。我又一次失去了凭本事吃饭的机会。

难道我就这么长期在家里待业吗？

出于无奈，我爸爸决定搬家，让我"逃离"姓吴的警察的管辖区域。于是我们家搬到了朝阳区的水碓小区。

可是，如果学校领导继续向招工单位不负责任地介绍我的情况，恐怕我这辈子也别想找到工作了。于是，我决定找负责分配的丁老师谈谈。

丁老师是个50多岁的老知识分子，也算是个通情达理的女人，她坦率地把她听到的关于我的谣言讲了一遍。我如实地向她讲述了自己的经历，又让她看了太平医院妇科医生开的"处女膜完整"的证明。丁老师听后，憋了半天才说了一句话："白露，咱们学校有愧于你。"

我淡淡地说："不能完全怪学校，'三人成虎，人言可畏'嘛！"

丁老师也叹道，"舌头底下埋死人呐！……"接着她问我："通州有个毛线厂招工，那是郊区，工作也与英文一点儿关系没有，你想去吗？"

"去！"我不假思索地回答。说心里话，虽然感到有点委屈，可总算有了份工作，为爸妈减轻点家庭负担。

很快，我就收到了通州毛线厂的录用通知书。

通州毛线厂属于集体所有制企业，离我家大约30多公里，上班需要乘坐远郊的公共汽车。

当时中国的企业按体制分为全民、集体企业。全民企业由国家经营，集体所有制自负盈亏。根据国家规定，集体企业的职工不能调往全民所有制企业工作，除非能有劳动局下达的全民指标。当然，如果你有"关系"，所谓的规定就"鞭长莫及"。

我刚到毛线厂时是学徒工待遇，每月工资16元。大概是老天有眼，吉人自有天助，我的邻居小赵的父亲曾是纺织局的干部，通过他，我得以临时在工厂办公室等待分配工种。

办公室里打了十几年字的左师傅，因为出身好，进步快，当上了工厂的专职党支部书记，她一直留心挑选打字的"接班人"。当我被引荐时，一见面她就喜欢上我了。

中文打字虽然不难，但要背几千字的中文字盘，字体还要反着看。我凭着天生的过目不忘，没几天就将中文字盘都背下来了，而且打字的速度和水平很快就超过了左师傅。于是，我便引起了大家的注意，其中厂长的秘书钟某对我特别"热情"，没事就到我办公室闲聊。

钟秘书年轻、聪明，不光能说会道，还能写上几笔。他父亲是个长征的老红军，"关系"四通八达。他仗着这些"关系"当上厂长秘书，所有的人都捧着他，在厂里有一大堆的纺织女工围着他转。我不喜欢他，最讨厌他那种高干子弟的优越感和自以为是，可他是我上司的上司，我便装傻充愣，有意地躲着他。为此，他恼羞成怒，伺机对我报复。

刚踏入社会工作不久，就遇到了中国当代社会发展的又一个动荡时期。1976年，"文化大革命"接近尾声。缔造共和国的几个伟人——周恩来、朱德、毛泽东先后去世，其间，天安门广场因为悼念周总理而引发了"四五"运动。好在我没去过天安门得以躲过这场风波。

其间，又发生了唐山大地震。

1976年又发生了"四人帮"——王洪文、张春桥、江青、姚文元集团的垮台等一系列的政治事件，这一切都没有波及我这个小小打字员。然而，我却经不起一种虚荣心的诱惑，栽了大跟头。

这种诱惑来自我的一个小学同学。

那天傍晚，我乘42路公共汽车回家。车到小庄总站，门一开，我就像一条金鱼，被潮水般的人群从破了的鱼缸里冲出来，好不容易才稳住身子。我叹了口气，心想什么时候不再受这份挤车的罪呀！刚走几步，听到身后有人喊我的名字。我回头一看，原来是小学同学陈梅。

自从上次在医院见面后，一直再没遇到过她，也没和她通过电话。

我停下脚步，等她赶上来，一起并肩走。陈梅说，她哥哥从部队回家探亲，想约我去她家吃饭。

我认识陈梅的哥哥。他叫陈利，和我同一个小学，比我高一年级。听说他是1971年当的兵。

我实在感到无聊，就和陈梅来到她家。进了屋，看到陈利穿着军装，没戴军帽，坐在沙发上翘着二郎腿看电视。那年月，北京没几家能有电视的。他看见我们进屋，忙站起来迎接我。

"哇！白露！几年不见成大姑娘了！"陈利脸上堆着笑招呼我坐下。随即，他把水果盘、花生、果脯之类的东西放在我坐的沙发旁的茶几上，又给我倒了杯茶。

我随手拿块桃脯放进嘴里，问他是什么时候回来休假的？

"刚回来。"陈利答道。他在我对面坐下来，眼睛不时地扫着我，仿佛有点不自然，"前几天去上海看了看父母，刚到北京没几天。"

我知道他父亲曾任某市副市长。

"你现在忙什么呢？"他问我。

"吃毛儿！"我冲他神秘地一笑。

"吃毛儿？什么叫吃毛儿？"他有点诧异。

"你没听说过纺织厂的工人每天都在车间里'吃毛儿'吗？"我笑着说。

"听说纺织车间含尘量很高，但称之为'吃毛儿'有点言过其实吧。"他不以为然。

我没理他，像他这种高干子弟，怎么可能知道在一件毛衣制成的过程中，纺织女工夜以继日地工作要吸入多少毛线的尘埃啊！

这时，陈利将妹妹叫到隔壁的屋里讲话，我一个字也没听见。

"我哥想和你交朋友。"回到客厅陈梅开门见山地说。

原来，陈利这次回北京休假，在街上看到我，见我外貌大变，对我十分倾心，回到家里，辗转反侧，夜不能寐，随后便托妹妹为他牵线搭桥。

"我知道你不会一分钟就喜欢上我哥。"陈梅对这件事似乎很冷静，对她哥哥的评价也比较客观。

陈利长得实在很丑，尤其那对三角眼一点儿也不讨人喜欢，大大的鼻子上还长了好多的斑点。

"不过，"陈梅接着说，"像我们这种家庭和哥哥这样的条件，不是你轻易能碰到的。当然，你可以提条件嘛。"

"嗯——"我想了想，提什么条件呢？机不可失，时不再来啊。我大着胆子说："当兵！只要你们能让我当上女兵！"一想起"吃毛儿"工厂和那个讨厌的钟秘书，我不假思索地说。

那时每个年轻人都想当兵，主要是混个政治资历。服三年兵役，如同在身上"镀"了一层"金"。复员后随便分个国家单位，做个主任什么的绝对没问题。

当时我想：陈利虽然长得难看，但是他高地位的爸爸给他添了身价。只要让我能当上兵，和他交朋友我也不吃亏。

"好！那么就说定了——这可不是小时候'过家家儿'，不能开玩笑呀！"陈梅郑重地说。

"当然不是开玩笑！"我认真地说。

"好！"陈利过来接下话茬，"我这就打电话找我父亲托人。联系好了，我陪你一起去。"

一周后。星期日晚上，我接到陈梅的电话。她说："我父亲已经和他的一个老战友联系上了。这位老战友现任某部副司令，他说没问题。"让我收拾一下就和他们一起去南京。

"什么？你也要去？"听说她要和他哥哥跟我一起去南京，我吃了一惊。

陈梅从小娇生惯养，她有先天的小儿麻痹症，走起路来一瘸一拐的，家里对她百般娇纵。她决定的事，谁劝也没用。

这事虽然来得太突然，但当兵对我的吸引力太大了。我随即给我们工厂的党支部书记左师傅打电话，告诉她我要去南京当兵的事。左师傅沉思了一下说："这样吧，我准你三天假。这事有把握你就去。不成，当天返回，免得出事。"我连忙答应了。

星期一早上，我向爸爸要了点儿零用钱便出发了。

第二十八章

到了南京，已是第二天的清晨，陈氏兄妹带着我穿过翠绿的树林，绕过一片如茵的绿草地，来到了一座十分别致的别墅前。陈利指着这座房子说："这就是周副司令的家。"

周伯伯家的佣人给我们开了门，引我们走进客厅。没等我们仨坐稳，周伯伯便乐呵呵地从里面屋子走进客厅。

周伯伯看上去六十岁左右，身材魁梧，有点发福，满面红光，目光炯炯有神，说话声是男中音。

陈氏兄妹见周伯伯走进客厅，忙站起来上前喊了声"周伯伯！"我也微含笑意地站起来等着陈氏兄妹俩给我介绍。

周伯伯先问候了他俩的父母，随即就说，他俩来得时候很不凑巧，他的老伴去上海看女儿去了。随即转向我，笑眯眯地先看了一下我的眼睛，然后从头到脚仔细地打量了我一番。那劲头像是给他儿子相媳妇。

"陈利，你可真有眼力，哪儿找了这么个漂亮的老婆！"周伯伯爽朗地笑着，上来和我握了握手。

我问候了一声："周伯伯好！"接着就偷偷地瞪了陈利一眼。他居然胆大包天地和别人说我是他老婆！

"听说你想当兵？"周伯伯很亲热地问我。

"是！非常想！"我很大方地回答。

"你现在是哪个单位的？单位同意吗？"周伯伯问。

我向周伯伯说了我的情况。临行前和我们单位的党支部书记通过电话，我心里有底儿。

"我考虑一下看把你安排在哪里最合适。"周伯伯认真地说。天哪！我当兵的事竟然这么简单，就凭他一句话！太伟大了！太富有传奇性了！我激动得心差点跳出来，真希望自己的梦想立即成真。

周伯伯对我说完话，转向陈氏兄妹："你俩也在这儿住两天，在南京玩玩，然后再回去。白露就留在我这里吧。你们放心，她当兵的事就这么定了。你们坐了这么长时间的火车，大概也累了，先休息会儿，然后出去玩玩。我还有点事要办，不能陪你们了。"说完，坐上等在外面的车走了。

陈氏兄妹陪我在南京愉快地玩了一天。

晚饭后，陈氏兄妹在客厅里看电视，周伯伯把我叫到会客室聊天。

周伯伯说，他决定把我安置在司令部勤务科。

"干什么都行！刷厕所我都没意见！只要能当兵！"我向周伯伯表示。

这天晚上，陈梅到她哥哥房间里嘀嘀咕咕地聊了大半夜。我没理会，陪周伯伯在客厅看电视。

次日，陈氏兄妹又陪我在南京愉快地玩了一天。

傍晚，我正与周伯伯在会客室聊天，陈梅进来一屁股坐在沙发上，没头没脑地说："周伯伯，我也要留下来当兵。"

我恍然大悟，原来她兄妹俩昨天晚上嘀咕了大半夜就是为了这事儿。我很奇怪，我当兵不过是逃避"吃毛儿"，改头换面，摆脱每天挤好几个小时的公共汽车。即使服完兵役，复员回去，找个医院当个护士——像陈梅现在的职务也就到头了。

周伯伯也感到诧异。他奇怪地问陈梅："没听你爸爸提过呀？再说，你不是在医院里干得好好的吗？"

"我的事儿用不着和我爸爸商量。我想穿上军装，过几天当兵的瘾嘛！"陈梅开始耍赖。

"太荒唐了！"周伯伯很不高兴，看了看陈梅的腿，站起身走了出去。

本来嘛，陈梅是个瘸子，军队怎么能收残疾人呢？再说，她要当兵为什么1971年不和她哥哥一起走？（那时候的"后门兵"什么样的人都有）最可气的是，本来说好她这次到南京是送我来当兵的，她跟着起什么哄啊！

我哪里知道，陈梅是怕我满足当兵愿望以后生异心，和她哥吹掉，于是决定留下来当兵好监视我——也许开始这只是陈梅的意思，不过，陈利既然没有出面制止他妹妹这样做，也说明他和妹妹已经有默契了。

周伯伯走进客厅准备看电视。陈梅跑上去截住了他，并大声叫道："你干吗只留白露当兵不留我？！留她就得留我，不留我也不能留她！这么大的军区增加我一个女兵算什么事！再说啦，我爸爸是您的老相识，她爸是何许人也！喊！要不是我们带她来，您还不认识她呢！"

陈梅的一番胡搅蛮缠把我气得半死。

面对陈梅的节外生枝，我犹如一盆冰水浇头，从头凉到脚。没想到已成功的好事，被陈梅给搅了！我看着周伯伯一脸无可奈何的表情，知道经陈梅这一闹，我当兵的事恐怕也没希望了，于是走到周伯伯面前，冷静地说："周伯伯，您别为难了。我这次来南京，给您添了这么大的麻烦，真抱歉。事情既然这样，这兵我不当了。您多保重！"

说完，我转身就走，心里难过得真想痛哭一场。回到卧室，迅速整理了一下自己的东西，提起行李包，扭头就冲出房间，跑出了大院，一直往火车站奔去。

远处，南京的夜晚是那么不平静，到处是灯火辉煌，人、车喧闹。身边，军区首长的别墅周围情景却是相反：如茵的草地被皎洁的月光披上了一层银灰色，无数的蟋蟀在寂静的银色世界中轻声低吟，似乎在为我鸣不平。一排排粗大的柳树低垂下无数柔嫩的枝叶，随着微风轻撩着我的头发，仿佛在抚慰我受伤的心灵。

我正在林间不平的小路上悲愤、急速地朝前走着，陈利喘着粗气追上来，问我为什么不辞而别。

"都是你们兄妹干的好事！"我愤愤地边走边说。看到他那既可怜又可恨的样子，真恨自己当初为什么这么容易就轻信了他！

"别走，求你了，什么事都可以商量呀。别走！"陈利猛地用手拽住我的行李包。我转身使足了劲儿"啪"地打了他一记耳光："你真把我坑苦了！"转身就朝火车站跑去。

陈利愣住了。我三步并作两步跑到火车站，登上火车回到北京。

当我回到北京，已经是星期五下午了。

我犹如作了一场噩梦，垂头丧气、硬着头皮去毛线厂上班。

来到办公室，人们都十分惊讶地看着我。他们都听说我当了兵，没想到我又回来了。不少人问我怎么回事时，钟秘书悄悄把我拉到一边，小声告诉我："你走了这么多天，实属旷工，没把你开除，调你到车间织布就算你走运！"

我心里明白，尽管我去南京的事走前和左师傅——工厂党支部书记打过招呼，但她只给我三天的假，而我五天没有到工厂上班。

果然，事情的发展正像钟秘书所说，第二天办公室通知我：旷工多日，免去打字员职务，调入车间作挡车工。于是，我过去和别人说笑时称自己在"吃毛儿"厂工作，这回真的到车间纺毛线——"吃毛儿"去了。

我的身体本来就弱小，加上车间三班倒，尤其夜间操作机器的劳累、挤公共汽车的辛苦和舆论的压力使我的身体和精神受到摧残，体力越来越弱，"吃"了一年多的"毛儿"，终于有一天支撑不住病倒了。我到了医院检查，确诊是风湿性关节炎复发。

由于织过布，对每块布和衣服的来由都充满了尊重和珍惜，它来自多少纺织女工的心血呀！

我每天都在对天祷告：这日子什么时候熬到头儿呀？

第二十九章

常言道，人挪活，树挪死。我不能就这么病死在纺织机上。我要挣扎，要试图找出路。在治病期间，我一天也没闲着，我开始想方设法调动工作。

说实在的，北京调工作可不是件容易的事，尤其我在集体所有制单位工作。然而，我又一次遇见了贵人。那是在我的身体稍稍有所好转从医院复诊后回家的路上……

那天，我出了协和医院坐上4路无轨电车，准备到总站（北京站）倒9路汽车回家。刚在靠窗的一个座位坐下，一个海军军官也上了车，一直走到我旁边的空座位坐下。我随意瞟了他一眼。这是个身材矮小、结实、精悍又帅的老人。从他那红光满面和一双晶光四射的眼睛，看不出他有多大年纪，但从他那斑白的两鬓分析，少说也在五十开外了。他那神态和不凡的气质，很像一位久经沙场的老将。

一路上，我心不在焉地望着窗外，对车厢里的一切没有留意。

还是他老人家先开了口。他诚恳地说："我看你很眼熟。你是不是'海政'文工团的？我好像看过你的演出。"

我不知道他是认错了人还是借故与我搭讪，便冲他一笑，逗他说："是吗？你看过我的演出？"

"好像是。"他想了想说。

我看他煞有介事认真地说着，不禁"扑哧"笑出声来。"那是我下辈子的事儿啦！"

他被我说得有点尴尬。我这个人向来是见面熟，一般情况不会给人下不来台。我看这老头儿为难的样子，微笑地说："我跳过舞，也演出过，不过，那是'上辈子'的事儿了。"

终点站到了，我们一起走下了车。

我和他一边走，一边闲聊。他问我叫什么，在哪儿工作，我告诉了他。我也问他的情况，他也坦率地告诉了我。他说他姓刘，在海军政治部工作，住在海军大院，刚从百货大楼买点东西，他看见我，就情不自禁和我搭上话。没谈几句，他便恢复了他本来的情态，一副首长派头。他开始问我的家世，我的爱好，我的特长，他都想知道。

我很快就和这位老海军刘伯伯成为好朋友。我摸不透他为什么喜欢和我来往。他从来没有对我有过非礼的举止和言行。作为我来说，多一个值得骄傲的朋友，又何乐而不为呢？

刘伯伯住在海军大院中一栋十分别致的楼房里，楼里不知有多少间房子。从挂在墙上的一张海军少将军衔的照片分析，估计他是部长级的干部。于是我就想，他应该认识很多高干。要是他能帮助我跳出那个"吃毛儿"厂，我也没白白认识一个将军朋友啊！

于是，在与刘伯伯一起散步时，我提出了我的想法。他挺痛快地答应下来。我心喜若狂，故意激他说："那——，我的事就拜托您啦！"

他笑了笑说："没问题！调成了你怎么谢我？"

我调皮地说："您想要我怎么谢您呢？"我知道他很豁达和大度。

果然不久，他通过北京市卫生局的一位负责人，帮助我往另一家大医院调动了一次工作。结果没有成功。原因是这次调动属于跨系统调动，而我又是一个集体所有制的工人，是不能往全民所有制单位调动的。增加全民所有制编制名额，需要经北京市劳动局分配名额。为了一个无名小卒的我，要惊动北京市纺织局、劳动局、卫生局三大单位，有点太过分了，当然失败是必然的。

这位将军为我确实颇费了一番心思。他又帮我进行了第二次尝试。这次是调往国务院所属的纺织工业部。因为是同系统内调动，比较方便，而且对于纺织工业内部来说，解决一个全民所有制编制名额很容易。

然而，就在我即将顺利地调入纺织部之际，纺织部接到了一个匿名电话，对方声称是我们工厂的负责人，反映我是个无故旷工、工作中拈轻怕重、吊儿郎当的人。

显然，这个电话来自钟秘书。结果，这次调动工作又告吹了。我也因此失去了这位难得的将军朋友。他不再见我了，因为他喜欢的是那个"天真无邪的舞蹈演员"。

这个钟秘书太阴损了！他竟然因为追我不成，公报私仇，损人不利己！我决定找他当面对质，戳穿他的阴谋。

找钟秘书很容易。他仗着他老爸的"关系"已经调到市纺织局办公室工作，天天在办公室里喝茶、看报。

这天我去找他，正巧办公室里只有他一个人，他没料到我会来局里找他。一见我进来，先吓了一跳，随即满脸堆笑，让我坐下，假惺惺地叙旧，给我倒茶。

"好久不见，工作还好吧？"他在说风凉话。

我开门见山揭穿他的阴谋，严肃地说："钟先生，你为什么给纺织部打电话诬陷、破坏我的工作调动？"

他一惊，没想到我对内情如此了解。在他认为，这是组织上的秘密，"你怎么认定是我？你有证据吗？"他在狡辩。

"当然。"我毫不留情地说："这年头就你有'关系'啊？谁不认识几个人呀！再说，轻易什么人都能调到纺织部工作吗？你可别逼我说出来！"

他的脸一下子变成了灰色，不打自招狡辩道："那是我向上级反映情况，是工作需要！"

"工作需要？你造谣中伤、公报私仇！你敢让我当众说出你为什么这么诬陷我吗？"我迫不及待地戳穿他的鬼把戏。

"你小声点儿！这是办公室！" 钟秘书见势不妙，想退路了，"你说，你想怎么办吧！"。

"我是来，"我放平了语气，舒缓了一下横眉，微含冷笑地说："冤家宜解不宜结。我来只是想和你谈谈。不要以小人之心度君子之腹。"

"是这样啊，你不早说。那当然好！这样吧，就到我家坐坐好不好？"

"那我在外面等你下班。"我嘴上说。心想，到你家有什么好怕的！

这天，钟秘书提早下了班。他是不希望我在办公室外面站太久，万一遇到什么人说句不中听的话就不好收拾了。

钟秘书住在城里的一间平房里，他的父母住在天津，这是他临时住宅。我进门后，找个地方坐下，便开门见山地对他说："我知道你对我好，不是我不识抬举，实在是我配不上你，可我们为什么不能做好朋友呢？我爸爸老同学也是中央级干部，要不是我家受冲击，我也不至于混到这地步。况且，得饶人处且饶人嘛！你这样逼人会适得其反的，你就不怕遭报应吗？"

他听我说话，没吭声，我继续说："'文革'中……"我开始讲述我和我家在"文革"中的遭遇，也谈到由于父母没收入我没钱看病的经历。最后，我又加强语气含着眼泪说，"我的体质很弱，继续在车间工作早晚还会病倒，我病倒了不要紧，将来怎么孝敬我老爸老妈呢？而且我哪儿得的起病呀，家里现在吃饭都成问题，三天两头看病怎么行呢？再说，生病了总不上班还给工厂带来负担。总之，我也没有过高的奢望，只想换个工作，挣点钱添补家用。你不是问我想要你干什么吗？我只想请你别再为难我了……"

"别说了！"他忍不住打断我的话，大喊了一声。我吃惊地看了看他的脸，他的眼里竟然也含着泪！"我对不住你！从今以后，你就放心地调工作吧！"

"我知道你是个好人。"我感激地站起来，把手伸给他："握握手，让我们做朋友吧！"

老天不负有心人。经过一番努力，我终于找到了一位家住在通州、属国家正式编制的职工想调到我们工厂工作。于是通过对换，我调到了北京国棉三厂，成为国家正式纺织职工，也为今后能在国营企业之间调动奠定了基础。

第三十章

一天，四姐告诉我，一家新成立的出版社需要一名打字员。出版社的办公室主任是她同事的丈夫，他们住在同一宿舍楼。

我听了这个消息，如获至宝，等到星期日下午，换上一套朴素、大方、合身的蓝色制服，乘车到了友谊商店对面的单位宿舍区。一打听就知道伍主任住哪儿了。

进了他家，正赶上他一家三口在吃晚饭。他很客气地把我让进了屋，继续吃饭。看着他们吃饭，我在旁边东南西北地侃起大山，等着他们吃完饭。

饭后，伍主任向我介绍情况："现在已经有两个打字员到过我这里，你是第三个。你们三人都是有'关系'介绍来的。"伍主任说，"我只能从中选一个，希望你理解。"

"三分之一的希望，没问题。"我对自己有信心。

"是吗？看来你好像挺有把握似的。"伍主任斜了我一眼。

"是的。我自信能胜任这个工作，我是个老打字员了。我打字快到您的文件还没写好，我都跟着您写东西的速度了。我想这么一个难得熟练的打字员您一定会选择我。"我说。

"像你这样自信的年青人真少见。为什么我就要选择你呢？你有什么过人之处呢？"伍主任似乎开始对我有兴趣了。

"您要高兴'选择'我不就是'把握'吗？"我妩媚地一笑。

看得出伍主任动心了。

"我考虑考虑吧，不过——"他发现我皱起了眉，又望了我一眼换了口吻："你放心，回去等通知吧。"

我很快接到了上班通知。于是，我顺利地当上了出版社的打字员。原因很简单：伍主任没见过我这么有信心、能说会道、聪明大方的女孩子；她的老婆又与我四姐是同事，也为我说了不少的好话。

这份工作来得太不容易了，所以，一进出版社，我就踏踏实实地工作，早到晚走，抢着做办公室勤务，打字又快又好，与周围的同事关系融洽，伍主任很满意。很快，为了进步，我提出申请加入共青团。

团支书是个通情达理的女青年，只比我大一岁，和我谈了几次话，表示愿意做我的入团介绍人。入团要经过外调。她先去我住的地方——水碓管区调查我在社会上的表现，当地派出所说我是刚从太平小区搬来的，建议她去找我的原住地调查。我听到消息后，赶快找到她，向她讲述了我的"过去"。最后说："为了不给共青团添麻烦，我干脆不入团了，你也随便找个借口不要发展我算了。"于是她顺水推舟，借口我喜欢穿喇叭裤，有资产阶级爱美思想，在团支部会议上否决了我入团问题。我的入团就此告吹。不过，我对工作的态度并没有变，仍然勤勤恳恳、加班加点地工作，赢得了单位领导和同事们的好评。

我在出版社工作两年以后，家里发生了很大的变化：我的爸妈和三姐出国定居了。这件事给我的工作和生活带来了巨大影响。一次因私下为爸爸办急事，险些被单位开除。

那天早上我正在办公室打字，爸爸从广州打来电话，叫我去民族饭店取个箱子送到广州。这个箱子是一家澳大利亚石油公司代表团离开北京时忘在饭店里的。电话挂断前说，"下午我到广州机场接你！"

天哪！这差事在当时的环境下对我来说，简直不可想象。尤其那年头飞机不是一般人能坐的！

不过，爸爸在家里说一不二。出生时爸爸家还没完全破落，他小时候家中还有好几个人伺候呢。后来解放了，家里住的房子不多，除了逢年过节，爸爸就没与我妈和孩子们在一张桌子上吃过饭。一方面是爸爸嫌我们吵，二是爸爸因为心脏病要吃不同的饭。爸爸怕吵，家中谁都不敢大声说话。和爸爸说话时如果不用眼睛看着他，就会被训斥。他叫哪个孩子的名字，声音没落人就必须站到他眼前，不然也要被训。所以他的话像圣旨。爸爸的宗旨是："我生你们，把你们抚养成人，就是为了让你们孝顺我。"而且"打是亲，骂是爱"成了很多中国老人的观念。所以我们常挨打，挨打的程度就要看他当时的心情和体力了。而且哪个孩子多给爸爸做事，一旦得到爸爸好评，爸爸会当着全家人表扬。几次我为爸爸做事，爸爸当众夸我，兄弟姐妹可另眼看待我了。所以，爸爸要是叫我做什么，我巴不得做呢！爸爸叫我去广州，二话没说就答应下来。我先是有点紧张，随后觉得很自豪，想方设法绞尽脑汁去做。

放下爸爸来的电话，我没敢向领导请假，因为我心里清楚，即使请假领导也不会批，不如先斩后奏，取走那个箱子送到广州，早去早回也许还不会被人发现。于是我收拾了一下桌上的文件，偷偷溜出了单位。

那时我每月的工资不过38元，给妈过日子15元，换完一个月的饭票还剩几块钱零花，那时去广州单程机票就一百多，哪儿来的钱买机票呢？

眉头一皱计上心头。我马上想到做裁缝的朋友小华，她有一手好手艺，常给人在家里做衣服，手头有不少现钱，她总打电话要我帮她换点外汇券，好托人帮她到友谊商店里买东西。当时中国流通一种"外汇券"专门给外国人使用，和人民币等值，却可以在只有老外才能进出的友谊商店买到便宜紧俏的商品。果然，我去找小华，她马上从缝纫机的小抽屉里拿出了两百元给我，让我有机会给她换外汇券。这样，我的旅行费问题解决了。

当我坐公交车到了民族饭店，又遇到了难题。服务员说我无凭无据，他们不能随便把外国人的东西交给我。我急中生智，找到饭店的经理，告诉他我是这个公司的翻译，刚从广州赶回北京取这个箱子，因为谈判任务紧急，匆匆忙忙赶来，忘了带介绍信。要不然，我怎么会知道这个箱子在这家饭店呢？由于我看上去像文秘，又说的有鼻子有眼，这个经理便把箱子交给了我。

这个箱子可不轻——里面全是文件，我拖着箱子乘公车到东四，又转乘民航专用车直达机场。

到了首都机场，我傻了！怎么买飞机票呢？当时在中国不是有钱就可以买票乘飞机的，而是只有外宾和领导干部才有这种资格，其他任何人一律凭单位介绍信才能购买机票。

当我听到售票员要介绍信时，急得直哭。离飞机起飞只有一个多小时了，我到哪儿去弄介绍信呀！

中国人向来爱凑热闹。这时候，听到我的哭声，逐渐围上来许多旅客。他们不知发生了什么事，小声地议论着：像我这样一个衣冠楚楚、面目清秀的姑娘，在机场售票处哭啼恐怕不常见。终于有个人走近我问为什么这么伤心。我抹着眼泪，告诉他我要去广州给爸爸送很重要的文件却没单位介绍信买机票，他说他可以帮我开个单位介绍信，但不要告诉别人。我很感激他如此拔刀相助。

就这样，我终于买到机票，当天下午坐上去广州的飞机。

这是我平生第一次坐飞机，既紧张又新鲜，还很拘束。旅途中"空中小姐"给每人送一块巧克力和一杯果汁。20多岁的我几乎没吃过巧克力，无意说了一句：“真好吃！”坐在我身边的一个中年旅客微笑着对我说：“你要是想吃，还可以要。”我半信半疑：“那多不好意思啊！”她说：“没关系，我替你要。”果然，她又替我要了块巧克力。

我随即和这个旅伴聊起来，她在广州工作，经常去北京出差。听说我第一次去广州，很热情地说，如果我爸爸没有到机场接我，她愿意送我到爸爸住的宾馆。

飞机刚降落广州机场，就从飞机的窗口上看见爸爸已在出站口等候我了。爸爸一见我，高兴地笑着说：“我就知道你会在这架飞机上，咱家除了你，没人有这本事。”听爸爸这样夸我，心里十分得意。早把回出版社上班的事忘到九霄云外了。

到了宾馆，澳洲石油公司的代表们都欢呼起来——我的当天到达出乎他们的预料。因为他们知道那年头在中国办点事有多难。于是我成了他们的天使，请我与他们共进晚餐。看到这些澳洲高级代表对我的赞扬，使我第一次感到了自身价值。

然而，意外的事情发生了：回北京的机票已经卖完，最近的时间也是第三天下午。

这下子可惨了！

我擅离职守，一连失踪了三天，我家和单位都炸了锅。

我离开出版社是在上午。那天快下班时，伍主任才发觉我不见了。不过，他认为我家里有什么急事，忘记请假就走了。

当天晚上，我妈等我到夜里十二点还没见我回家，急得要命。四姐安慰妈说，“您操那份闲心干吗，娃娃准是跟哪个朋友玩儿去了！”

我第二天晚上还没回家，妈妈正急得团团转呢，社里伍主任上门找我，妈妈一听我一天没上班，这下我妈可坐不住了。四姐却怀疑我跟哪个男朋友到北戴河避暑去了。妈妈为此心急如焚，决定第三天再没我的消息，就去报警。

伍主任从我家回到出版社，立即向社长做了汇报。社领导认为，我在单位擅离职守，对家里也不辞而别，简直是无法无天！决定将我严肃处理并停职检查，同时立即找了一名打字员接替我的工作。

当时国家的很多单位都规定，职工无故旷工三天将被开除。

我是出版社的"知名人士"，我出走一事，很快在全社传开了。

当我乘第三天下午的飞机晚上回到家时，妈妈和姐姐简直目瞪口呆。我向妈妈和四姐讲述我这三天的经历，她们根本不信。四姐说我"撒谎都不挑个好时候"。

那时老百姓家里都没有电话，妈妈无法和爸爸核实，我只好哑巴吃黄连，有苦说不出。

第四天早上我去上班。当我走进出版社，每个人见我都瞠目结舌，不说一句话，就连平时见面儿说的"你好"都没有，甚至有人见我来了便躲得远远的。我才管不了那么多呢，只要我爸爸说我好，就是全世界所有人都不理我也无所谓！刚进打字室，就见到一个十六、七岁的女孩子坐在打字桌前。这个女孩子长得乖乖的，很清秀。我不客气地说："你是谁？怎么坐在我的椅子上？"

这个女孩子被我说得不知所措地站起来，站到一边说："我叫柳欣，是新来的打字员，在这里刚上班两天。"

我一听火了，大声说："你是新来的？谁叫你来的？"

柳欣赶忙离开，跑到主任办公室里。我也跟着进去了。

伍主任一个人在低头写东西，没有发觉我们进屋。

"老伍！"我与他熟了以后，平时只要没旁人我都这么称呼他，"我没辞职你怎么就找替班了呢？"我没好气儿地问。

伍主任被我吓了一跳，一见是我，不高兴地问："这几天你去哪儿了？"

我简单说了一下我没上班的原因。

"有这种事？！那为什么不事先请假呢？"伍主任沉着脸问道。难怪伍主任不相信，连我妈和四姐都不信，何况外人！

"那天没来得及请假呀！天地良心，向毛主席保证，我说的是实话。"

"白露，"伍主任一本正经地打着官腔，"因为你不辞而别，目无组织纪律，社领导已决定将你停职检查了，由柳欣接替你的工作。"

我一听，气得七窍生烟，大声为自己申辩。我说这次广州之行为中国人争得了荣誉，为促进中澳商贸合作贡献了力量，应当受到表扬才是。

伍主任有点受不住了，让我先回去，他和社领导商量一下再说。我就是不走。伍主任被我闹得没办法了，当着我的面给社长挂了电话。我静了下来听他与社长对话。

伍主任放下电话对我说："社长说了，只要你真正认识到这次擅离职守的错误，并在出版社全体职工大会上公开检查，得到群众的谅解，领导可以从宽处理。"

看来这检讨是躲不过去了。我无可奈何，只好回到我的办公桌上写检查。

幸亏我去广州的事，大哥听了相信。这时他已不在山西插队，而是在国务院所属交通部工作。他为我向出版社领导写了封信，证实我去广州给外宾送资料，促使那次中断的中澳商务谈判继续进行。并代我爸爸向出版社领导道歉。我在全社职工大会上也认真做了检查，检查最后写道："要是在战争年代这么无组织无纪律的逃兵，就不知丧失多少战友，所以在和平时期更要注意组织纪律性。"同事们都说我检讨"触及灵魂"，这场风波才算告终。

风波过去以后，爸爸常常打电话让我替他陪同澳大利亚来的访华代表团，还经常去长城、故宫。我常为帮助爸爸的澳洲商务公司做事情而请假，伍主任都批准了，因为他心里清楚：我在出版社工作的时间不会太长了，早晚会出国。柳欣继续被留在办公室工作。而我由于这次事件的发生，再也没心思继续留在出版社工作了。电影《飘》一直影响着我，我希望做一个中国的郝思嘉。于是我把想法告诉了爸爸。由于家庭经济条件有限，我们兄弟姐妹出国要排队：先是三姐，后是四姐。直到1982年才轮到我。

1982年10月30日，这天是我，大概也是出版社最高兴的一天，因为他们欢天喜地送走了一个让他们伤透了脑筋的"瘟神"。这一天也是我一生中一个最重要的里程碑。我欣然告别了出版社的朋友，告别了文南，告别了生我养我的祖国，成为一个游子，从此海外浪迹天涯……

詹森听了我的倾诉之后，不再提及让我辞职一事。

失 落

　　1988年12月，女儿小娜在堪培拉医院出生了。出生的时候，詹森始终守在我的身边。小娜生得白白胖胖，一双凹进去的大眼睛亮亮的，眉毛也很浓，一看就是个漂亮的混血儿。詹森激动地吻着我，感谢我为他生了一个漂亮的女儿。

第三十一章

1988年，堪培拉

1988年12月的一天，阵阵的腹痛把我从睡眠中惊醒。詹森一鼓劲地从床上爬起来，抓起床边早已准备好的衣服穿上，很快我被送进了堪培拉医院。护士只问了几句话，赶忙用轮椅把我推到接生室。

四姐也闻讯赶来。

第一次生孩子，没想到那剧烈的腹痛揪心难忍。每次腹痛我都会失控地大叫一声。唉！天下女人干嘛都想生孩子呢，这么要命的疼痛值得吗？可怜的女人呀！

看到站在床边恐慌又束手无策的詹森，我控制不住那难忍的疼痛，大吼道："赶紧把医生叫来给我打点麻药啊！我看我坚持不住了！"

詹森手忙脚乱、不知所措，更增加了我的愤怒："拿把枪我要把你毙了！受这么大的罪都是你的错！"

四姐急忙过来护住詹森，冲着我说："别这么胡搅蛮缠啊娃娃，天下就你一个女人生孩子哈，人家旁边屋那待产的孕妇也没你这么歇斯底里的！"说着拽了下发愣的詹森。"咱们走，去休息室喝杯咖啡，顺便把医生找来。"几年后四姐生孩子就用了剖腹产，大概被我生孩子那疼痛吓的。

女儿小娜在堪培拉医院出生了。出生的时候，詹森始终守在我的身边。小娜生得白白胖胖，一双凹进去的大眼睛亮亮的，眉毛也很浓，一看就是个极漂亮的混血儿。詹森激动地吻着我，感谢我为他生了一个漂亮的女儿。许多人围在我的床前，欣赏和赞美着婴儿，热情和关爱地轮流抱着小娜，像是迎接新世纪的宠儿。

望着这幸福的情景，不禁想起我出生的情景。那是妈妈告诉我的……

1956年5月25日，一个女婴在北京东单三条的一家医院出生了。妈妈对站在床边的爸爸乞求着："别把这孩子送人……这是最后一个，我不再生了，行吗？！"

一对夫妇在产房门外等待，因为爸爸答应他们将我领养走……

当时我家已经有五个孩子，加上我就有六个孩子了。一家八口全靠爸爸的工资生活，而那时爸爸的工资不高，家中生活不富裕，加上爸爸本来就不喜欢小孩儿，在我出生前爸爸就答应了一对不能生育的夫妻朋友，我出生后即送给他们。妈妈怀着我时也同意了。可生下我以后妈妈反悔了。正巧这时我二表姨也生了一个女孩，而且是第七胎，她家生活也不富裕，便把自己的女孩让给了这对夫妇，事情才这样收场……

1989年元月，小娜刚满月，为了工作，我们决定返回北京。临走前，我动员妈妈同我们一起回北京，帮助照顾孩子。

回到北京，休息了两天我就到澳新银行上班了。有妈妈在家照看女儿我很放心。

也许是因为孩子太小，吃奶粉不消化，一连三天便秘。我的工作又不能耽误，只好每天夜里将我的奶挤到奶瓶里，留给女儿上午喝；每天中午还要开着车急匆匆地赶回丽都公寓给女儿喂奶，再挤一瓶奶给女儿下午喝。当时办事处从建国饭店搬到卢堡大厦，也就是现在的赛特大厦。困得我开车时看前面的路上没人，就闭上眼睛几秒钟休息一下。这样的日子大概持续了半年。连续的奔波，极少的睡眠，高强度的工作都没能消磨我的意志。因为我当时精力异常旺盛，而且对未来充满信心。

妈妈看我每天这么劳累，还坚持工作鼓励我说："这都是暂时的，很快就熬过去了。可别像妈妈，当初妈妈在妇联工作多好，可回到家看见你大哥大姐在外面没人管脏兮兮的真可怜，我一赌气就辞掉了工作，害得我现在总抬不起头来。娃娃，女人一定要经济独立，才不被男人左右。"

谁说不是呢？一直以来，我们兄弟姐妹都认为，妈妈买菜做饭洗衣服当家庭妇女是天经地义的事。如果饭到点没做好孩子们还常常责怪妈妈。妈妈听了也经常伤心地在厨房里一边做饭一边偷偷地流泪。

1989年初，澳新银行北京办事处换了老板，令人尊敬的艾伦被调回了新西兰老家，新来的代表叫迪克，他是一个死板而固执的老家伙，已经快60岁了。他说之所以来北京工作，不是因为他喜欢中国，而是因为来北京薪水高，比他在澳大利亚挣的多出几倍，加上吃住公司报销，还给个人上所得税，澳新银行职员退休前又是按最后一年工资待遇而发退休金。我与他工作不如与艾伦默契，也不适应他的工作风格。

随后不久在北京发生的那场政治风波，给我的工作和生活也带来了意想不到的灾难。

由于詹森的美国公司要求他去香港工作，我也只好临时告假带着孩子与他一起来到香港，暂时去了澳新银行的分行上班。

第一天在香港分行工作，给银行的项目总监杰克做助理，他让我打份文件，打好传真过去，文件上面说要和对方商量一个重要项目。

二话没说我很快将文件打好，立刻传真过去。没过几分钟对方打来电话。

杰克出乎意料地接电话，问对方怎么知道他要谈一个重要项目，对方说："不是你给我发了传真吗？"杰克突然领悟到一定是我把他几分钟前写的文件打好发过去的。

"没想到你办事效率这么神速，这个办公室还没有一个像你这样立竿见影的助理秘书呢！怎么样，白露，你想不想留在香港工作呀？"杰克很欣赏我的工作能力。我只是笑笑，谢谢他的好意。

没想到第二天我到澳新银行香港分行上班，遇到刚从北京来的迪克，他一看见我话没多说就叫我以后别再来银行上班，将我辞退了，就是因为我临时告假，他一气之下马上找了代替我的人选。

迪克居然做出这种不负责的决定，可他是老板，我又能说什么呢？我二话没说，懊丧地回到宾馆告诉詹森这个消息。

"怎么会有这种事？在这种不稳定的时局环境中打击报复辞退员工，还有点人性没有！真是太过分了！"詹森非常生气。"他既然做出这种卑鄙龌龊的事，还身为国际银行中国总代表，真为你们澳新银行丢脸！你应该写信给你们总部告发他。"

我立即写了一封信，传真给澳新银行总部。

澳新银行总部收到我的传真，引起强烈的反响。负责人很重视此事，马上给迪克打了电话。这时候，全世界都在关注中国，作为这么大的国际银行，关心职员还来不及呢，怎么会因此解雇他们呢！所以总部严肃地批评了迪克的做法，并通知我即刻回来上班。

由于澳新银行总部的正确指导，我又回到了香港分行，并工作了一段时间。

后来，各公司又决定来香港的人员全部休假。我和詹森送父母回到堪培拉，接着转机来到了美国波士顿詹森父母的家，开始了我第一次短暂的美国生涯。

"北大荒"人

　　我们从北京离开时匆匆忙忙，根本没时间去银行取钱。我兜里没有一分钱，一个人带着6个月大吃奶的孩子上哪儿去没钱也不行。没办法，我只好放弃住旅店的念头。

第三十二章

1989年，波士顿

这是我第一次来美国。

詹森自己的房子一直没装修。我们暂住在波士顿郊区他的父母家。

位于美国东北部的波士顿，是一个临海的优美城市，大西洋温润的海风每年都如期地吹来。窗外、门前满眼是翠绿的山野，一条小河在路旁静静地流淌，偶然还有一、两只野生动物光顾，在那里悠闲地漫步找食……一切都给人以安逸、舒适的气氛，颇有田园风味。他父母住在一幢很大的别墅里，环境幽雅而又舒适。房子的周围是一望无垠的绿野——典型的北美田园风貌，像风景画一般。附近只有很少的几户人家。我很快就发现：我的性格、爱好和生活习惯与这一切都格格不入。这里对我来说简直就是"北大荒"，并不适合我的生存。

由于时差的原因，我到美国后很长时间都无法适应那里的生活。最令人烦恼的是詹森的父母对我一直抱有敌意——这种敌意从我与詹森在澳大利亚结婚前就开始了。原以为我给他们生了一个漂亮的孙女会改变他们的看法，没想到他们一直耿耿于怀。婆婆最受不了的是我当着她的面使唤詹森做家务。

我对照顾孩子没经验，在北京支使他干活他从来没有怨言。

可是我没考虑到在美国的家里当着他妈的面支使詹森干活居然给自己找来麻烦。

"詹森，小娜哭了，你过来抱抱她！"……

"詹森，孩子尿了，帮我拿块尿布！"……

"詹森……"

詹森的妈妈看在眼里、恨在心里，终于有一天火山爆发了。

那天，詹森和我带着小娜从超市回来，就闻着味道不对。发现她的身上湿漉漉的一大片。原来孩子吃坏肚子拉稀了，我竟然没有发现。我抱着她手足无措地喊："詹森，快过来帮帮忙，小娜拉了一身稀！天，都弄到我手上啦！哎，我说你快过来呀！"

也许我的声音太高，而且用中文喊。这下儿惹恼了詹森的妈妈。她也听不懂我和他儿子说的是什么，反正是命令的口气。她按捺不住愤怒从厨房冲到客厅，拍着桌子大声叫道："露，你这做老婆的真是太过分、太过分了，你以为你是谁？"她气冲冲地说，"你竟然这么使唤我儿子，还当着他妈的面，可想而知你在北京怎么使唤他了！你把他当佣人一样呼来喝去的，我实在是忍无可忍了！"

詹森的大妹妹正在家里度假，也站出来冲着我大发脾气："我真不理解我哥！你如此傲慢、懒惰，他怎么会看上你呢！"

自从我移居到海外生活以后，从来没有被人这样羞辱过。再说了，我不过是让自己老公帮忙照顾他自己的孩子而已，和他们家有屁关系！可我虽然伶牙俐齿，面对她们母女俩一唱一和地指责我，竟气得一句话也说不出来！我咬牙切齿地瞪着她们半天，转身抱着洗干净的女儿冲进了我们临时的卧室，将门重重地摔上。背后，他们一家人炸开了锅。

很明显，这个家庭除了詹森，其他人都在仇视我，准备和我作对。

我在屋子里像一头暴怒的狮子转来转去。突然我听到詹森的妈妈怒气冲冲地对詹森说："……从今天起你不要和她睡在一起，免得又让她怀孕！"

我开始有点窒息。

吃午饭的时候没人叫我，我只好一个人在屋里饿着生闷气。不知道如何是好。突然想到在澳大利亚的爸妈，遇见大事要和他们商量一下才是。

"要忍，"爸爸在电话里劝我，"在外一定要学会忍，尤其是在公公婆婆家，……娃娃，你一个人在美国，人生地不熟。要和他家搞好关系，尤其要注意与詹森妈妈的关系。"

"我根本没做错什么，是他妈故意和我过不去。"我嘟囔着。

"那詹森呢？他根本不该让这种事情发生呀！"爸爸了解我，知道我在发生争执的时候很难控制自己的情绪。爸爸又请詹森接电话，告诉他我第一次去美国，人生地不熟，叫他要尽量调解我和他妈妈之间的矛盾。要大事化小，小事化了。我在家最小，不懂事，遇事稍微让着我点。如果不行，就搬到外面旅店去住。

詹森接完我爸的电话就离开了我们的房间。他虽然口头上答应了，实际上却躲着我。我叫了他几次，他都不肯过来。最后，他只将门推开一条缝，探进半个脑袋和我说话。我知道他是个孝子，只要他妈妈在场，他就不会向着我说话。我让他送我去旅店住，想在路上和他谈谈，争取一同搬出他父母家。听完我说话他让我等一会儿，大概请示了他妈，又推开了一条门缝，说如果我要去旅店住，他爸开车送我。

太可气了！我无可奈何，又给爸爸打电话向他诉说詹森的态度。爸爸也吃惊詹森竟然这么不成熟，他太高估了詹森，詹森也不聪明，怎么能帮着妈妈让自己老婆难堪呢！爸爸劝我实在过不下去就去投奔中国大使馆。

我哪儿能投奔中国大使馆呢？我现在可拿的是澳大利亚护照啊！让大使馆的人知道我是被婆婆轰出门多丢人啊！再说了，大使馆知道的事那全中国就知道了，我哪儿还有脸回北京常驻工作呢！我当然不能自找没趣了！

我们从北京离开时匆匆忙忙，根本没来得及去银行取钱。我兜里没有一分钱，一个人带着6个月大吃奶的孩子上哪儿去没钱也不行。没办法，我只好放弃住旅店的念头。

第二天是星期天，詹森全家要去教堂。我饿得坚持不住了，叫詹森给我煮6个鸡蛋。我一口气将他端来的6个煮鸡蛋都干掉了。听到婆婆和他大妹妹幸灾乐祸地在客厅里哈哈大笑，并挖苦说没见过有谁能一口气吃6个煮鸡蛋的，八成我从来没吃过鸡蛋！我听后顿时眼泪忍不住掉了下来。我小时候家里养鸡，每天鸡都下蛋，除了吃鸡蛋，很少吃肉，怎么能说我连鸡蛋都没吃过呢？太看不起人了吧！我已经忍无可忍了。等她们走了以后，我趴在床上大哭一场。哭完，起来将小娜放在婴儿车里，推着她出了大门。

　　沿着门前的小路一直走，是一条小河。看着清澈的河水缓缓流淌，碧绿的草地上蝴蝶翩翩飞舞，林中大大小小鸟群轻快地追逐欢唱，落树枝的鸟窝里，连小鸟们都有家，可哪里是我的家啊？我心里自然产生一种无家可归的感觉。附近住宅零零散散，路上看不见行人。大家也许都上教堂作礼拜去了。这个鬼地方叫什么名字呢？我想起了中国的"北大荒"，名字真是恰如其分。要是在北京，不认识的人都会过来逗逗你抱的小孩子。随便打个电话哪个朋友都会来陪陪你侃大山。而在这异国他乡，陪伴我的只有孤独和无奈。我脱掉鞋子，在河边坐下来，拿出一个本子想写一封信。我在上面胡乱地写着，不知道该写给谁。一边写一边掉眼泪。我曾想是不是去警察局，不久我便打消了这个念头——因为如果不触犯法律，这里的警察局是不会参与家庭纠纷的。况且，美国警察局当然向着自己人啦。我想起爸爸告诉我，如果詹森不能帮助我，身边又无他人，可以去找中国或者澳大利亚驻美国大使馆。因为我是澳洲公民，而我本身是中国人，这两个大使馆都可能帮助我。但又一想，家丑何必外扬？便又打消了这个念头。

　　我写累了，也哭够了，嗓子又干又渴，便推着小车来到附近的一户人家想要点水喝。一位四十多岁的中年妇女开了门，我向她说明了我的来意。当她知道我是詹森的妻子的时候，非常热情地为我拿来饮料，向我称赞詹森家族在当地是如何的有声望。看来文化差异是我们矛盾激化的原由，跨国婚姻光有爱情是行不通的！

　　我走出她家的时候，看到詹森正在不远处东张西望。原来他回家后发现我不在家里，就急匆匆出来找我。也许他刚从教堂回来，态度比昨天友善多了。上帝一定责怪他不该这么对待我。他一看见我便跑过来将女儿抱起来亲吻，转身劝我回去和他妈讲和，向他妈妈道歉，过去的不愉快便可以一笔勾销。我并没认为做错什么。只是一步棋走错了——到美国度假，和詹森的父母住在一个屋檐下。他们一直对我有偏见，看我不顺眼，尤其我和他们的儿子结婚是先斩后奏，这一切早就埋下积怨。我理解詹森两边不落好，这边他不护着我，那边还受他妈埋怨。这样僵持下去总不是事，总要给自己找个台阶下，也给詹森点儿面子，况且"人在屋檐下，怎能不低头"，这是爸爸常说的话。好汉不吃眼前亏，这里不是我的家，只不过暂住，这口气我暂且忍着。反正一句"对不起"也掉不了一块肉。

我跟着詹森回到了他父母家。他妈妈一脸冰霜似的看着我。我费了很大的力气，才说出了一句"对不起"。婆婆撇了一下嘴没吭声。我也装着没看见。

詹森一家给我的思想压力和精神折磨使得我突然断奶了，不得已开始给小娜喂奶粉。

我和婆婆的关系从表面上看缓和些，但彼此面合心不合。我在找报复她的机会。

两个星期后，已经回到加州上班的詹森大妹妹打来电话，婆婆接电话的脸色由青变紫。詹森无意中透露事情的真相。原来他妹妹的男朋友与她同居了两年多，现在离她而去。

我觉得这正是我向她们讨回公道的机会。

"这个男的真可恶，他怎么可以这么对待您女儿呢？您不觉得他太过分了吗？"一天下午婆婆和小娜在客厅玩儿，我上前搭讪。

"可不是吗！言而无信！他们在一起两年多了，本来是要结婚的！"

"您认为这公道吗？"我瞪着婆婆的眼睛问。

"你这话是什么意思？"婆婆歪着脑袋看着我。

"我当初和詹森也恋爱、同居了两年多，他一直优柔寡断，这公道吗？"

他妈妈愣住了，好像恍然大悟，一句话也没有说。

第三十三章

1989年8月上旬，我们在波士顿住了一个多月。假期虽然结束了，由于西方一些国家对中国采取经济上的制裁，许多国外公司在中国的业务全面停止了，我随着詹森回到北京，不是继续工作，而是搬家。

我面临着两种抉择：跟詹森回美国还是留在北京。我不假思索地选择了后者。

詹森将他在北京的全部物品运回了美国，甚至没有给我留下一分钱。临走时还说："亲爱的，只要你和我一起回美国，我们就单住，不和我父母一起住……"

我没有半点动摇。因为一想到詹森父母对我的冷酷、给我的压抑，詹森那过分孝顺的"一边倒"，就像"三座大山"压在我的胸口上，我果断地说："你自己回去吧！"

詹森对我的固执无可奈何，心情黯淡地独自一人离开了北京。当我带着小娜为他送行时，在北京机场的绿色通道上，他头也没回地走进了海关检查处。

詹森走后，他们公司收回了丽都公寓的房子。我带着8个月大的女儿搬到了水碓小区，在北京开始了新的生活。

之后，我仍然到澳新银行北京办事处上班，处理着大量的海外信函和在北京的各种业务。就在这个时候，办事处更换了新的司机。

新来的司机叫许涛，一个英俊的北京小伙子，在这次政治风波以前曾任一家美国驻北京公司的代表。虽然他比我小八岁，样子显得比我还老成。他的出现不知不觉地改变了我的生活。

北京居民区的治安当时很糟糕，我的轿车停放在居民区里没多久，车的零件就被偷得一塌糊涂。我在愤怒和无奈中不得不卖掉了自己的汽车。从此，许涛就成了我的"私人司机"，每天接送我上下班。

一天深夜，女儿发高烧40度。我怕楼下找不到出租车，耽误女儿看病，便打电话给许涛，请他载我和孩子去医院看急诊。他二话没说很快就驱车赶了过来。

"你一个单身女人带着这么小的孩子还要上班，实在太难了。" 当我疲惫的身子不知不觉地倒在沙发上时，他感慨地说。

"是啊，我真感激你这么帮我。"我心里确实感激他。这时我不禁想到了詹森，但他在地球的那一边，远水解不了近渴。

许涛非常同情我的处境，经常在业余时间帮助我料理家务和照顾孩子。因为他常在下班时间里帮助我和孩子，这引起了一场家庭风波。

许涛已经结婚几年了，有个3岁的女儿。许涛下班后经常来我家，引起他妻子的不满和怀疑。他妻子竟跑到卢堡大厦澳新银行办公室里对我破口大骂。幸好我与她的争执都是中文，老板迪克听不懂我们在谈些什么，只是本能地觉得不会是好事。

我往美国打电话，告诉詹森我的近况：我俩如此地隔海分居，婚姻几乎名存实亡，不如离婚算了。詹森似乎很冷静。他在电话中说："因为我们两地分居你要离婚，我也没有什么话好说，但我要找律师把女儿要回来。北京的生活条件太差了，我不能让女儿在那种环境里长大成人。"

爸爸知道了我的想法，坚决反对："都做孩子的妈妈了，怎么还这么任性！你知道父母离婚会对女儿的心理产生多大的障碍吗？"

爸爸知道我这个人我行我素，办事不考虑后果，他想方设法阻止我和许涛继续来往。

在爸爸和詹森的坚决反对之下，加上许涛的妻子百般阻挠，许涛被调离了我们办事处，他与我见面的机会少了，我们的关系也开始疏远了。

随后又发生了一件不幸的事。一天，妈妈着急回家，不慎在下楼时摔倒，骨折住进了医院。孩子没姥姥看，保姆也就懒得单给孩子做饭，结果保姆自己吃什么就给孩子吃什么，害得女儿一个星期没大便。因为心疼女儿，我只好开始想后路。

不久，詹森到北京看望我们。他看见已经一岁多、漂漂亮亮、活泼可爱的女儿，兴奋地跑过去想抱抱她，女儿却冷淡地招呼他说："叔叔好！"

詹森站住了，眼泪顿时从他的眼里流了下来……

我好像是夺走女儿父爱的刽子手，看到这种情形我恍然大悟，也知道自己应该牺牲什么。要想让女儿既有母爱也有父爱，尤其是让她有个良好的生活环境，我已经别无选择。

就这样，我毅然辞掉了让我骄傲、自信又有美好前程的澳新银行北京办事处的工作，随詹森带着女儿离开了北京。

1990年4月，我第二次踏上了美国的土地——我的第二故乡，开始了在波士顿长达七年的漫长生活。

波士顿的郊外依然是那么宁静和美丽。与第一次不同的是我住进了詹森自己的房子里，这栋房子离他父母家不太远。我的心情也与第一次不同，因为我

放弃了北京的工作，身边除了詹森和我的女儿，再没有别的亲人。我的故乡，我的父母都远隔重洋。无形中我被软禁在美国的"北大荒"，无用武之地，我的前途渺茫。

生活开始变得单调和枯燥乏味：照料孩子、收拾屋子、做饭刷碗，百无聊赖地看电视，脑子里逐渐变成一团糨糊，有时坐在那里看电视发呆，都不知道电视里面在播放着什么。可是每当我站在镜子前时，脸上那一天天加深了的皱纹让我知道自己在老去。

一晃一年多的时间就这么虚度过去了。一天，我在报纸上看到了一个讣告，它对我来说是一个噩耗，令我震惊：1991年9月15日熊教授于北京病逝。我感到万分悲痛、内疚，我觉得很对不住他，后悔那次丽都饭店没有留他住几天。

我心情沉重地整理出过去熊教授的来信。看着他写给我和父亲的亲笔书函，仿佛他那慈祥的面容正对着我微笑……

我随意地打开一封，那熟悉的字里行间，又出现了他的身影……

白露：

电话不尽欲言，十一月十日来函昨收到。澳洲事业虽好，但终非久居之地。平生为人作嫁恐难出人头地。若愿来港，一面工作一面求进，也可似双双之易于选择一如意郎君也。

以汝之做事阅历，顺畅英语，若能在文字上再下功夫，将来前途似锦未可限量。港地各大公司之大亨求才若渴，为事业计为婚姻计当一定离澳来港（为）上策，望与令尊商酌早日定之。

我之行期将定，你如不来，我将尽早迁美，你若能来，我可不去或再等你带汝同去也。

手酸眼痛，不多写了，顺祝平安。

1985年11月25日

露：

早收到了你的信，真高兴。你的英文很不错，你的中文字笔力好极了，若能练习练习，将来一定可以成为一个书法大家。英文也只要随便指点指点就十全十美了。我热盼多多收到你的信，若能早日来港，更是求之不得。

下面这封信是他在台北中国文化大学访问期间写的，用的是中国文化大学的信笺。上面清晰地印着的地址是：台湾台北市士林区阳明山华冈路五十五号。

我亲爱的白露：

方才听见你还在北京，打电话到583555，打不通，我把你（以）前写的地址电话全忘了！我希望这个老地址可寄到！你近来何似？盼详告！我一个人在此，寂寞万分！

现在年纪太大，不比当年，你看字越写越不成样子，手指生硬，笔不经心！我住在文化大学贵宾室，他们替我装了一条直通专线，8615559，你打电话来，不必打学校的总机再转分机了！等你回信再谈。

从爸爸转给我的熊教授的信中，也看出他对我的关怀和期望。信中写道：

……令掌珠露妹前过港时在舍下小住，聪明爽利英语流畅，向上心切，前途有望，虽略欠功底，若能随我学习自可成材，至盼得以来港。他日往英美更有机会向外发展……

一封封充满殷切希望和深情教导的信，勾起我无数美好的回忆，我后悔当时离开他，如果那时我去香港拜熊教授为师，现在也许不会为住在"北大荒"而惆怅了！

记得我在澳新银行工作期间，曾经接到过他的几次电话，但书信已经越来越少了。那次离开丽都饭店之后，他的身体状况越来越差，之后再也没有音讯。

这天看到美国报纸上关于他的讣告，我的心里产生了一种强烈的负疚感，我很明白他对我的期盼——他殷切地希望在我身边度过他的风烛残年，并非有过多的奢望，但我却拒他于千里之外。

但愿这位一生中经历了无数风雨和富有传奇的老人，在另一个世界里原谅我的鲁莽和幼稚，希望他的灵魂能够永久安息！

我随即在堆积如山的相片库里，找到了几张熊教授和我一起的合影，把它们精心地装进了一个小小的相册，珍藏起来。

……

有人说婚姻是爱情的坟墓，也许是真的。詹森越来越没有温柔和亲昵，白天上班，晚上回来守着电视看到睡着。一岁多的女儿陪着我度日如年。我整天被那些可做可不做、无休止的家务缠绕着。在百无聊赖的日子里，生活的单调和苦闷，使我常常怀念昔日的往事，望着窗外的原野发呆。

这天，看着女儿聚精会神地在地毯上玩儿玩具，不禁回想起自己的童年……

第三十四章

1959年，北京

我满三岁的一天，十四岁的大姐带我去东华门幼儿园参加入园考试。东华门幼儿园解放前是教会"孔德学校"的一部分，园长是位"人大"代表。当时入园条件很高。考试结束后，大姐领我去东华门商店买菜。

刚进门，我就被一大盆活鱼吸引住了，站在那里不肯走。大姐让我别乱动，她进里面买点菜就出来。

我蹲在大鱼盆旁边，看着那些拥挤在盆里游不起来的鱼，时不时地用手指头捅它们几下。

时间一久，我有点看腻了，想去找大姐。我在商店里转了几圈也没找到大姐，心想，这儿离我家不远，没有大姐我自己也能找回家。于是，我就朝着大致回家的方向走去。

走啊，走啊，也不知沿着马路走了有多远，只见一群孩子在马路旁边玩儿，我不由地站在那儿看着他们，一个蓬头的男孩子指着我的头说："嗨！瞧她是个小黄毛！"我认为这话不是夸我，很不高兴。周围的孩子见我头发黄黄的系着两根小辫子，也跟着起哄。他们一边拍着巴掌，一边随着节奏叫道："黄毛丫头去赶集，买个萝卜当鸭梨，咬一口，乎辣的，谁叫你黄毛丫头挑大的！……"

我虽然不懂他们唱的是什么，但心里感觉他们在奚落我，气得我直想哭。没办法，只好离开这群孩子继续往前走。走着走着，不知什么时候，天上飘起了毛毛细雨，我加快了脚步……

雨越下越大。我感觉走了好长的路，还是没找到家，马路周围的一切显得十分陌生。我又急又怕，眼泪顺着雨水掉下来。不知哭了多久，忽然间，眼前多了一个阿姨，她举着伞，站在我面前，亲切地问我叫什么名字，住在哪儿。我浑身被雨淋透了，又冷又饿，一边哭，一边说。我说些什么，恐怕对方什么也没听清楚。她领我到了附近的派出所。

我对那个派出所印象极深刻。警察叔叔对我都那么亲切，一位警察叔叔给我擦去头上和脸上的雨水，把我的湿外衣脱下来，换上他又肥又大的干衣服。另一位警察叔叔给我送来了饼干和热水，哄着我别哭。等我安静下来，他问我叫什么名字，住在哪儿。我当时只说出自己和妈妈的名字。因为太累了，吃了几块饼干，喝了点热水，便不知不觉地靠在一张椅子上睡着了。

当我醒来的时候，我已经在妈妈的怀里了。

原来，当全家围着哭红了眼睛的大姐，责备她为什么把我丢了时，听到收音机突然中断了广播节目，播出寻人启事：东华门派出所捡到一个叫白露的女孩儿，请她的妈妈赶快去认领。广播未结束，妈妈马上赶到了派出所。

回家的路上，妈妈买了平时我最爱吃的点心。

……

1990年，波士顿

望着玩积木的女儿，我心里感叹道：她多幸福啊！我又想到了大姐的女儿宁宁。她的生活与小娜有着天壤之别。

1975年，北京

宁宁在小娜这个年龄时，正和大姐住在一间不到十平方米的阴暗的平房里，屋子的地面铺的是破碎的方砖。房间里一张大床占据了房间近一半的地方。屋里没有一件像样儿的家具，只有几个破纸箱堆放在墙角。因为大姐没钱把孩子送幼儿园，上班的时候就把宁宁反锁在屋里。那次我去看大姐，正巧她去上班了。听见屋里有声音，就用指头在窗户上捅个小孔——大姐房子的窗户是老式纸窗户，上面贴着报纸。通过指头大的小孔，我看见三岁的宁宁坐在地上，脸上粘满了鼻涕和尘土，手里拿着一把勺子，她的身旁一边放着一个盛饭的盆，另一边放着大小便用的便盆，那情景真是凄惨极了。

……

1990年，波士顿

"唉，人的命也许真是天注定的。"我望着小娜叹了一口气，转身到厨房给她削苹果。苹果皮被削成小条随着小刀螺旋式地掉到洗碗池里，很快积成了一小堆。望着这堆新鲜、没有一点儿瑕疵还带着一点儿果肉的苹果皮，不禁想起小时候吃苹果皮的情景。

1966年，北京

那时爸爸每天要骑自行车上班。晚上还要翻译大量书稿，身体很虚弱。

当时家里的一切开销都要靠爸爸的微薄收入。早点就吃昨晚剩下的，昨晚没剩下饭第二天早上就没早点吃。妈妈想给爸爸吃些水果帮助恢复身体，当时北京最便宜的水果要算苹果了，妈妈便从生活费中挤出点钱，带着我到商店买苹果。我站在堆满了一筐筐的大小苹果前，想着它们一定有多好吃，口水已经顺着嘴角流到下巴。妈妈让售货员给挑了七个苹果，让爸爸每天吃一个。买好了放在自带的网兜里，那时商店卖东西不提供包装，买米也要自带口袋。我一路上捧着这七个苹果，生怕被谁抢走似的。看见小朋友特意将苹果举的高些，向他们显示我家不是穷人，还有钱买苹果吃！可他们哪知道我哪有那福气吃苹果呀！

爸爸每天吃完午饭睡会儿觉，醒了再吃苹果。这时也是我刚下学。爸爸吃东西很细，只吃苹果瓤肉，由三姐为他准备。我不记得出国前什么时候吃过一个整苹果了。每次三姐削苹果时我和四姐都守在旁边等着。三姐削皮之前先将苹果洗净，我早已等的不耐烦了，两只眼睛直盯着三姐手里拿着的苹果，生怕它飞了。三姐每削掉一块苹果皮我都小心地用双手接着，当苹果皮完全掉到手里，赶快迫不及待地把皮放进嘴里咀嚼起来，一种非常的满足感。等三姐沿苹果核挨刀把苹果肉切下四块端给爸爸后，剩下长长的果核就归四姐啃了。

我当时盘算着是苹果皮吃着香呢，还是苹果核的苹果肉多。当然，更多的想法在我脑海里，是什么时候我也像爸爸一样吃上一整个的苹果。而三姐为了我们两个妹妹吃，她就说她根本不爱吃苹果……

1990年，波士顿

出了厨房，我把已切好的苹果块用牙签插在上面递给了坐在地上玩儿的小娜，看着她吃一口苹果又玩一会儿玩具的，心里很不好受。

"小娜，把苹果吃了再玩。"我哄着她说。

"No！我玩完了再吃。"小娜不耐烦地说。

"好乖，多好吃的苹果呀！来，妈妈喂你吃。"我随手拿起盛苹果的碗，用牙签挑了一块苹果送到小娜嘴边。

"不吃嘛！"说着小娜将放在嘴边的苹果用手推开，牙签的力量小，苹果块一下子掉在地上。

拍！我过去打了小娜屁股一巴掌。

"哇！"小娜大哭起来。我也哭了。女儿出生后我从来没打过她。我边哭边说："这么好的苹果！我小时候哪有你这么幸运，一个人吃一个苹果啊，我们还要排队吃苹果皮，你气死我了！条件好了你也不能忘本！吃！把地上的苹果捡起来吃了！不吃我就把你的玩具都捐给教堂去！

小娜一边抽噎着一边捡起掉在地上的苹果放进嘴里。

唉，其实小娜她又哪里懂得我这当妈的心呢！我像个泄气的皮球，一屁股坐在沙发上……

我正在生闷气，有人敲门，我赶忙跑过去开门。原来是一个商品推销员。我开门请他进来。

每当有人敲门，无论是推销员还是传教士，我都请他们进屋，为他们端来饮料。这样我就可以和他们聊会儿天儿，虽然免不了买一点没用的东西，但总算有人和我说说话，解解闷儿。

詹森的父母来串门时，闲聊中我把那些推销员来家里的事情告诉了他们。

"噢，我的上帝，这简直太可怕了！你知道这有多么危险吗？"婆婆激动地站了起来，"你应该看看《美国通缉者》（*America's Most Wanted*）和《没有破解的疑案》（*Unsolved Mysteries*）节目！"

我一直以为我居住的地方很安全，看完詹森妈妈推荐的这两个节目后，我再也不敢随便开门让陌生人进屋了。

不能让陌生人进门，整天闷在家里，我只好想别的办法解闷儿。我很少看电视，无论是在中国或者在澳大利亚，我认为那是浪费时间，除非看段新闻联播。一天，当我提前一小时打开电视，准备收看电视节目《没有破解的疑案》，电视正播送一个黑人女主持人的访谈。她聪明、漂亮、幽默、风趣，整

个节目她都表现得十分真诚和坦率。根本不像那些商业广告节目，为了推销商品而欺骗观众。她坦率地向观众讲她的隐私，讲她是如何被她的舅舅强暴。这个节目令我十分感动，因为一般人不愿意向别人透露自己的隐私，特别是向电视观众披露她的隐私。真是个了不起的女人！这个节目结束后，我注意到这个节目叫"欧帕若·吴姻福瑞访谈"（*The Oprah Winfrey Show*）。从那时候起，我几乎每天准时收看这个节目。不久，我找到了"有生之年"（*Lifetime*）频道，看起来也很有趣。

然而，一个人不能整天看电视，最多一天只能看上几个小时也就疲倦了。我仍然需要有人与我聊天儿解闷儿。我开始寻找聊天的对象和机会。

站在窗前，我发现每天上午十一点钟左右邮递员会开车路经我家门前。于是，每天上午十点半后我就等着送信的来，好跑出去和他搭讪几句。遇上我临时上厕所，就让女儿帮我在窗前把风，还嘱咐她说，别贪玩走神儿让邮递员走了。久而久之，邮递员也躲着我了，他到我家前提前把信件准备好，用最快的速度把信件扔到我家信箱里，开着车就跑，生怕我出来截住他和他说话——耽误他的工作。

对于我，一个性情活泼好动、喜欢社交、有专业技术的职业女性，被迫辞去了澳新银行的工作，生活在几乎与世隔绝的"北大荒"式的环境中，早上我和小娜还在睡梦中詹森就出去上班了（他的工作单位很远），晚上我和小娜睡熟了他才回来。这里的邻里之间"鸡犬相闻，老死不相往来"，家里一天到晚冷冷清清没人来。鉴于安全的原因，又不敢让推销商进门。整天只是三顿饭，不和人交往，简直就是精神摧残！我本来就不喜欢做饭，一做饭就望着炉台发呆。烦躁令我的脾气一天比一天坏。这里的生活与我青年时代的理想相差太远！

寂寞中，我时常望着一岁半的女儿感叹："唉，这个世界中只有你和我，没有朋友、没有人来与我们聊天儿解闷儿。"

这时小娜像个"小大人儿"似的说："妈，我也是人呀，我就是你的朋友呀。"

我被她感动了，搂着她说："我知道，亲爱的。"她那幼小的心灵又怎能理解我的心情?

我开始在她的身上下功夫,我每天给她讲故事。例如迪斯尼乐园和它的童话世界,她静静地像很懂似的认真听,有时候听得笑逐颜开,有时候唱迪斯尼童话中歌曲。我很想学秀兰·邓波儿(Shirley Temple)妈妈,希望有朝一日哪位导演能看上小娜,带她到摄影棚去试镜,将来能成为小影星。

我把这想法同詹森讲了。他反对。詹森说:"电影界中因为演技而成功的明星很少。我的表弟就是电影演员,可现在没人请他去拍戏。请不要让我们的孩子走这条路。你要愿意你可以去做,别影响我的孩子。不过,遗憾的是,你的年龄要当演员老了点儿。如果你能返老还童,变成十岁的女孩儿,而且在台湾,也许能实现梦想。但是现在,亲爱的,如果你去台湾拍电影,他们会让你扮演一个老太婆,你不用化妆就可以上场。"

那时我34岁,面对詹森的戏谑无言以对。

偶尔周末,我同詹森带孩子一起到他父母家吃饭。

一进他父母家。詹森就把我和孩子晾到一边。他母子俩也不知哪来那么多话要说。他爸爸向来是坐在一边看报,我和小娜犹如隐身人在屋子的角落待着。到了吃饭的时候更是令我头疼。

吃的东西很丰富。牛肉、羊肉、意大利面条,甚至还有我从来没吃过也不想碰一下的龙虾。看着那沾着血迹半生不熟的牛肉和羊肉就令我倒胃口。詹森妈妈表现得很殷勤,做一些亚洲食品给我吃,当然是从菜谱上学着做的,但是那味道还不如我自己泡一碗速熟方便面。

对我来说,去詹森父母家简直是一种精神折磨。

相反,詹森更喜欢待在他父母家。我多次催他早点回家,他根本不听。我不得不用中文小声对他说:"如果你高兴的话,请你先把我和小娜送回家,然后你再回来继续和你妈聊天。"他妈不允许我们当着她的面讲中文。

那时我们只有一辆汽车。通常一个美国家庭都有两辆汽车,一辆丈夫上班用,一辆妻子带着孩子逛街购物用。

我深信,如果我是他家孝顺的儿媳妇,他一定希望他父母和我们同住在一个屋檐下呢。

我开始教女儿不要每周末都去看爷爷奶奶。

詹森知道后非常愤怒地说："我警告你,别在我家里拉帮结派。小娜现在这么小,你就怂恿她和她的爷爷奶奶搞对立!"

生活给我的精神压力越来越大。我想,这种苦恼只有给堪培拉的妈妈打电话才能解脱。

一天我给妈妈打电话,她在电话中说："喂,是你吗?娃娃,怎么这么久没给我们来电话呀?我和你爸爸都很想念你。你过得怎么样?我想,詹森一定待你还好吧?"那个年代打国际长途电话都用座机直拨。

妈妈的问候让我泪流满面。我只好说:"妈,我这里的生活很难说清楚。您还记得《红楼梦》里的探春吧?我小的时候您给我讲过她的故事。她的父母把她嫁到很远的地方。她很难回去看她的父母,后来的处境很凄惨。我现在的处境恐怕比她还糟糕。看来,嫁给外国人可不是那么简单的事。我现在一个人和小娜待在家里,与世隔绝。詹森也没时间关心我。"

妈妈很担心我的处境,她说:"那太糟糕了。这样下去你会生病的。把你的委屈告诉妈妈,你心里会好受点儿。"

随后我告诉妈妈,到波士顿后我没有出去工作,整天只和一岁多的女儿小娜在一起。詹森一有空儿就往他父母家里跑。没车我又出不去门,没人和我交往,生活枯燥乏味。我也告诉妈妈我请推销员到家里、后来为了安全又拒绝他们来。我还告诉了妈妈周末我到詹森父母家的感受。

"詹森每个星期六、日都不在家吗?"妈妈问,"他应该抽出一天在家陪你和孩子呀。你们可以一起去公园转转。整天在家里待着对你的身体不好。"

"您说得对!妈。詹森整个周末都不在家。他星期六在他父母家,星期日同他父母去教堂。一周内只是抽一个下午到商店采购一周的食品。他认为我家的后花园和波士顿的公园没什么区别。我们的后花园比您在堪培拉后花园大多了。但是它怎能与波士顿的花园相比?我家后花园除了浣熊和猫狗小动物,什么都没有。您还记得北京街道上卖冰棍儿的老太太吗?她还能跟街上一群小孩子聊天呢。我连她的那点乐趣都没有。"

妈妈提醒我说:"你还在写小说吗?过多地写自己的事儿不好。那些事情都发生在'文化大革命'中,现在没有谁再谈论那些事儿了。说自己隐私不好。更不要得罪别人。要记住，有些人会因此报复你。为了孩子和你将来可能回北京养老，少招惹麻烦。"

妈妈用一句老话提醒我："你心里的秘密只要你不说，神不知，鬼不觉。"

我还有一件十分苦恼的事情：自从回美国后，我和詹森作息时间都不一样，所以很少过夫妻生活。可这事怎么对妈妈启齿呢！

妈妈在堪培拉电话里说："我非常担心你的处境。你是家里最小的孩子，小时候，我很少叫你干家务活儿，我认为美国生活条件好，詹森对你也好。你们怎么不请一个保姆帮你？你说你周围没有一个人，那些美国人都到哪儿去了？你总会有邻居吧？"

"妈，我们住在波士顿的郊区。我们的邻居都离我家很远。邻近右边的一家是一对七十多岁的老两口，他们的儿子病死了。为了减轻苦恼，那个老太太整天喝得烂醉。詹森警告我别去惹她，担心她会因此伤害我们的孩子。

"对面的邻居是一对年轻夫妇，他们没有孩子，女的白天工作，男的失业在家，整天挨门挨户地宣讲《圣经》。周围的人躲他都躲不及呢！

"邻近左边住着一个八十岁的老太婆，她家白天总是锁着。我从来没见过她。我家后面不远是一片森林。詹森认为我要车没必要，因为他不喜欢我带孩子到处乱跑，并说这里可没那么安全，如果开辆车坏在半路上，遇到坏人再出点事。早知道这样，当初真不该离开北京，真不该放弃澳新银行的工作！"

听了我的诉苦，妈妈叹了一口气。我本来是想和妈妈在电话里聊聊天，没想到妈妈会因此而担心。

"妈您别为我担心，其实我可以把孩子送托儿所，出去工作。但詹森妈妈说，这里的托儿所有虐待孩子的历史。除此之外，这里的空气和环境包括居住的条件还蛮舒服的。"我清楚地记得詹森妈妈的话："露，你有房子住，冰箱里有吃的，你还想再要什么？"

詹森不抽烟、不喝酒、不赌博，不到外面搞女人，又安份守己。在北京他属于模范丈夫那种，我很清楚多少女人都追他。他唯一的缺点就是像孩子似的老往他妈妈家里跑。

"那么，你感到孤独的时候就给我打电话吧。我们只有12小时的时差。妈妈一天到晚也总在家里……"

我的父母70年代移民澳大利亚，按通常的情况，他们的年龄早就该待在家里了。我生活在新时代，长期在外工作，一下子失去工作待在家中当然感到不适应。所以，这个时候我最大的乐趣就是往澳大利亚的父母家打电话——和爸爸谈谈心，和妈妈诉诉苦。

　　当邮递员把这个月1400美元的电话账单送在詹森面前时，他的脸变成了紫茄子。"白露，这月电话账单是1400美元，你知道嘛，1400美元呢！难道你不清楚？真是令人难以置信！但愿是电话局账单出的错！我的天哪！"

　　别看詹森在美国是个大公司的高级电脑工程师，拥有自己的别墅和汽车，几千块的月工资也换好几万人民币呢！可美国高收入高消费，他三分之二的工资都付了税、房贷、保险和水电费。剩下的钱要供汽油和一家三口人的一日三餐。很少看他去逛商店买件新衣服和皮鞋。身上仍穿着1985年第一次被MBI派到北京工作时制作的西服。在日常生活中他也比一般中国人省吃俭用。所以这1400美元的电话费可是要了他的命。

　　他说话的声调那么高，一副讨债的样子，哪还有当年在北京工作时那潇洒英俊的风度啊！回到美国，他完全换了一个人。

　　我的心跳也很厉害。1400美元啊！我从来没想过打长途电话会花这么多钱呀！

　　詹森情绪如此反常，我也无言以对。

　　詹森马上给他妈妈打电话："……妈，咱家过去收到过1400美元的电话账单吗？这恐怕是电话公司搞错了。1400美元的电话账单，怎么能那么多？"

　　她妈妈给他出主意："让你老婆去澄清事实。"

　　詹森放下电话，手里挥舞着电话账单，愤怒地质问我："是你打了那么多的电话，对吗？为什么不大声回答？"

　　我本来是一个敢作敢当的女人，面对仅仅是因为一份电话账单就对自己的妻子大动肝火的人，真令我失望。我很镇静，也不屑回答他。

　　詹森看我如此镇静，他也平静下来了，对我说："我让电话公司再查查，恐怕是他们记录出了问题。"随即给电话公司挂电话。

　　我不想让詹森在电话公司碰钉子，立即镇定地对他说："不需要了。这些电话是我打的。但是，我没想到费用会这么多。"

詹森向我冲过来，几乎失去了理智："我就知道是这样！我就知道是你打了这么多的电话！"他已经不能控制自己的情绪，连话都说不清楚了。他把电话账单摔给我，怒道："你当然得付这个账单。你知道我每月就挣那么点工资。上楼去，拿出你的私房钱！我知道你把离开北京前开的工资揣进兜里了。"他握着我的胳膊就往楼上拉。

他说的是实情。我没有把北京最后一个月的工资存进银行。

我厌恶地对他大声说："你放开我！我真后悔辞掉北京工作和你来美国——都说美国是天堂，好多中国人还绞尽脑汁想来美国，可他们哪知道这是个鸟都不生蛋的地方啊！我一个大活人带个一岁多的孩子住在这儿都快憋死了！我只不过给我妈打了几个电话，谁知道这电话费这么贵呀？！"

我猛地挣脱出他的手，摆脱他的束缚跑上楼，来到我们的卧室，拿出我的钱包，紧紧握在手里，想找个地方藏起来，让他没法从我的手里抢到钱。

詹森紧跟着我，冲进卧室，试图抢我手里的钱包。我奋力逃出他的围堵冲到楼下，可又不知该把钱包藏在哪儿好。

小娜见此情形吓得躲到沙发的后面。我也没时间去照顾她了。

几乎就在同时，詹森已经喘着粗气追着我下楼了。他很快抓住我的肩膀，我没站稳，两人跌倒在沙发上。

"1400块钱，你真疯了！打1400块钱的电话！"他完全失去了理智。

我被他那180磅的身子压在底下。他用一只手抢我的钱包。

我无奈地大喊："小娜，快来！"

小娜跑过来，用小手拉詹森的衣服喊道："爸爸，别这样对待妈妈，爸爸，你起来嘛！"

詹森最后还是抢到了我的钱包，随后放开了我，跑上楼。

这场争夺战令我头昏目眩，我满脸是泪。那钱包里是我仅有的钱哪！而且不止1400块钱呀！我立刻抱起惊恐的小娜冲上楼梯，好像她是我的护身符，同时喊道："还我的钱！你这个吝啬鬼、葛朗台！"

当我跑上楼时，詹森已经跑进卧室，从里面把门反锁上了。

这是一座200多年前维多利亚式的老楼房，所有房门和窗户都是用小方块玻璃镶嵌的。楼上卧室是扇玻璃门，是用18块玻璃镶嵌的。

我不停地敲门，他却拒绝给我开。我越来越生气，喊道："我喊'一、二、三'，如果你再不开门，我就把门的玻璃打碎，可别说我没警告你啊。"他继续回避我。我开始数数了："一、二、三。"他仍然不开门。我举起拳头全力朝门下面的玻璃打去。

玻璃被打破了，碎玻璃散落一地。

詹森踩着碎玻璃走出门来，冷冷地说："我只从你的钱包里拿走1400元去付电话账单。你还应该付你打碎的玻璃钱。我知道你钱包里还有钱。从现在起，你打的电话我都按分钟记着，你不是在写小说吗？如果它出版了，到时候你可以用稿费付你电话费。"说完，他头也不回地开车走了。

家里死一般地寂静，只剩下我、小娜和一地碎玻璃。

电话账单的事件发生以后，我的情绪一天比一天坏。又少了给妈妈打电话的乐趣。每天一切如故，时常望着窗外发呆，还要准备三顿饭，生活枯燥乏味——这和行尸走肉有什么区别！小娜越来越缠人，不管我心情有多坏，总没完没了地磨我陪她玩，给她讲故事。我好不容易做点饭，她一闹，米饭不是糊了，就是半生不熟夹生的。我一赌气把她抱在沙发上，打开迪斯尼或NICK儿童电视节目，不管她爱看不爱看。时间长了，就成瘾了。现在回想起来这恐怕是她成长过程中的一个遗憾。当然，尽管如此，还是稀里糊涂地过了一个年头。

詹森回家看我总是愁眉不展，整天不出门，老穿着那身运动衣，看上去上下一般粗，又没有打扮的理由，心情坏嘴巴就没好话，他也懒得搭理我，风流和温存在他身上荡然无存了。

第三十五章

唉！要知道结婚生孩子女人会变得这么丑陋，男人变得如此冷漠，婚前干嘛要自作多情！其实影视戏剧和书本上的女主人都这样告诫过天下的女人，可没有一个女人听得进去，我也如此！

詹森对我的态度令我更加怨气冲天。他一回到家里，我总找茬儿和他吵几句，包括刮风下雨，都是他的错。久而久之，我们之间的感情到了濒临崩溃的边缘……

每年的十月份，台湾友好协会都邀请詹森参加聚会。而我来美国这么久，他从来没有带我去过。甚至其他社会上或者公司的聚会他也不肯让我同行。

詹森的行为让我醒悟到，家里的老婆孩子对于老公来说，不过是家中的摆设和传宗接代的工具，最多与宠物画等号，像汽车、电脑甚至一套高尔夫用具什么的。他们有条件了，就把我们放在家里，用着了就使一下。用不着了就放在房间里"存"起来。我不甘心如此受冷落，决心报复他。

那天双十节，詹森晚上11点多才回家。给他开门时，闻到他浑身酒气，心里没好气，劈头盖脸冲他叫："下班后你又跑到哪儿去了？！你不是从来不喝酒吗！"

"我有宴会！"詹森不耐烦地推开了我，到厨房里开冰箱倒饮料。

"什么宴会？我怎么没听说呀？"我追着他问。

"其实跟你说实话，人家本是邀请夫妇同去的。"詹森酒后说漏了嘴。

"那你为什么不请我去呢？"我强压心中的怒火说。

"请你去？不看看自己现在是什么样子？哪还有点过去的风采嘛！"詹森肆无忌惮地撒酒疯。

我本来在找茬儿发泄怨气，他竟敢侮辱我，真把我气疯了！我今天没过去的风采还不是你害的！我要留在北京工作，能变成这样吗？！

"那你一个人去的？"出乎意料我竟然这么问他。

"带我妈去的。再说，你从北京来，我们参加的又是台湾聚会，你去不合适！"

我的心简直要爆炸了！

我歇斯底里地嚷道："你太过分！宁肯带你妈那老太婆也不愿带我去，你妈总是破坏我们的婚姻，挑唆你离开我。你把我当成什么了！"说完，随手就打了他一个耳光。没想到他反手还击，一巴掌重重地打在我的脸上。

他居然还手！

除了我爸以外，这是我第一次被男人打！我向后踉跄了几下，靠在门框上。头"嗡——"的一下炸开了，完全失去了理智。我疯狂地抄起水池旁立着的一把菜刀，抡圆了胳膊朝詹森砍去。詹森本能地抓起身边的椅子一挡，菜刀重重地砍在椅子背上。我蹿过去拔了几下没拔出来，转身又抄起砧板另一把菜刀。詹森的酒被我吓醒了，一个箭步冲到我的身旁抓住我的手，夺过我手中的菜刀，扔在地上，死死地抱着我。

"白露，你疯了！！！"

"我是疯了！"我声嘶力竭、连哭带喊着，"是被你逼疯的！被你妈逼疯的！我为你放弃了北京那么理想的工作，住到'北大荒'这鸟不生蛋的地方，你不但不关心我，还这样孤立我！"

我在他的怀里挣扎着大喊大叫，拳打脚踢，不知不觉气昏了过去。第二天早上醒来，我发现自己躺在詹森的怀里。

"让我们重新恋爱吧！"詹森吻着我说。

十个多月以后，我们的大儿子出生了。这可乐坏了公公和婆婆。他主动来看孩子，给孙子做牛肉汤，还让我去附近的米德尔塞克斯学院读幼儿教育。尽管如此，我还是存有戒心。这种僵局一直持续到1993年的复活节。

这一年，女儿四岁，儿子一岁，为了改善和我的关系，也为了弥补詹森一生的遗憾，他向我提出在教堂完婚的建议。因为他是天主教徒，没在教堂结婚等于没彻底结婚。要在天主教堂结婚，我必须先接受洗礼。

我答应了。我知道住在当地的大多数人都是天主教徒，周末都去天主教堂做礼拜。

当我第一次进入教堂的时候，便被教堂里那种庄严肃穆的气氛感染了——上百人虔诚而专心地坐在教堂的大厅里聆听神父一个人在台上讲解《圣经》，而神父那端庄的神态与虔诚的教诲，令人由衷产生敬仰。

"……你到神的殿，要谨慎脚步……你在神的面前不可冒失开口，也不可心急发言，你的言语要寡少。……事务多，就令人做梦，言语多，就显出愚昧。你向神许愿，希望神偿还。……所以你许的愿也应当偿还。你许愿不还，不如不许……"

神父的话是对在场所有人说的，但我觉得其中的一些道理像是针对着我的。我原来不知道外国人所信奉的宗教到底是怎么回事，现在觉得有它的道理。

我从小就唱《国际歌》。在我的思想中，"从来就没有什么救世主，也不靠神仙皇帝，要创造人类的幸福，全靠我们自己"。我以前没有接触过宗教。我出国前宗教在中国大陆的老百姓中根本不被接受。

随后，由当地牧师介绍，我参加了波士顿天主教堂的教会学习班。经过一段时间宗教学习之后，在一次教会典礼上，红衣主教在祭坛上承认我为教徒。他郑重地宣了这个决定后，从祭坛上向我走来，站在我的面前，慈爱地拥抱我。周围的教徒们都为这个场面而兴奋。然后，他在举行圣餐前给我三分钟的时间，让我对着教堂里的众教徒讲几句话。

庄严的天主教堂异常肃穆，来自四面八方的一千多位教徒关注着我，詹森的妈妈紧张得双手发抖，生怕我会讲出什么不该说的话。我站在神圣的讲台上，拿出我准备好的发言稿，郑重地大声朗读："我叫白露，来自中国。……在世界一些国家，包括过去的中国，存在着重男轻女的世俗偏见，认为只有男人才能传宗接代，女人出嫁后就放弃了家族的姓氏，为丈夫生孩子、做家务。所以，许多年轻的夫妇一生下女孩，就抛弃了……可在天主教大家庭里，无论是男人、女人，无论是穷人、富人，都受到尊重。父母都爱他们的孩子——无论是男孩、还是女孩，老师爱他的学生，牧师爱他的教民，大家都是兄弟姐妹，上帝爱我们大家！……"

当我结束讲话，每个人，包括教堂的牧师都站起来为我鼓掌，不少教徒走过来和我热烈地握手。有人还送给我罗马教皇的照片。詹森走过来拥抱我。那场面我至今记忆犹新。

为了满足詹森和他父母的愿望，在复活节的这天早上，正式接受了天主教的洗礼。第二天，神父为我们举行了隆重的结婚仪式。

我的婚礼完全是戏剧性的，如同墨西哥影片《叶塞尼亚》情节一样。在詹森家人的心目中，我与詹森在北京澳使馆和堪培拉政府登记的婚姻都不算数，只有得到了上帝的认可，在教堂举行婚礼才算是真正的夫妻。

那天，詹森家族在美国的大部分亲属参加了我们的婚礼。我三姐和姐夫代表我的娘家从澳大利亚来到了波士顿。

詹森一家是典型的意大利血统的美国家庭，全部都是虔诚的天主教徒。这个仪式的举行意味着我将成为他们家中的一员了。

一大早，三姐就为我忙碌新娘的装扮了。将自己打扮成世界上最美丽的新娘，大概是每个女人的梦想，我穿上那件从巴黎买来的婚纱。三姐作为我的傧相也打扮的非常漂亮。

一辆超豪华的LIMO已经在门前等待多时了。按照他们的习惯，这时所有客人已在教堂里静坐等候了。

新娘父亲的角色由三姐夫代替，作为拿鲜花的女儿小娜也打扮得像个小公主。

瓦格纳的《婚礼进行曲》"新娘来啦"响了起来。这支曲子以前我听过许多遍，但都是为别人演奏的。今天它是为我演奏的，听起来的感觉完全不一样。我的心兴奋地跳动，全身热血沸腾，热泪盈眶，沉醉在幸福之中。

慈祥的神父进入教堂，整个两小时的婚礼像在梦中一样地结束了。

当天晚上，詹森的妈妈为我们在饭店里举行了婚礼晚宴。像电影里一样，等客人们入席后，我俩最后进来，唯独不同的是我的手里抱着小迪。然后我们跳舞，举杯，切蛋糕，开心极了！既然婚礼这么开心，每年都应举行才是！

按美国人的习惯，新娘家应当承担上述婚礼的全部费用，而婆婆支付了全部费用。我想这也许是她想缓解和我之间的矛盾吧。为此我心里非常感激。

自从加入教会，与婆婆全家的关系逐渐融洽起来。

随后，当地的报纸对我进行了采访，并在报纸上刊登了我的照片。我感到，我在家庭的地位有所提高，意识到自己的价值。

随后，我在美国的"北大荒"又熬了几个春秋，并有了第三个孩子。

第三十六章

1996年5月的一天，电视台的一则商业广告中，一个在波士顿海港的游艇上举行了三个小时的晚餐和舞会引起了我的注意。

我想："要是我的40岁生日也能在那里举行该多好呀！"没多想，便拿起电话预购了游艇。

我的生日来到了。

早晨，詹森醒来，亲了亲我的脸，微笑着说："生日快乐，亲爱的。"

"醒了亲爱的？你打算今天怎么给我过生日啊？"我回答他的亲吻，心想怎样告诉他晚上的生日聚会将在游艇上举行。

"去意大利餐厅好不？"詹森亲切地提议。

我撒娇地说："不嘛，我要去个特殊的地方。"

"好啊！你说吧！还有我没去过的饭店？哦，昨天我妈说让我俩单独过一个晚上，她今晚来咱家帮我们照看孩子。对了，你刚才说要到哪儿去吃晚饭？"

"我在想，你可别反对啊。"我用手指轻轻点了他鼻子一下。"咱们在游艇上吃晚饭怎样？"

"游艇？你是说在游艇上吃晚饭？啊！你没有搞错吧？又是电视广告搞的鬼，是不是有点太奢侈了哈？"詹森疑惑地问。

"人家可以去，为什么我去就叫奢侈？今天是我40岁生日，夸张一下怎么啦？再说啦，我已经用信用卡买了票，不去就作废了啊！"

"那好，那好。如果你非要这样过我就恭敬不如从命了。"詹森没有和我争执。

下午，我用了两个小时打扮自己。我仔细地化了妆，穿上中国式紫红色镶着凤凰珍珠的旗袍，那是19世纪中国女人最时髦穿着，紫色的丝光闪烁，依照人体的曲线手工缝制，是那年我在香港买的。我还穿了一双4英寸的银色高跟鞋。然后照着镜子自我欣赏，感觉自己的丰韵犹存。

　　晚上五点，詹森的父母来了，不久，他们看到了我穿着停当从楼上悠然走下来，目瞪口呆地盯了我好几分钟。詹森的妈妈目不转睛地看着我问："哇！吓我一跳！你俩这是要去哪儿啊，打扮成这样？"

　　"我俩到波士顿海湾，在游艇上进餐，妈妈。"詹森过来向他父母打招呼说。

　　"我的上帝！波士顿海港游艇上？我在波士顿活了这么大岁数，还没去过那里呢！圣母玛丽亚！"

　　我理解詹森父母为何如此地感到意外，因为在游艇上进餐庆贺生日是有点奢侈，但是我认为值得。

　　当我与詹森到达波士顿海港时，看到一艘大游艇已经在码头上等候我们了。船上许多女人穿着华丽漂亮，所以，我觉得我的穿着并不过分。

　　几分钟后，游艇离开码头。我靠着船的栏杆望着岸上的美景从我身边掠过，我的精神压力和日常的烦恼一扫而光。记得小的时候，我们兄弟姐妹过生日都是给妈妈过，因为那天是妈妈的"受难日"，做孩子的要给妈妈磕头，要感谢妈妈带我们来到这个人世。到了澳大利亚才知道生日是给自己过的，所以我非常庆幸我的生日在这里度过。人生短暂，干吗不享受啊！

　　晚餐的服务员是个很精神的小伙子，当他为我们上菜的时候，我注意到他的眼神始终没有离开过我。

　　我们兴致勃勃地进餐。詹森悄悄对我说："你没觉得，几乎船上的每个人在时不时地盯着你吗？"

　　当然，我注意到了。只是不想让詹森感觉别扭，没有告诉他而已。

　　"他们是在看我吗？"我故意反问。

　　随后，音乐开始了。

　　"我们跳舞好吗？"听见音乐我情不自禁地想跳舞。

　　"别急，等舞池人多点儿再跳。"人少的时候詹森跳舞总有点拘束。

"别顾虑什么，这里没人认识我们。来，詹森。"我把他从椅子上拉起来。

詹森没有拒绝，拉着我的手信步走下舞池。我们开始跳起来。许多对舞伴相继加入。

一对伴侣舞到我们身边。男伴儿靠近詹森说："你的舞伴非常漂亮，你一定注意到了，我们餐桌上的每个人都在议论和赞赏她。"

詹森感到很骄傲："她是我的妻子，她来自中国。"

对方又说："你很幸运有这么漂亮的妻子。"

"谢谢你。我第一次来到这里。"听见恭维，我开心地说。

"哇，真的？如果我要是有像你这么漂亮的妻子，我会常带她来这儿。"

——我怎么能向他说出，首次到这里进餐也要下很大的决心呢！

当我与詹森回到餐桌，詹森对我说："那你现在知道我为什么不愿意带你到任何地方去了吧。"

我能说什么呢？记得上个月我们一起参加詹森表弟婚礼的时候，他的表弟对他说："我现在知道你妻子来到波士顿后你为什么一直不让我们见到她。如果我有这么漂亮的妻子，我也会把她藏在家里。"我猜这一定是意大利家庭的传统：让他们的妻子在家呆着。我恨在意大利人中流传的一句老话："让老婆在夏天怀孕，冬天赤脚。"

三个小时的游艇晚餐很快地度过了，我在这天晚上的兴致仍然未尽。不过，为了让大家都尽兴，我也不得不收起我的兴致回家，因为詹森的父母还在家里替我们照料着孩子呢。

有一天我正在哄孩子们玩儿，突然接到了一个电话——竟是多年不见的文茜打来的。原来，她丈夫到美国进修，她来陪读。她在电话中告诉了我关于他哥哥文南的事。

当初，我离开中国后不久，他就和别的女人结婚了，而且计划到加拿大定居。由于他工作脱不开身，他妻子先到了加拿大。不久，当他赶到加拿大，才发现他妻子取走了他在国外的全部存款与别的男人同居了。文南很快身无分文，后来竟到教堂去充饥！天下还有这种黑心肠的老婆！当然，他们很快就离婚了。

我听文茜说完，吃惊不小。非常同情文南的遭遇。可是一想起我出国后他对我态度的转变，我没好气地说："也许这就是他喜新厌旧的报应吧！想当初我给他写了那么多的信，他一封也没回。1983年他们记者协会的一个老太婆带领中国新闻记者代表团来澳访问，——她叫什么名字来着？我给她500澳元请她途经香港时给你哥哥买台21寸的彩电，作为我送他的礼物。没想到他连封感谢信都没给我写。——你说，天下有这么绝情的人吗？"

"哪有这种事？我家从来就没有21寸的彩电呀？更没有什么代表团从澳洲回来给我哥哥带东西！还有啊，他们单位有个女的为了追求我哥，把你所有从澳洲来的信件都扣留了，我哥一直被蒙在鼓里。后来还和这个骗子结了婚。"

"有这种事？这就难怪了！"我放下了电话，明白当年为什么文南一直没给我回信。那年代打个国际长途电话不那么容易呢。

一会儿电话又响了，原来是文南打来的。他同我说，我俩的事坏就坏在那个女同事手里，因为长期没有收到我的信件，他就和那女同事结婚了。他还告诉我，那500澳元一定是代表团的那位女领导贪污了，这女领导早就知道我的信被她"部下"扣留一事，她扣下这笔钱不会有人知道。

"太可恶了！我说那么久没收到你的信呢，敢情有人从中作梗！还有你们那女领导，我回北京去找她，臭她全单位。问她为什么要贪污我给你买电视的钱！天下还有这种不知羞耻、趁人之危的领导！"我气得要命。那年头北京每人月工资大约只相当于5美元。500澳元当时合380美元。那位女领导一年也挣不出来。

"唉！算了吧，人穷志短呀！等你回北京时她八成早退休了！"文南在电话里劝我，我想他心里更不好受。

"也好，就听你的，文南，过去的就让它过去吧，我只是替你咽不下这口气。至于我们俩，也许根本就没缘分。"

文南的声音听不清了。

我叹了口气，把电话挂上了。

放下电话，我回忆起文南几年前那潇洒的神态。

那是1979年在北京国际机场上……

1979年，北京

那天，我和妈妈、大哥、三姐、四姐站在候机大厅的玻璃窗前望着窗外停泊在跑道上的飞机，等待着爸爸乘坐的飞机起飞，在我们身边不远的地方出现了一个外国旅游团。一个年轻小伙子手摇着一面美国小国旗站在人群当中，一大堆老外簇拥着他走向入站口。这个青年虽然个子不高，但长得挺帅。他举止洒脱大方，一口流利的英语，是个很可爱的小伙子。

我突然心血来潮，童心大起，低头对四姐说："你瞧那个男孩子怎么样？"

四姐问："哪个男孩子？"

我说："那个举旗的导游。"

四姐随便看了他一眼说："哦，他呀，不错，挺精神的。怎么？你认识？"

我笑着说："不认识，不过，我马上就可以认识他。"

四姐取笑我说："你有这本事？"

我说："你瞧我的！"

那个小伙子送走外宾后坐了下来，时而看看客人送他的小礼物，时而抬头看看外面有没有起飞的飞机，眼睛扫到我这个方向时，很快发现我正"专心"瞧着他。大概这么漂亮又这么看他的女孩子不太多。就在他的眼睛停留在我的脸上的一霎那，我冲他嫣然一笑，给了他一个飞眼儿，立即转身回过脸去和家人闲谈起来。

没说两句话，我就对四姐说："你看那个导游是不是在看着我？"

四姐回头看了一下，"哇！他真的在盯着你嘞！"然后奇怪地问我："你在搞什么鬼呢？"

我一本正经地说："我说什么来着！"然后半转身，仿佛还和家里人谈着，再次转眼瞥向那个小伙子。只见他正疑惑地望着我。我又对他故作神秘地一笑，立即转回脸儿。

大哥看了看表说："飞机快起飞了。"于是我们大家向入口走去。

我故意眼睛不看那个年青导游却往他站的方向走。当路过他的身边时，我的左手突然感到多了一个小纸团。我低头打开小纸团看了看。这张纸条上写着

"Dong，Tel:55.5378"。我转过身来，见到那个小伙子正目不转睛地看着我。就向他摇摇手里的小纸条，冲他会意地又一笑，出了候机厅的大门。

出了候机室的大门没走几步，我就哈哈大笑起来，把那张字条给大家看。

四姐道："你想演啼笑姻缘啊！"

……

认识文南不到一年，我与他就订了婚。一次他送我回家，突然问我："我是你第一个男朋友吗？。"

"为什么你们男人都爱问女孩子最尴尬的问题。"我无所顾忌地说。"我的回答一定让你失望！"

"那么，谁是你初恋的男朋友呢？"文南还是一脸认真地问。

我沉思了一会儿说，"那是很远、很远的事了。"

"……上小学的时候，我们学校有个男同学叫汝滔。他是个既漂亮又聪明的男孩子：个子挺高、长圆脸儿、浓眉大眼、高高的鼻子、一头浓黑头发，留着小分头。十分傲气，从来就没正眼看过我们女生。他功课好，能歌善舞，许多女同学喜欢他。学校成立宣传队，每班中只选男女各一名，我们俩都被选上。当时学校分'男女界限'，我那时是个很腼腆的小姑娘，虽然心里很喜欢他，但不敢和他说话。

"不久，我搬家了，也转了学校。从此，我和他一个在城东、一个在城北。我很想和他来往，曾经多次跑到他家附近偷偷窥之，看见他也不敢和他讲一句话。有时我远远跟着他，甚至跟他上了公共汽车。当然，他一直没有发觉我。'十个男人九个粗心。'

"后来我下定决心，终于动笔给他写了一封信，信上只写了一句话，希望和他成为好朋友。没想到这封信落到他父母手里。我等了很久，终于收到一封回信，打开一看，一张白纸上只有八个字："仅是同学，不交朋友"，下面是他的名字。一定是他父母逼着他写的。我气得一病好几天没上学。

"从此，我再也没有喜欢过别的男孩子……"

"后来呢？"文南还想听下文。

"后来我就认识你了！讨厌！"我很烦别人对我刨根问底。

文南一把抱住了我……

也许是幸运，自从认识文南以后，我吉星高照，多次逢凶化吉。

就举一个例子吧，多年不见的女友陆梅约我晚上去国际俱乐部跳舞，听说她的男朋友是个老外。出于好奇，我没多想就答应了。下班后，正准备去赴陆梅的约会，文南来单位找我，他想请我看香港武打片《云海玉弓缘》。那时候内部电影票不好找，女主演又是我最喜欢的陈思思。于是我放弃了与陆梅去参加舞会，和文南去看电影。

没想到这天晚上北京公安部门对国际俱乐部采取了行动——扣留了当晚陪老外跳舞的所有女孩子，陆梅就是其中一个。听说陆梅被判了两年有期徒刑。不知道是因为她那天和外国人跳舞，还是有其他行为。从那时起我再也没有见过她。

就是文南的那场电影使我避过了此劫。不然鬼知道那天我会出什么事！

与文南在一起的日子回忆起来都是美好的——但毕竟都已经成为过去。现在，我为人妇，他为人夫。虽然他的婚姻带有悲剧色彩，感叹人生的失之交臂只能给自己带来无穷的烦恼。相信上帝会给善良的人们安排个好的归宿，善良的文南也不会例外吧。

东山再起

　　从那时起我开始明白为什么会有那么多的人信教了。随后，我在当地的摩门教堂周末的礼拜上发言，向听众讲述了我上述旳亲身经历，以证明主的存在和恩赐，大家给了我热烈的掌声与支持。

第三十七章

1997年，澳大利亚

1997年初，我带着孩子到澳大利亚探望父母。

自从1990年起，我每年都带孩子回中国去度假，让孩子们别忘记自己一半是中国人。也抽出一定的时间带着孩子到澳大利亚看望他们的姥爷和姥姥。

这次探望父母，我又在堪培拉买了一套很大的别墅。在随后的几天里，我整理这套别墅，准备出租。但心里总嘀咕，知道房子买大了不好出租。因为在澳大利亚，有工作的人几乎都贷款买房子，租房的人不是学生，就是工作了把钱都乱花了的人。

这天，我带孩子们打扫这房子，心里盘算着怎样将这栋房子尽快租出去。这时听见有人敲门。门打开后，进来两个年轻高个子的小伙子，只有20岁年龄。都是一米八的个头，长得很帅。他们温和地向我表示愿意帮助我干点家务活并空闲中一起学习《圣经》。我很纳闷。他们马上向我解释，他们是摩门传教士，刚从美国来，到澳大利亚来传教。正好我住房地区是他们管辖之地，他们敲门正好看见我装修，就主动帮我干点活儿。

在此之前，我听到过一些摩门教的传闻，据说他们很团结。虽然这两个小伙子耐心地给我讲述福音，可我哪儿有心思听他们讲故事？几个小时他们跟我讲了好多教义，我已经记不起来了。我只隐约记得他们说，如果你虔诚地祈祷，你的愿望就会实现。

我一下子精神起来。我的愿望是什么呢？我的愿望当然是尽快将我在堪培拉的房子出租，更大的愿望是尽快重归故里——北京，告别"北大荒"。于是我按照他们指点的祈祷方式进行了祈祷。

奇迹发生了。

就在我们三人共同祈祷之后，他俩还没离开，我就接到了电话，是澳洲体协的教练要租我的房子，而且一次可以签三年的合约，后来一住就是十年。我很快就办妥了房子的出租手续。

第二天爸爸就接到了詹森的传真，说公司将派他去北京工作。

上帝真是不负有心人。这个消息令我兴奋异常，我恨不得当天就飞回北京！在美国"北大荒"的日子终于熬出了头！七年的波士顿生活简直把我熬成老太婆了！

从那时起我开始明白为什么会有那么多的人信教了。随后，我在当地的摩门教堂周末的礼拜上发言，向听众讲述了我上述的亲身经历，以证明主的存在和恩赐，大家给了我热烈的掌声与支持。

我不想在澳洲多待了，立即带着孩子回到波士顿。

1997年，波士顿

我回到波士顿后，詹森带我到美国联合航空公司去订去北京的机票。在大厅订票的时候，一个四十多岁的妇女向詹森打招呼。詹森很高兴，告诉我，她是丽萨，香港人，一位MBI北京公司职工的妻子。她来这儿订去香港的机票。她去看望香港的父母。

"很高兴认识你。"看着一个刚从常驻北京回来的詹森同事，我很开心，想打听一下北京的情形。

詹森回到柜台接着订票，丽萨凑过来和我聊天。她低声地问我："你们真的想去北京居住？"

"当然啦。我还有点急不可待呢，我们早就盼望有这么一天了。"

她盯着我，有点惊奇，随后说："那，你就准备参加MBI的寡妇俱乐部吧。"

"寡妇俱乐部？"我十分惊讶，简直要叫出声来。"寡妇不就是没有老公吗？怎么还'俱乐部'呢？"詹森转过头来看着我们，问我们在谈论什么。丽萨和我异口同声地说："没什么。"

我在北京住了几年以后才明白，丽萨为什么这么说了。原来，所有MBI技术人员都要经常出差，每次出差都好几周，很多工作都在北京以外的地方进行。他们的妻子都要留在北京与孩子一起，因为孩子都在北京上学。因此，虽然MBI的家属都不是寡妇，但都在独守空房。所以北京的MBI家属都称自己是"寡妇俱乐部"的。

1997年5月中旬，我与詹森带着一岁半的小儿子麦克离开美国前往北京做一周的常驻考察，小娜和小迪留在家里由公公婆婆照顾。

1997年，北京

一到北京，MBI公司人事部小李就带我和詹森四处看房子。当时北京租赁别墅已经很多了。经过再三比对，我们选中了北京朝阳区潮白河畔的香江花园。

这时，妈妈从澳大利亚打来电话，告诉我她刚收到大姐的一封信，怀疑大姐病情恶化，让我见到大姐时劝她不要舍不得花钱看病。

放下电话，我心里非常难过。大姐是我家唯一没出过国的人。她在穷困的生活中煎熬了十几年，也被疾病折磨了二十余年。

1970年初，北京

大姐下面有五个弟妹，她干的家务活儿最多，挨爸爸打骂也最多。考大学那年，她为了考入建筑工程学院会计专业（这个专业由北京市建工局投资，免学杂费、包吃、包住、发衣服和发生活津贴，毕业都分配到建工局所属单位工作）从家里搬出去住，故意不考高分。爸妈对此也无可奈何，因为大姐刚生下来不久患了脑膜炎，那时中国医疗水平有限，治疗不当，留下后遗症，记忆力有时候出现问题，要是换个路线回家，她一定会迷路。因此全家都同情她，也就随便她了。

大姐毕业后，分配到一家建筑公司做会计，开始离家独立生活。不久，她和一个工人搞对象。爸妈坚决反对。她一意孤行，嫁给了这个工人。婚后她生了个女孩。她的丈夫文化素质很低，脾气暴躁，经常对她拳打脚踢。她有苦难言，只好忍气吞声。

"文化大革命"初期，爸爸被停薪停职审查，家中处于最困难的时期，全家只有大姐一个人有收入。爸爸希望大姐把她的工资交到家里，大家都有口饭吃。那时除了大姐全家人都没有再职正式户口，也希望大姐能把户口移到家里，可大姐和她丈夫商量后，不同意爸爸的建议。爸爸为此十分恼火，不孝顺的孩子在他眼里就等于没生，所以他硬要和大姐断绝关系，并叫我带大哥去大姐家把她结婚时爸妈送给她的家具都拉回来，卖掉添补家用。我和大哥耐心劝阻爸爸。爸爸不听，反而火气更大了，竟然威胁我和大哥，如果不听他的话，也要与我和大哥断绝关系。

在无可奈何的情况下，大哥蹬着平板车，由我带路，硬着头皮去大姐家拉她的嫁妆。

大姐住在一个大杂院里。她与大姐夫远远地看到我们，就把房子的门上了锁，然后藏起来。大哥在街上和院子里叫了半天大姐的名字，没人吭声，他没多考虑，随即把锁撬开。当他准备开门搬东西时，被大姐夫招呼来的一群邻居揪住，扭送到派出所。大姐远远看着发生的一切，没有阻止，反而跟在邻居后面进了派出所。

我一看大事不好，跑回家报告爸爸。

因为是家庭纠纷，派出所要求双方冷静和多做自我批评，并提出，如果双方矛盾一时解决不了，先放一放，等双方能心平气和地商量再说。随后就让双方各自回家了。

从此，我家真的与大姐断绝了来往。很快，大姐的名字也在我家户口本上永远消失了。大哥因为在此事件中被大姐夫妇诬告，一气之下十多年也没同大姐说过一句话。

大姐并非因此而得福。因为没有我家做后盾，生的又不是男孩儿，大姐夫重男轻女，对我大姐的态度更加恶劣，动辄拳打脚踢。大姐身体一天天的变坏，满身伤痕累累。最后，大姐终于忍受不住丈夫的折磨，到法院和他离了婚。随后，大姐提出，只要前夫不再干扰她和孩子的生活，和她们一刀两断，她可以放弃向前夫要孩子的抚养费。她的前夫同意了。从此，大姐一个人带着三岁的孩子开始了艰难的生活。

当时北京义务献血的人很少，献血名额都分配到各单位。大姐工作的公司规定，为公司义务献血的人，每次可以奖励几十元钱和一些营养品。为了摆脱生活困境，大姐几次报名献血。不幸的是，当时北京的医院没有一次性针头，在一次献血中，她染上了乙型肝炎。

由于工作的劳累、又患了传染病，还带个小孩子，生活更加艰难了。妈妈看大姐越来越可怜，在爸爸恢复工作以后，就对大姐周济一些。爸爸对大姐的态度也稍好了点儿——很快，爸爸和大姐恢复了父女关系，大姐也能周末回家探望爸妈和兄弟姐妹。

遗憾的是大姐的肝病一直没有治好。到后来就转成了肝硬化。

改革开放以后，除了大姐，我家其他人陆续都出国定居了。大家并没有因此忘记她，无论谁有机会回北京，大家都给她捎点儿钱，希望她好好调养身体。然而，后来才知道，她把每分钱都存起来，留给了她的女儿宁宁……

1997年，北京

那天，我与詹森办完了租房手续，便带着小儿子麦克去看大姐。

大姐和她女儿宁宁都在家。

大姐身子瘦得可怜，肚子浮肿的厉害，脸色发黄——蜡黄中多了不少的黑色斑点，而且明显的比以前苍老。

1993年夏天，我带着不满四岁的女儿和只有一岁的大儿子回北京看望在那里休假的爸妈。那时大姐很希望把我的孩子过继给她抚养。特别是我的孩子们在姥爷姥姥面前很受宠爱，尤其爸爸给孙子们糖吃，别的小孩子不是抓一大把就是接二连三地拿糖往口袋里放，而小娜开始摇头不要，爸爸拿着糖盒不走，她就用小手捏了一块糖。于是爸爸逢人就夸她天生就不贪婪，还每天教她背唐诗。

一次爸爸教小娜背"春眠不觉晓"，她跟着说"春眠不觉大"，逗得爸爸开怀大笑，嘴上不停地夸奖小娜又聪明又有天赋。还给詹森特地写了封英文长信，告诫他小娜可是少有的天才，可别把她耽误了。要好好培养教育她，将来可是块好材料。

这次回北京，很想让大姐搬过来和我们一起住好好养养。可听宁宁说，大姐曾几次大出血，并因此而几次住医院输血和治疗。

大姐看见我们高兴极了。

我们聊天中，大姐总担心我不会养孩子。她说她真希望我能把大儿子"过继"给她做儿子。我告诉她我们很快搬回北京了，我要接她到我家里住。她听后眼睛里出现了一丝光亮。

聊了会儿天，我们到一家饭店吃晚饭。吃饭时我问大姐，她养好病后能否帮我看孩子，我好去上班。大姐很高兴地答应了。吃饭时我们还一起合影。

晚饭结束的时候，我无意地说了一句："明天我们就回美国了，这可能是我们最后一顿饭了。"

詹森听了惊讶地看着我，知道我是无意识说的。便小声在我耳边用英语说："天！你不该在晚餐时说这是最后一顿饭！"

我顿时醒悟说错了话，望着大姐，想起基督"最后一顿晚餐"的悲剧，出了一身冷汗。

晚饭后，我们上了出租车送大姐、宁宁回家。大姐住的地方没有路灯，漆黑一团。大姐、宁宁下了车简单地说了一句"我们下月见"，她们的身影很快消失在黑夜中。

天！我们居然没有拥抱再见！

车刚开，我忽然想起给她的礼物忘记送给她，招呼司机停下车。可詹森看见我手里抱着熟睡的小儿子，生怕把他吵醒就拦住我说，我们很快就搬回北京了，那时再送她也不迟。我犹豫了一下，没说什么，但心里很不高兴。

我和詹森都没想到，这竟是我和大姐的最后一次见面。后来很多年里，我一想起大姐，脑海中就出现那天临别时她在黑暗中的身影。

5月30日，我们返回了美国。

三天后大姐便离开了人世。

有时候人的行为很难说清楚是怎么回事，有人解释那是天意。

大姐离开人世的前一天下午，不知道为什么，她一个人去了北京最大的一家天主教堂。之前从没听她说过信奉上帝。

6月2日，爸妈接到绝望中的宁宁从北京打来的电话，大姐在输第二袋血时，突然嚷道："宁宁，快把这针拔出来，这血不干净！"重复几遍就昏迷不醒了，时隔20分钟，大姐就与世长辞了！终年51岁。

据宁宁说，大姐已不省人事，医生过来将针管拔出来，并带走了剩下的多半袋血。随后医院传出的"小道消息"说，在给大姐输第二袋血之前，由于护士一时疏忽，没核对血袋里的血型是否与大姐的血型相符，致使大姐血管凝固突然昏迷致死。

到现在大姐的死因仍然是个谜。

大姐去世的消息是三姐从澳大利亚打来电话告诉我的。这太突然了，我大前天还和大姐吃晚饭呢！

"这不可能！"我在电话中叫道，"天！这怎么可能呢！我刚见过大姐——那时大姐还好好的，她还答应帮我看孩子呢！"

电话的那头，三姐哭着说，"哪知道大姐这么早就走了，本来明年还计划回北京探望她呢……"三姐已经哽咽得说不出话来。

放下电话，我的心里非常悲痛、万分后悔，后悔大于悲痛——我前几天见到大姐的时候，看她生活窘迫，而我从来都是挥霍无度，却没有给她留下什么。

大姐死前，我是全家唯一见过她的人！

大哥听到这个消息后震撼非常大，他坚决要回北京送大姐最后一程。

我知道大哥为什么要这样做——他早就后悔那次不该听从爸爸的话——去大姐家撬开锁，准备拉她的嫁妆。这次家庭纠纷实际上是"文化大革命"留给我们家的永远医治不好的创伤。

最后，大哥如愿以偿，他代表海外的白家到北京送别了大姐。

我至今不敢随便翻动我抽屉里的一本蓝色相册，那是大姐葬礼上的照片。其中一张：大姐的遗体躺在太平间里，她的鼻孔里仍然遗留着点点猩红的血，大哥站在她的遗体前面，泪流满面。

　　另一张照片：一对中年夫妇站在大姐的遗体旁，很悲痛的样子。他们是宁宁的公公婆婆。据说，和遗体告别是他们第一次与大姐见面，因为宁宁生怕自己的妈妈长年病态会受到对方父母的反对和歧视，担心这门婚事会黄掉，就偷偷把户口本从家里偷走，默默地和男朋友登记结了婚。从没向公公婆婆提及自己还有个活着的妈妈。

　　大姐告别葬礼上，宁宁哭得死去活来。她一边痛哭，一边拿出一张她的结婚照，她点着火柴烧着那张结婚照，嘴里说："妈妈，女儿不孝，女儿瞒着您，没告诉您我们结婚了，现在您看见我们的结婚照了吗？妈妈，女儿不孝啊！您原谅我吧……"

　　显然，这里面大概隐藏着难以启齿的故事。

　　大姐给我留下的，是她生前给我小儿子亲手织的一套毛衣裤，还有那双她给我小儿子买的新球鞋。至今我还收藏着这套毛衣裤和从没穿过的球鞋。

　　大姐的去世，也许是上帝为她所做的最好安排——她彻底地从贫困和疾病中解脱出来了。

并非尾声·一个奇迹的诞生

1997年，北京

我终于告别了那个不属于我的地方——美国波士顿，那个让我失去自我少有欢笑的地方，那个让我寂寞孤独的地方，那个让我失落的地方，那个让很多中国年轻人向往却并不知其痛苦的地方，那个让我失望的世外桃园，那个钟表仿佛永远停止的地方，那个只有读书上学才能体味到的天堂。而北京，那个生我养我的地方，我的祖国，熟悉的人和笑脸，那个美丽古老的大自然，那个养育了我多年的母亲，那个让我饱尝了甜酸苦辣的地方，北京，我回来了！我终于回来了！我是多么想念你呀！

回到了阔别七年的故里北京。不过，北京的一切都变了。仅仅七年，这里的风土人情，变得那么陌生，变得我不再认识。老北京城的一切都消失了，取而代之的是现代大都市，宽阔的立体式公路和拥挤不堪的私人轿车和类似西方人的面孔。

一天，我正在打开装满一个集装箱的厨房用具，电话响了。是大哥打来的，急促又恐慌的声音使我手里的杯子"啪"的一声碎了一地。

"妈妈快没了！娃娃，赶紧，赶紧通知正在中国出差的五哥，叫他也赶紧回来！"

我失魂落魄又半信半疑地问："你说什么大哥？妈不是刚还好好的吗？！

我们不是早上还聊天呢吗！你说什么呀你！……"

还没等我把话说完，大哥就把电话挂断了。

我傻呆呆地拿着电话站了几秒钟，"哇"一声大哭，倒在茶几旁的沙发上。

詹森闻讯赶回家，一边安慰我一边打电话安排我当天去澳大利亚的机票。

第二天我就到了堪培拉国立医院。除了爸爸在家休息，大哥和两个姐姐正在妈妈的病床前哀泣呢。我冲过去扑倒在闭着眼睛躺在床上的妈妈怀里，突然听到妈妈还在微微地喘气。我停止了哭泣，站起来。

"妈妈不是好好的吗？"我望着一言不发的哥哥姐姐们。

还是三姐带着哭腔先说了话："妈妈右脑血栓3.5毫米，医生说她不会再醒过来了。"停了停她又说，"你别太伤心，我们都绝望震惊的不可想象了，再问问医生还有没有的救。"

正说着，一个四十来岁的澳大利亚男医生走进病房，手里拿着一个病例夹子。

"刚又看过你妈的片子，确认右脑血栓3.5毫米。如果淤血5毫米就当即死亡。根据澳大利亚脑血栓病发惯例，很少有病人逃过这一劫，多数变成植物人。而且，堪培拉唯一能做'脑造影导引术'的医生因为你妈年过七十，拒绝进行手术。你们家人商量一下，18岁以上的家人都签个字。我们医院也有义务协助家人给病人打'安乐眠'针。"

我们所有人先是惊呆，然后就你一言，我一语地交头接耳起来。

我走近医生面前，痛苦又严厉地对他说："您作为一名医生，不管您是什么国籍，都该有点救死扶伤的道义吧？您不赶紧想想办法怎么帮助我们医治我妈的病，倒让我们签字让我妈去死。我妈有一口气，她就还活着，她活着，我们就有个妈妈！我真不知道澳大利亚怎么会有你们这样的医生！在中国，这种血栓病人多了，医生都想尽一切办法救活他们，打血栓通，针灸，吃救心丸。多少脑溢血和血栓的病人都恢复了正常，起码都活着，至少孩子还有个妈……"我说不下去了。

两个姐姐也过来对医生重复我说过的话。

医生没等我们说完，说了句"我，我看不了你们妈妈的病，你们另请高明吧。"就转头气哼哼地离开了病房。

顿时，屋子里鸦雀无声。

还是大哥打破了平静。说了句："哦，我得回家给爸做饭了。"离开了病房。

四姐拿起皮包，也说了句："我给你们买点外卖去。"也出了病房。

我拿起三姐放在书包上的手机跑到楼道外面给詹森打电话。

远处传来熟悉的声音："你确认澳大利亚不给你妈妈做'脑造影导引术'吗？"

"还骗你不成！"我像无头苍蝇，满楼道转悠，走来走去的。"医生说病人过了70岁就不给做手术了。没想到这么先进的国家医疗水平却这么落后！你都不知道，把我们气死了！医生们都那么武断，说什么也没用！你说出国有什么好啊，中国医院给病人输'血栓通'，这里连听都没听说过！"

"可我们美国给病人打男性荷尔蒙就OK了，澳大利亚不会不知道这么简单的医学常识吧？"詹森刚把话说完，我挂上电话往妈妈病房跑去。

……

三姐坐在妈妈床边，抚摸着似乎还在熟睡的妈妈，捋了捋她的头发，对我说："小妹，昨天我接到大哥电话时，正给学生上课。扔下那些学生就过来了。唉，你说妈好端端的怎么就中风了呢！哦，还有，我知道咱们都震惊妈的事，可这是澳大利亚呀，以后你对医生说话要有点策略。真把他们得罪了没人管妈了怎么办？"

"你听我说……"还没等我把要说的话说出来，三姐示意了我一下，有人来了。

一个六七十岁名叫库坡的大夫带着两个实习医生来到病房，照例对妈妈进行了常规检查，随后，告诉我们像我妈这类的病人已经无救治的必要了，而且这样的病人只给十天住院观察时间，十天后病人仍然昏迷，就视同植物人。希望家属能够理解。最后他对我们三姐妹说，"我们已给你们的妈妈做了CT脑电图、测量了血压、脉搏、心率等。我们得出科学的结论认为，没有救治的必要了，请你们谅解，选择放弃吧。"

我追过去："拜托了医生，刚才我老公也打来电话，美国可以医这种病。他们用男性荷尔蒙注射给血栓病人，就能救他们。我是一点医疗常识都没有，可，求求您了医生！帮帮忙吧！您看看我妈妈她还活着啊！"我的手死死地拽着医生的白大褂。"要是那种男性荷尔蒙很贵，我们卖房子卖地也要救妈妈啊……"医生很反感地用力甩开我的手，看都没看我一眼，说道："十天后见！"便走出病房，两个实习医生快步地跟在后面。

我还要追过去，三姐拦住了我。

"让我们等十天吧，这不已经过去一天了吗？九天很快就会过去的。"三姐一贯都很有说服力。我止住了脚步。

……

九天和哥哥姐姐们轮流在医院里值班，也是件欣慰的事。自从嫁到美国，除了每年春节回澳大利亚看看全家，很少和哥哥姐姐们在一起。即便在一起，也免不了口舌。可现在妈妈昏迷了，彼此之间突然出现了从未有过的和谐。所以人们常说，大敌当前，团结一致。

九天很快就过去了。

这九天中，护士们轮流过来给妈妈量血压，换输液瓶，还通过鼻饲增加了少许的营养液。我们兄弟姐妹除了相互鼓励和安慰，还每天给妈妈按摩，妈妈身上一点斑迹都没有。可是到了关键的第十天，妈妈却没有醒来。

爸爸也来到了医院。

那位库坡大夫准时带着两个实习医生来到病房。他进来照例对妈妈进行了常规检查，翻翻妈妈的眼皮，拽拽妈妈的手指，又捏捏妈妈的脚趾，没有一点反应。

他抬头和身边两个实习医生说了几句话，大致就是说他九天前判断的没有错。

库坡大夫又转身对着我们几个等得迫不及待的兄弟姐妹说："我们必须尊重科学，也不能违背医学常识。我临床经验近40年，见过多少这类病人，没有一个醒过来的。事实胜于雄辩。你们也节哀顺变吧。今天趁着你们家人都在商量一下，是不是选择打'安乐眠'，根据医学历史，你妈十天没苏醒，她也不会再苏醒了。她已经是百分之百的植物人了。何况，我们医院病床有限，植物人不能占着床位，让可以医治的病人住不了院。你们说呢？"

库坡大夫的话似乎很有说服力，他是医生嘛！又有40年临床经验。所有在场的人都先是静了几秒钟，绝望之际，四姐第一个扑到妈妈床边，号哭起来。接着三姐和我也都拉着妈妈手，大哭起来。

大哥和五哥慢慢跪在妈妈床边的地上，流泪。

爸爸坐在椅子上两手捂住脸，嘴里一个劲儿地嘟囔："Why，why……"护士长闻讯赶来。听说医生吩咐她让护士将我妈妈先转移集体病房。再劝说我们家人放弃幻想。这不就是等于放弃对我妈妈的治疗抢救吗？

很快，由外面闯进来几名护士，她们要把妈妈的病床推出去。本来我们已经很痛苦了，加上无助，变为气愤。我们三姐妹发疯似的不顾一切阻止护士们将妈妈推走，同时与她们拉扯争吵、理论。我又后悔当年在中国没去学武功，现在要用上了，唉，想这干吗，太晚了！

吵嚷引来了医院其他病房的人驻足围观。院方护士长跟我的全家和颜悦色地说："我知道你们中国人孝顺老人，可这里是医院，病人换房是常事。因为有更需要抢救的重症病人需要住在这单间。希望你们能够理解，配合我们的工作。我们会将你母亲移到你们满意且舒适病房里，请你们冷静。"护士长歇了口气接着说，"其实当一个人已经成为植物人时，对他而言生命已经没有意义了。我妹妹才30多岁，中风后十多天昏迷没有醒来，为了全家人都不受折磨，我们签字送她'安乐'去了。唉！这就是命吧……"大家无奈地停止了争吵，跟着那几个护士将妈妈床推到斜对面的病房。突然我又抓住了妈的床，用尽全身力气不让床进那病房，连三姐四姐都不理解地看着我。

"你干什么呀你，别和她们争了，就这么着吧。"三姐劝我。

我才不管姐姐说什么呢。我对着护士长说："我不让我妈住114病房，那号不好，本来我不迷信，可这时候也最好躲着点。"我望了望前方的房号，"啊，能让我们去116房吗？'6'是'顺'的意思。"

可能是有点可笑了，因为护士长无可奈何地用手指指前方，示意推床的护士们换个房间。

后来和大哥五哥说起这事儿，他们也同意我的看法。

很快楼道里护士和病人们又交头接耳起来。

一病人说："我听说他们中国人都挺孝顺父母的，哪像咱们澳洲人呀，老了没人管，只能去养老院。"

一护士说："可不是嘛，我们家旁边有个邻居，本来老人从中国哪个省来探孙子的，结果病在家里，那儿媳妇可真不简单，一把屎一把尿的。我看着都感动！真不知道人家老人是怎么教育培养子孙的。"

……

把妈妈床安置好，爸爸很理智地对孩子们说："如果医生没判断错的话，我们也不能太感情用事。要是那样的话，你们该回去上班的上班，娃娃也回北京吧，毕竟孩子们都还小。这里的事我处理吧。我先回家看看挑选一个最好的木质棺办后事。唉，你们妈妈一辈子省吃俭用，几乎没过上一天安稳的日子。连她那么爱吃的杏我都没让她买，我还告诉她那不是饭……"爸爸声音开始嘶哑了，眼泪慢慢从眼眶里流出来。"人生如梦，转眼就是几十年。咱们来到澳大利亚这么久，能享受的都享受了。虽然你们妈妈不该这么早离开我们，唉，人生七十古来稀啊……"

每个人都默默站起来，擦擦眼泪。彼此拥抱给予安慰。

爸爸和大哥五哥先是离开了医院。三姐和四姐过来和我告别。

我心里乱极了。这一切都发生的太突然，太快，太离谱了！我看了看似熟睡的妈妈，怎么也不相信这是真的。我这辈子应该去学医，也许才能听懂大夫说的话。因为我不甘心呀！

还是三姐开了口："你买回北京的机票了吗？"

"没有。"我怎么知道会是这样的结局呢？自然只买了单程来澳的机票。

"要不要我帮你订票？"三姐温和地问。

我不假思索果断地说："这样吧三姐，你帮我一个忙好吗？"三姐睁大了眼睛。"你帮我买一箱，哦，两箱，买两箱方便面。我要在这里守着妈妈，也许什么时候她会睡醒。"

两个姐姐相互看了一眼，四姐说："我们要不是必须回去教课，也会留下来和你一起守着妈妈的。那你辛苦了！这是我的手机，平时上课根本用不上，有什么事随时给我们发短信。"

三姐也嘱咐了我几句。问我是否确定留下来不回北京。就和四姐出去给我买方便面了。

病房里只剩下我和妈妈，我无法从痛苦中自拔。我深爱着的妈妈怎么会成这个样子呢？我坚信妈妈不会就这样丢下我的。她还没有和我告别，怎么可能就离开我呢！笑话！可是，我越思念，就越增加了对周围一切的不满。痛苦、无奈、悲愤就这样慢慢地滋长了。

每天护士照例来给妈妈测量血压和脉搏，并吩咐我每四小时给妈妈往鼻管里用针头打水。还细声细气地告诉我，这床早晚是要给别的病人腾出来的。

医生再也不来了，唉，难道这国家对中风一点医疗办法都没有吗？真是太落后太可悲了！

"要坚强、要自信，要永远不放弃！要向妈妈关爱我一样去关爱我深爱的妈妈，我不能没有妈妈！"我在内心呐喊着。

我每天除了用医院那些免费的油给妈妈全身按摩，不让她身上有任何褥疮，因为中医提到过"按摩可以舒筋活血"，"妈妈不就是因为有淤血才导致中风的吗？电影里也演过植物人通过按摩、呼唤和唱歌，便可苏醒"。许多护士经过我妈病床，都投来羡慕的眼光。还彼此交头接耳地说："这老太太一定舒服极了。"我天真地幻想着。幻想着妈妈突然醒来的激动和愉悦。因为妈妈醒来不但能证明澳大利亚医疗判断有时也是错误的，也还原我们一个完整的家。没有妈妈哪来的家呀！于是，一空下来，我就开始把记忆里的歌都唱一遍：包括《红灯记》啊，《沙家浜》啊。特别是小时候唱的歌，那两首"世上只有妈妈好"和"听妈妈讲那过去的事情"，唱着唱着眼泪从我的眼眶里涌出来。还有和三姐学的俄罗斯两首歌曲。那些歌唱给熟睡的妈妈格外亲切，格外动听。要不是上小学演出我领唱时老师把钢琴音符调高两度，我年龄小不懂得怎么压音调，我的嗓子也不会喊劈！有时我唱着唱着就手舞足蹈起来，如果妈妈听到我唱歌，再看到小女儿为她跳舞就达到目的了。我才不管那些护士们和其他病人们怎么议论我呢。

每天再累我也没有忘记跪在地上冲着窗外祈祷，祈祷上帝眷顾我们，祈祷汗祖灵光再现，帮助我们，再给妈妈一次活的机会，让妈妈醒过来，让我们有个妈妈。如果愿望能实现，我宁愿用我的生命去换。

最难过的就是吃饭的时候，人家陪同病人的亲属都有"陪病号饭"，因为妈妈是被"轰走"的对象，科室不允许给我送饭。看着姐姐们给我买的那一大箱"Made in China"方便面，没有青菜，没有水果，一点饭意也没有。于是我等到饥饿的不能忍受时才拆开一袋方便面，应该用开水泡面，再盖上纸盖五分钟即可食用。可医院的开水只能去护士休息室打。我也顾不了那么多了，凑合凑合吧。但日子久了每咽一口方便面就像"文革"中让学生必须吃"忆苦饭"那样费劲。吃几口，还背段毛主席语录"下定决心，不怕牺牲，排除万难，去争取胜利！"很感激毛主席说了很多激励人不向困难和痛苦低头的话。唉，还是希望这种吃方便面的日子不会太长吧。

令我最头疼的，要算是上厕所了。病房里的厕所门上写着"只供病人使用"。所有来探望病人的亲朋好友都得上楼道里的公厕。澳大利亚和中国不一样的是，如果注明了的规定，每人都会遵守。我也不例外。可是楼道的厕所离妈妈病房有段距离，时常还会排队。我担心上厕所那会儿工夫万一妈妈醒来，我不在身边怎么办！于是我开始想辙。好在妈妈的病床在靠窗户旁，也就是个边间。每次给妈妈换尿布时都将房顶拉帘拉上，外国人很注意隐私，谁看到拉帘拉上，就等在外面，除非有急事，也要先问一下能否进来才打搅你。我发现楼道里的架子上有许多大小号尿不湿。为了不离开妈妈床边，我给妈妈拿尿不湿时多拿了几个给自己。趁护士刚给妈妈量好血压，其他病人有的看电视，有的出去楼道走走，我先拉上帘，把尿不湿放在地上，用最快的速度解决。遇到想大便时，得等到实在憋不住时赶紧拉上拉帘，摊块儿尿不湿在地上……不夸张地说，如果我一个人值班，如厕问题都是这么解决的，因此我从来没离开过妈妈身边半步。

这样日复一日，不知道内情的人都以为我神经出了问题。

过了几天的一个晚上，大哥来到医院，看到我十分憔悴。说："小妹你回家睡个好觉，让我替你一夜。"我已经好多天没有洗过澡了，身上很不舒服，便说："好吧，明天我一早就来换你。"

由于我这些天一直没有白天黑夜的，又没有任何营养，吃的都是方便面。刚出病房门就晕倒在楼道里了。几个护士赶忙过来把我搀起。量了一下我的血压，低压140，高压190。护士赶紧给急诊室拨电话。虽然我嘴里辩驳着我必须回家，还要照顾我爸，可她们就是不听，推推搡搡把我送到急诊室。躺在病床上，还没忘记给五哥打电话，让他赶紧回家照顾爸爸。就这样，我恍恍惚惚地在急诊室里躺了一个晚上。第二天一早，医生量了量我的血压，正常。才让我出了急诊室，回到了妈妈的身边，替换大哥回家照顾爸爸。

大哥离开了病房，我又开始一遍遍地重复着唱歌、呼唤和按摩，就跟机器一样。

"亲爱的妈妈快醒来，女儿在呼唤妈妈，您快醒来吧，您快醒来吧。天空是多么蓝，世界有多美好，只要妈妈醒来，我别无他求。"我自己编了一首歌，唱给妈妈听。

然而，妈妈依然在沉睡中，似乎对我说："你太累了，你走吧，孩子们需要你啊。"

"小妹！"五哥的呼唤，打断了我的歌唱。"妈妈好点儿了吗？"

我没来得及回答却问道："五哥，你是个博士，你说一个人昏迷多久才会醒来啊？"

五哥走近我，"你一定是太累了，医生不是说妈妈醒不了了吗？"

我看他手里拿个纸包。

"给我带的外卖？"我真想换点什么吃。

五哥打开纸包，"哦，这是我的来意：我家里还有一些人参孢子粉，但是已经过期了。不知道你敢不敢给妈妈吃？"

我急忙接过那纸包，"我什么都敢试！反正都说妈妈没的救了哈，那就死马当活马医呗！没有人救我们，那不靠我们自己靠谁！嗯对了，昨晚爸爸没事吧？"

"没事，你放心。哦，你怎么进急诊室了呢？不会是太累了吧？"五哥关心地问。

"嗨，不过血压高了点，放心吧，没事的。"我满不在乎地回答。

五哥急扯白脸："小妹，你可不能掉以轻心啊！你知道妈妈就是因为高血压中风脑溢血的吗？你还年轻，孩子还小，你要是瘫了，我看你那美国老公未必伺候你！"

我换了话题："告诉我，这人参孢子粉怎么用？"开始打开一小纸袋。

这是我第一次接触人参孢子粉，黑色粉装。五哥告诉我用少许白水将孢子粉和在一起，打入妈妈的鼻饲管子里。

我试着先将人参孢子粉用水稀释，再将沏成水状的孢子粉抽到针管里。心跳的厉害，紧紧张张，手里拿着针管哆哆嗦嗦的。因为私自拿药给病人吃或注射，都是违犯医院规章制度的。一旦被发现，不但我要被送往"有关单位"，妈妈也要被"轰出去"。

由于胃的组织结构似海绵体状，推入的药物又全部倒流出来。因为打的急，管里的黑水一下子冒了出来。我意识到往鼻饲里打液体不能急，我得慢慢来。

一天、两天、三天、四天过去了，度日如年。妈妈还是照常昏睡。没有半点进展。

黑夜的病房很难过的。没有一张两米的床可以让我睡，只有一把半自动椅子。我躺在那里腰都快折了。什么时候我能躺在床上睡个好觉啊！我又开始陷入了沉思，思念我在北京的孩子，体会着失去妈妈这段日子的忧伤和惆怅。几次睡梦中仿佛听到了孩子们的呼唤和妈妈的哀泣，撕心裂肺般的痛苦与无助。"不！我不要爸爸！我要妈妈！妈妈你在哪儿啊？妈妈……。"我的心碎了。

墙上挂着一张超大的月历。每过一天，我就会在上面记上一天发生的事。

时光穿梭般地到了第二十三天，妈妈依旧还在沉睡，仍然没有苏醒的迹象。

就这样，每天除了按摩、唱歌之外。我又加了一项给妈妈灌药的工作。

日复一日，不厌其烦。为了充分体现中华五千年的孝道文明的延续和发扬，这种精神充实着激励着我的灵魂，让我永不放弃。拯救我们深爱着的妈妈。

一天，也就是孢子粉打入妈妈鼻饲的第七天，妈妈昏迷了已经第二十五天了，护士进来给妈妈例行检查量血压的时候，我趴在妈妈右手的床边。抬头询问护士："您说我妈她还能醒来吗？"护士一笑，叹了口气。并没有回答，仍然量着血压。突然，我的胳膊被抓住，我猛的一惊，是一只手。是妈妈的手！我被这突如其来的举动惊呆了，一切都静止了。

第一个感觉就是：回光返照！听说谁死前都会有"回光返照"！

我很快地反应过来了，镇定了一下："妈妈、妈妈您醒了吗？是我啊！我是白露啊！"我睁大了眼睛，直视着妈妈的眼睛，护士也停止了量血压。可妈妈嘴里"呜哩呜噜"像在说什么，又很难听出一个字来。

我又镇定了些，一个字一个字地说："妈妈，您要是醒了，能摸摸我的脸吗？"

妈妈用颤抖的手放开我的胳膊，顺着我的胳膊往脸上摸。那时，我并不知道妈妈的眼睛已经彻底瞎了！

"妈妈，您要是醒了，再摸摸我的头行吗？"

妈妈又将手顺着我的脸颊按着我的头顶。我兴奋起来了，接着一声欢呼"上帝！妈妈醒了！她醒了！天！她终于醒了！"

护士也惊呆了，扔下手里的血压计，奔出去找医生。其他病房的病人也都过来看"奇迹"。

"不是在做梦吧？奇迹真的发生了？"我赶紧拿出四姐留下的手机，开始发起短信来。

很快，两个姐姐分别打来电话。

"娃娃，你太累了，不会是幻觉吧？妈妈怎么会醒来呢？这不可能！"四姐说。

我想还是等大哥来证明我不是在发疯。

第二天库坡医生来了，身后还是跟着那两个实习医生。他一进门就用怀疑的眼神看着妈妈，转身问我："听说你妈醒了？"

我胸有成竹地回答："当然醒了！不信我给您示范。"说着我快步走到妈妈床边，低下头小声和妈妈说："医生来了，您得用行动向他证实您确实醒了。"我的心都要跳出来了，"您可要听话啊！别摸错了，不然他们都以为我疯了呢。"我叮嘱道。妈妈嘴里又"呜哩呜噜"地说些什么。

这时大家都围到妈妈床前，像给小学生监考，眼睛齐刷刷地瞪着躺在床上的妈妈，给库坡医生留出了一块儿地方。

我先用英文和大家解释了一下，我得和我妈说中国话，有三个动作：抓胳膊，摸脸，摸头。虽然是很简单的动作，却是识别一个被判死刑者的试金石。

妈妈真的够给力的！一个动作都没做错。每个动作都那么漂亮标准，明明白白。可想而知，整个病房沸腾了！

"感谢上帝啊！这是奇迹啊！不可思议啊！"所有在场的人都欢呼起来！不分国籍。

库坡医生被这突如其来的场面震惊了。也顾不上自己是个医生了，竟过来拥抱我，又双手握住妈妈的手，面带愧疚地向我们表达歉意，喃喃地说："太神奇了！太神奇了！等着我告诉那些同事们，还不知道他们会不会相信呢！"然后便叫护士长通知各个部门的主管来开现场会。

很快，消化科，营养科，康复科等各部门主管都来到病房。

医院公共关系科和报社记者都闻讯赶来。

我面对记者，激动又理智地叙述道："妈妈由于中风被送到医院，在医生精湛的医术诊断治疗后，加上护士的精心护理，救活了我妈。我代表我们全家人由衷地感谢上帝，感谢医院的医生和护士，也为我妈顽强的生命力而自豪。"我当然不敢告诉记者是人参孢子粉拯救了妈妈的生命。

第二天，哥哥姐姐们陆续来到医院看望妈妈。起初很难和妈妈沟通。我突然跑到护士站问她们要几张白纸和笔。对妈妈讲，您把要说的话写在纸上吧。

当全家人看到妈妈在纸上歪歪曲曲地写道："我要回家"的字样时，都跳了起来。把我抱在中间。欢呼着高喊："我们又有妈妈了！"。

三姐大声说："小妹，你给咱家立了大功！我不会忘记的！"

妈妈有哥哥姐姐及堪培拉医院的照顾和医治，我很快便回了北京。

呼吸着北京的空气，望着善良的詹森在厨房准备晚餐，三个天真快乐的孩子在客厅摆Lego，我无法睡眠。站在窗前凝望，妈妈虽然从昏迷中苏醒了，我的生活在哪儿呢？我要寻找我失去的、似乎曾在身边又消失得无影无踪的梦。

清晨，我独自来到潮白河畔的那片树林里散步。林间的白雾弥漫过来，晨曦拨开迷雾，我的心思似乎随着那迷雾梳理开来。

我默默地劝慰自己，"北京变了，身边的一切都变了，我也要改变，我要找回自己，找回我的价值，只要我重新振奋起来！或者，我还可以找回我失去的梦！"

……

（第一部完）